SANS DÉPARTIR

DIANE DE BEAUVAU-CRAON

SANS DÉPARTIR

BERNARD GRASSET
PARIS

ISBN 978-2-246-86341-0

À toutes les personnes que j'aime qui ne sont plus.
À toutes les personnes que j'aime qui sont là.
À mon fils Cookye sans qui ce livre n'aurait pas existé.

J'avais 21 ans, j'étais seule avec Andy dans son antre à la Factory. Il me regarde : « Diane tu dois te mettre à écrire ton journal », je lui réponds : « Je n'ai que 21 ans, j'ai déjà un pied dans la tombe, tu veux que j'y mette les deux ? »

Réponse de Andy : « Just do it. »

Je viens de me rendre compte avec une certaine stupeur et un grand amusement que j'ai choisi le jour de l'anniversaire de ma mère pour me lancer dans l'aventure la plus périlleuse de ma vie : celle de vous raconter mon histoire, ma liberté, mes amours, le cadeau extraordinaire qu'est la vie et que je ne cesse de croquer à pleines dents.

Je suis née le 20 août 1955 d'un père magnifique : Marc, Charles-Louis de Beauvau-Craon, 7e prince de Beauvau du Saint-Empire germanique, qui n'a eu de cesse de nous démontrer à ma sœur Minnie et à moi-même l'amour qu'il nous portait ; et d'une mère, Cristina, Albina Patiño qui, elle, aurait mieux fait de s'abstenir d'avoir des enfants et, accessoirement, d'épouser mon père.

J'ai eu une enfance magique, entourée de l'affection débordante de ma grand-mère italienne, la mère de Papa, d'une « Nanny » anglaise, Miss Baker, qui devait se sentir si bien chez nous qu'elle arriva avant ma naissance et en repartit bien après mon départ.

Malgré tout cet entourage qui faisait de moi une enfant extrêmement gâtée, la curiosité de la vie, l'envie irrésistible de faire toutes les expériences possibles et imaginables, même celles totalement inimaginables, me poussa à foutre le camp de chez moi dès mes 18 ans.

Eh oui, j'avais épousé la liberté. Ce fut certainement mon plus fidèle compagnon et celui que j'ai aimé sans concessions. Il l'est encore aujourd'hui et le sera au-delà de mon dernier au revoir.

La liberté de l'amour et de la vie vous fait pousser des ailes, tristement la société ne cessera d'essayer de vous les briser. La liberté dérange, exacerbe la jalousie et l'envie. On se réveille un matin coiffée de : « folle », « droguée » et « alcoolique ». Autant être à la hauteur de cette réputation sulfureuse et s'en donner à cœur joie.

Je remercie la société de sa cruauté, car en me collant sur le dos ce qu'elle croyait être une lourde étiquette, elle me permit de briser toutes les chaînes, les unes après les autres, d'une destinée réglée comme du papier à musique : une vie faite de sens du devoir, du paraître, d'un beau mariage.

Bref, une vie ennuyeuse.

À l'âge de 12-13 ans, je découvre les joies du « trichloréthylène ». Il s'agit d'un détachant fort puissant qui, à l'époque, trouvait toute son utilité dans les teintureries. C'est l'ancêtre du « Poppers » qui devint très à la mode dans les milieux de la nuit des années 1970.

Avec quelques années de retard, dues à mon jeune âge, je rêvais d'être dans la vague du mouvement « Peace and Love – Flowers in your Hair » qui déferlait sur la Côte Ouest des États-Unis.

Je les trouvais beaux, romantiques et complètement jetés : ils remplissaient toutes mes ambitions de l'époque.

Pour ce faire, et en solitaire, je me mis à chercher des vêtements indiens aux couleurs chatoyantes : pantalon orange à rayures à deux tons, pattes d'ef, tuniques longues calligraphiées, toujours à deux tons. Trois tenues, jaune, verte, orange. Étant donné mon budget « argent de poche », je m'arrêtais à cela tout en considérant que j'avais déjà réussi un exploit.

Pour parfaire ma tenue vestimentaire, il me fallait impérativement des bijoux indiens. Cela impliquait un grand jeu de séduction... Comment convaincre mon père, ma grand-mère italienne, mon grand-père Antenor Patiño, dit « Daddo » par ses petites-filles. Je commençais donc par ma grand-mère, sachant que Papa suivrait et ainsi de suite.

Je me mis à avoir d'excellentes notes à l'école, et cela, bien entendu, fit très plaisir à la famille, qui le manifestait par des encouragements et des petits cadeaux.

« Qu'est-ce qui te ferait plaisir ?

— Des bijoux indiens ! Vous savez, ceux qui sont en argent, avec des petites clochettes ?

Je me débrouillais assez vite pour avoir une jolie collection de colliers, bracelets pour les poignets et ceux qui étaient trop grands pour les poignets trouvèrent place à mes chevilles.

Bien entendu ce « look » était totalement désapprouvé à la maison.

Je fis donc de la concierge de l'avenue Foch, où nous habitions, ma complice.

Je descendais chez elle, trouvant toujours un prétexte ; je vais promener Yen, mon boxer, offert par ma marraine ; je vais retrouver ma meilleure amie Sophie Weil, etc. En fait j'y allais tout simplement pour bavarder un peu avec elle et, principalement, pour me changer.

Je ressortais de sa loge fière comme Artaban, en un coup de baguette magique me voilà hippie ! Je poussais le vice à me promener pieds nus dans le très chic et coincé quartier de l'avenue Foch. Pas pour très longtemps, une demi-heure, une heure au plus, mais cela me semblait une éternité de liberté.

Il fallait que je fasse très attention à ne pas dépasser ce temps car autrement je me retrouvais avec une armée à mes trousses… et la concierge avec de gros ennuis, c'est certainement ce qui me dérangeait le plus, l'armée, elle, m'amusait…

Il ne me fallut pas longtemps pour constater que, quand j'ôtais mes bijoux indiens, mon cou, mes poignets, mes chevilles étaient tout encerclés de noir. L'argenterie indienne !

Je me mis donc en quête d'un produit pour nettoyer mes bijoux. Je passais mon cou et le reste au savon mais pas question que ma quincaillerie subisse le même sort. Je demandai conseil à la lingère de la maison. Un peu perplexe devant ma demande car elle était lingère et non bijoutière.

Elle me donna le fameux « trichlo » en me prodiguant mille précautions sur la quantité à mettre sur le coton et la manière de frotter.

Mes premiers essais furent très sages, je suivis ses instructions : je frottais, je frottais, je jetais le coton mais dans l'air de ma chambre flottait une odeur qui me faisait très agréablement tourner la tête.

Ni une ni deux, je balance par la fenêtre les conseils de la lingère et j'augmente sérieusement les doses.

L'odeur était épouvantable et fut vite remarquée. Papa me recommanda fermement de pratiquer ce nettoyage sur le balcon ou la terrasse.

Évidemment, l'odeur ne circulait plus dans la maison mais moi, je me défonçais joyeusement sur la terrasse en imbibant les cotons de Trichlo que j'insérais soigneusement dans mon collier, mes bracelets aux formes arrondies et ainsi j'inhalais jusqu'à évaporation complète des doses puissantes du produit.

Cela dura un certain temps, moi planant et mon père, ma grand-mère, ma Nanny trouvant mon comportement quelque peu étrange.

On me fit voir le médecin de la famille. Le professeur Lamy vint à la maison mais lui, je ne réussis pas à l'embobiner, il comprit très vite.

Adieu vêtements et bijoux indiens ! Bonjour les pensions de Suisse, de France et de Navarre !

Mais le mal était fait. J'avais goûté à la drogue et j'avais follement aimé.

Je fus envoyée avec Nanny Baker, flanquée d'un précepteur, à Haroué avec comme perspective assurée que la rentrée de septembre se passerait à Saint-Dominique de Fribourg en Suisse. Encore aujourd'hui, je suis convaincue que j'aurais préféré la prison, au moins j'y aurais rencontré des voyous plutôt que des bonnes sœurs revêches et hypocrites !

L'été se déroula comme si rien n'était arrivé. Je passai quinze jours merveilleux avec ma grand-mère italienne, Minnie Grace Gregorini Bingham, mariée à un général anglais, Sir Humphrey Gale.

Son premier mari, le prince Charles-Louis de Beauvau-Craon, que je n'ai jamais connu, était mort pendant la guerre en 1942.

Elle avait une propriété magnifique à Casalecchio di Reno, à quelques kilomètres de Bologne, en Émilie-Romagne.

J'adorais y aller, j'aimais immensément ma grand-mère paternelle, je sentais qu'elle me comprenait et j'étais folle de ce domaine.

Nous habitions dans les communs qu'elle avait entièrement réaménagés. La maison principale, qu'on appelle « Villa » en Italie, avait été bombardée lors de la Seconde Guerre mondiale.

Il n'en restait que les ruines auxquelles elle n'avait pas touché et qui se dressaient au milieu d'un parc sauvage.

Grâce à elle et à son goût exquis, je suis tombée amoureuse des ruines à un très jeune âge et cet amour m'est resté.

J'étais au septième ciel dans cet endroit qui respirait la joie de vivre, les bons gâteaux, les pâtes aux truffes blanches grâce, principalement, à ma Granny qui semblait sortie d'un conte de fées tellement elle était belle et aimante.

C'est avec elle qu'est venue ma passion pour les chaussures.

Une fois le petit déjeuner avalé, préparé par Peppina, une servante haute comme trois pommes, nous galopions, ma sœur Minnie et moi, embrasser Granny et nous jeter sur son grand lit.

Nous avions une petite conversation sur les bienfaits d'une bonne nuit de sommeil, et une grande conversation sur le programme de la journée. Souvent ma sœur repartait. Moi je restais, j'adorais la regarder se préparer. Tout en étant terriblement casse-cou et garçon manqué, tout ce qui touchait à la féminité m'intriguait et me fascinait, en particulier les chaussures. Ma grand-mère avait des chaussures en grand nombre, toutes faites sur mesure dans des cuirs et des toiles plus belles les unes que les autres, cela allait du simple cuir de porc jusqu'au crocodile, en passant par l'autruche, le lézard et de grosses toiles écrues toutes simples.

Elle chaussait du 41 et moi, en étirant au maximum mon pied, du 31 au 33 !

Tous les matins, nous choisissions une ou deux paires de chaussures que j'avais le droit d'essayer.

Le grand jeu consistait à me lancer un défi : combien de pas pourrais-je faire dans ses appartements, mon petit pied dans ses grandes chaussures à hauts talons ? Son éclat de rire, ses yeux étincelants et son sourire éblouissant saluant ma chute inévitable résonnent encore dans mes oreilles.

Elle est morte la veille de mes 15 ans : le 19 août 1970. Ce jour-là toutes les chaînes qui me retenaient à grand-peine se sont brisées. Ce fut aussi la première fois que je ressentis une telle douleur. Maigre consolation : une partie de moi s'en alla avec elle, l'autre, je la réservais pour mon père.

De Casalecchio di Reno nous repartions, Nanny, Minnie et moi pour Haroué en Lorraine.

Mon père s'y rendait quelques jours avant, son château, sa maison lui manquait.

Ma grand-mère, Granny, nous y retrouverait quelques jours plus tard pour y prendre ses quartiers d'été.

De l'avenue Foch arrivaient André et Noëlle, respectivement le valet de chambre, chauffeur de mon père, et la cuisinière.

Ils arrivaient dans une Peugeot break, chargée à ras bord, toiture incluse, de la ménagerie de ces petites chéries : Yen, mon boxer adoré, Speedy Gonzales ma tortue qui, j'en étais convaincue, ne pouvait se passer de moi et me suivait partout, enfin notre couple de canaris et de perruches dans deux cages bien distinctes.

Bref, un tas de choses totalement inutiles mais qui nous semblaient indispensables.

Haroué était le château de famille, construit par Boffrand en 1720 et terminé en 1729. Les fondations dataient de Bassompierre. Un hectare et demi de toitures, 365 fenêtres, douze tours, 52 cheminées, quatre tourelles et quatre ponts, le tout encerclé de douves où se prélassaient cygnes blancs et canards multicolores. Il y avait même une barque pour que Papa y promène ses filles.

Les grilles du château étaient dessinées par Jean Lamour comme la rampe du grand escalier. Il y avait une cour d'honneur enserrée par une colonnade de part et d'autre, et l'arrière ou le devant du château, personne n'était d'accord sur lequel était lequel. Donc pour mon père, le devant du château donnait sur un parc à la française, un bosquet et des champs de mirabelliers.

De chaque côté de la grille d'entrée de la demeure, il y avait deux ravissants pavillons. Celui de gauche, Papa nous le donna à Minnie et à moi, nous y avions quartier libre. C'est dans ce refuge que j'accumulais un certain nombre de bêtises, comme repeindre en bleu pétard et orange les murs du rez-de-chaussée jusqu'au jour où je tombai de l'échelle, mes fesses atterrissant dans les pots de peinture.

Nanny Baker, sur les conseils du régisseur, me les frotta à l'éther, ce qui me donna en avant-première le goût du trichlo !

Le pavillon de droite était la maison des « Pétréolle ». Lui faisait office de jardinier, elle de femme de chambre.

Ma grand-mère, avec l'aide de Russell Page, grand paysagiste de l'époque, avait créé sur le côté bordant les communs un jardin à l'anglaise. Au fond de ce jardin Papa y avait planté une pelouse pour y installer son cher « jeu de croquet ».

Nous y jouions des parties endiablées, grands et petits confondus.

Après les chaleurs d'Italie, la fraîcheur de la Lorraine était accueillie comme un cadeau du ciel.

Nos journées étaient orchestrées de la façon suivante : le matin nous avions un répétiteur chargé de nous faire faire nos devoirs de vacances ; ensuite selon les desiderata de Nanny, nous partions, Nanny, Minnie et Diane faire une longue promenade à pied ou à vélo. Yen montrait un grand enthousiasme à ces sorties et m'accompagnait toujours. Pour le vélo, j'étais toujours la première en selle, pour les marches à pied, si j'avais pu je me serais cachée dans un trou de souris.

Nous nous retrouvions toujours pour le déjeuner Papa, Granny, Nanny, Minnie et moi.

Papa avait invariablement des invités de dernière minute : le curé du village, nos chers voisins de campagne, Mena de Lambertye, qui était également la meilleure amie de ma grand-mère. Elle venait seule ou avec une de ses trois filles, voire les trois, ou bien des notables de Lorraine.

Il faut dire que Papa était maire d'Haroué et conseiller général de Lorraine. Il adorait son château, SA Lorraine, je pense que c'était « son grand amour ».

Même quand nous étions simplement en petite tribu, je n'ai pas souvenir d'un déjeuner qui n'était pas interrompu par une visite toujours urgente : la vache du fermier faisait un malaise, le pharmacien avait besoin d'un conseil, la postière apportait un courrier égaré, ou bien les chiens de la maison étaient responsables d'une fausse couche de la brebis ! De toute façon, la Grande Famille de Papa était ses villageois, il les aimait et eux l'adoraient.

Après le déjeuner, les petites chéries montaient dans leurs appartements faire la sieste. Je détestais ça, je trouvais que c'était une perte de temps absolue que je ne pouvais me permettre. Il y avait tant à faire, tant de choses à découvrir ! Mais Nanny était inflexible. Que le temps me paraissait long... Évidemment, au bout de la sieste m'attendait une de mes grandes joies : partir à 20 kilomètres jusqu'à Rosières-aux-Salines et monter à cheval. J'adorais galoper à travers champs, enivrée de liberté, accompagnée du palefrenier qui nous était désigné ce jour-là.

Une autre de mes occupations favorites était de grimper aux arbres, ou bien de faire la cueillette de mirabelles quand c'était la saison.

Ma grand-mère nous remettait à Minnie et à moi des petits paniers. Nous montions à une échelle posée contre le tronc de l'arbre et nous remplissions nos paniers respectifs de mirabelles. Une fois ce devoir accompli, nous redescendions de l'échelle et Granny nous donnait 5 francs à chacune. Une fortune ! Que je me précipitais à dépenser au magasin de bonbons du village tenu par Madame Perrier.

Toutes les occasions pour être casse-cou me mettaient en joie, plus je rentrais égratignée, les habits déchirés, plus j'étais heureuse. Je devins vite le « garçon manqué » de la famille.

Ma sœur, la pauvre, détestait cela, elle avait peur, peur de tout. Tandis que moi, j'essayais désespérément d'avoir peur mais je n'y suis jamais arrivée, en revanche je procurais de grandes sueurs froides aux autres...

Le temps passait cent fois, mille fois trop vite, j'étais si heureuse. Malheureusement, tout ceci était très assombri par le glas du 1er août qui, invariablement, sonnait. C'était le mois où nous appartenions à ma mère.

La semaine avant cette date fatidique le sommeil, malgré toute l'énergie que je mettais à me dépenser et à accumuler les bêtises, ne venait pas. Il était remplacé par des crampes d'estomac, des cauchemars que Nanny essayait désespérément de calmer en me prenant dans son lit.

Direction Orly Sud : Minnie et moi allions retrouver pour un mois entier notre mère au Portugal chez mon grand-père, Antenor Patiño, notre « Daddo ». Même ma

Nanny avait interdiction de nous accompagner, ma mère la détestait, elle savait combien nous l'aimions.

Alors nous avions une Nanny de substitution, mais ce n'était pas « ma » Nanny Baker. Daddo était merveilleux, il faisait tout pour nous protéger, mais il était difficile de lutter contre l'imaginaire et la méchanceté diabolique de ma mère.

La Quinta Patiño était une immense propriété située à Alcoitão, entre Estoril et Sintra, au Portugal.

Elle fut construite par mon grand-père entre 1957 et 1961. On y entrait par un immense portail peint en vert-noir et il fallait montrer patte blanche à l'homme de la sécurité posté dans une guérite adjacente au portail.

Une fois le test passé avec succès, vous pénétriez dans un autre monde. Un monde appartenant aux « Happy Few » et qui se révélait au-delà du féerique. Nous empruntions une route de gravillons couleur sable qui serpentait jusqu'à l'infini. De part et d'autre vous aviez des champs d'arbres fruitiers de toutes espèces, des pavillons qui desservaient soit un court de tennis, soit un bowling, ou encore un des nombreux accès à la piscine de la maison principale. Rien que la piscine était une œuvre d'art, tout le sol de cette dernière était recouvert d'azulejos représentant le dieu de la mer Neptune. Sur le mur du fond, d'où surgissait de l'eau bleu turquoise, il y avait des allégories toutes en référence à la mer : Néréides, tritons, chevaux marins…

Pour arriver à notre maison, exclusivement réservée aux petits-enfants de Daddo et à leurs Nannies, nous devions parcourir trois ou quatre kilomètres.

Chaque virage nous réservait une surprise : les écuries et manèges pour que ces « chers trésors » puissent monter à cheval, la ferme pour que nous puissions avoir du lait frais, des œufs et autres caprices. Un four à pain était caché dans une ravissante petite maison et fonctionnait à plein régime, brioches, croissants, petits pains, grands pains, tout était fait maison et je dois reconnaître qu'encore aujourd'hui, je n'en ai pas goûté de meilleurs.

Enfin nous arrivions dans notre « Casita » (la petite maison). Un monde peuplé de femmes.

Minnie et moi, ma cousine germaine Isabel Goldsmith, fille de Jimmy Goldsmith et Isabel Patiño, sœur de ma mère qui mourut en mettant Isabel au monde le 15 mai 1954, et les petites-filles de la seconde femme de mon grand-père, Beatrix di Rovasenda, Hélène et Élisabeth Leblanc, Beatrice et Sylvia de Castellane. Nous avions nos « Nannies » respectives, puis, évidemment, il y avait les femmes de chambre et la cuisinière.

Sur le plan domestique nous n'avions le droit de rien faire : nos valises étaient défaites, nos vêtements rangés, repassés, lavés et l'idée qu'une de ces petites poupées en porcelaine puisse avoir envie de faire son lit ou de ramasser ses jouets aurait déclenché une affaire d'État !

Tous les matins j'étais conduite soit en petite voiture, une Fiat blanche décapotable conçue spécialement pour Daddo, ou, encore plus excitant, une carriole tirée par un poney blanc prénommé Blue Boy et conduite par un cocher, direction les écuries. J'adorais monter à cheval et traîner dans les écuries, les chevaux étaient mes amis et leurs odeurs tièdes et sensuelles m'enivraient. J'avais un professeur d'équitation qui me faisait faire une heure, une heure et demie de manège. Et quelle ne fut pas ma victoire quand il me jugea assez bonne cavalière pour m'apprendre à faire du saut.

Daddo pour mes 10 ans me donna mon premier cheval, il s'appelait Estrella (« Étoile » en portugais). Il avait un manteau noir et au milieu du front une tache blanche en forme d'étoile. Je l'aimais de tout mon cœur et je crois que notre amour était réciproque. Avant ce cadeau qui me combla, Daddo offrit à chacune de ses trois petites-filles un âne nain qui correspondait pour chacune exactement à sa taille.

Je pense que jamais petite-fille ne se changeait autant que moi : la tenue de cheval, de tennis, de piscine, de bowling, sans oublier la robe à smocks pour aller faire la révérence à ces dames !

Étrangement, la Grande Maison me donnait le sentiment qu'Haroué était une demeure modeste, ce qui n'était pas le cas dans la réalité mais il y grouillait tellement de personnel, La Quinta croulait sous le faste jusque dans le moindre détail. Jamais de ma vie n'ai-je vu des bouquets en si grande quantité et si énormes, dont les fleurs, bien entendu, venaient toutes de la propriété.

Les déjeuners au bord de la piscine étaient somptueux. Il y avait des tables pour grandes personnes et la table des enfants.

Je devais avoir dans les 6 ou 7 ans lorsqu'un matin ma mère vint nous chercher, Minnie et moi, à la Casita pour nous emmener à La Quinta retrouver notre grand-père et ses invités au bord de la piscine. Une fois arrivées à destination nous allions embrasser dans l'ordre Daddo, tante Béatrice, Minouche, Isabel et les autres invités qui se prélassaient dans des chaises longues installées sur du gazon taillé au ciseau en bordure de piscine. Les chaises longues ressemblaient davantage à de grands fauteuils à rallonge ou plutôt à des lits sur roulettes pour une personne. Le confort absolu. Des trônes à bayadères, au chiffre entrelacé des Patiño, écrasés de soleil.

Mais mon regard fut plutôt attiré par deux têtes qui surgissaient de la piscine. L'une des têtes était enturbannée d'un tissu éponge Pucci bleu turquoise, noir et blanc. Sur l'autre tête, un turban également en tissu éponge rose poudré. La première tête était celle de Ludmila Tcherina, grande danseuse étoile, la seconde tête appartenait à Zsa Zsa Gabor, une gloire d'Hollywood des années 1950.

Je m'en approchai, pas trop – nous n'avions pas le droit de déranger les grandes personnes – mais suffisamment pour remarquer qu'elles étaient toutes deux maquillées plutôt pour aller au bal que pour patauger dans une piscine, aussi magnifique soit-elle.

Mes yeux avaient pris la forme de soucoupes, mais j'étais loin d'avoir tout vu ! Lorsque ces dames en eurent marre de barboter, elles remontèrent chacune de leur côté les marches de la piscine afin d'en sortir avec le plus de grâce possible. Là, il fallut que je retienne mes yeux afin qu'ils ne jaillissent pas de leurs orbites !

Ces dames avaient des maillots une pièce à l'évidence assortis à leurs turbans, l'une en Pucci l'autre en drapé rose poudré. Mon regard glissa le long de leurs corps pour s'arrêter au niveau des cuisses. L'une comme l'autre portaient des bas couleur chair qui tenaient par le miracle du Saint-Esprit.

J'appris plus tard qu'il existait des bas qui tenaient autour de la cuisse par des élastiques conçus pour produire un effet invisible. J'étais de nature curieuse, même très curieuse, et quand je ne comprenais pas quelque chose ou que je découvrais quelque chose de nouveau, je bombardais tout un chacun de questions jusqu'à recevoir une réponse qui me satisfasse.

Je questionnai donc du haut de mes 6 ans toutes les personnes qui se prélassaient ou bronzaient au bord de la piscine : Daddo, tante Béatrice, Minouche, Isabelle et les autres, sauf ma mère, c'eût été inutile et je voulais m'épargner une engueulade. Ma question était simple : pourquoi portaient-elles des bas pour se baigner ? Je n'obtins pourtant pas de réponse, chaque personne que j'interrogeais éludait la question.

À La Quinta, j'avais remarqué que quand je posais une question jugée embarrassante ou indiscrète, je trouvais toujours réponse auprès du personnel de maison, le majordome, la gouvernante, même auprès du cuisinier. Pour ce faire il fallait que je mette au point un stratagème car nous n'avions pas le droit de parler au personnel. Je patientai donc en attendant un moment d'inattention de la part de ma Nanny ou de ma mère et filai vers la grande maison à la recherche de Dolorès, la gouvernante en chef. Bingo ! J'avais fait le bon choix. Elle me donna une réponse toute simple, mais qu'elle dut m'expliquer en détail : Ludmila Tcherina et Zsa Zsa Gabor portaient des bas pour se baigner afin de retenir leurs chairs et qu'en sortant de l'eau on ne remarque ni les plis de leur peau ni leur cellulite. À 6 ans je ne savais pas que la peau plissait et j'ignorais tout du mot « cellulite ».

Je quittai Dolorès en la bénissant et en pouffant de rire : les grandes personnes étaient quand même de drôles d'engins...

Un autre souvenir me marqua. Mon grand-père avait une très belle armoire en acajou XVIIIe dans son bureau, toujours fermée à clef, clef qu'il conservait dans un petit coffret également fermé à clef, clef dont il ne se séparait jamais. Il fallait à tout prix que j'éclaircisse ce mystère. Je devais avoir 12 ans, et j'avais enfin compris à cet âge-là qu'il était inutile de poser une question à qui que ce soit de la famille. Je passai donc directement à la vitesse supérieure, à savoir aller interroger un des membres du personnel. Eux s'amusaient de mes questions et y répondaient toujours de bonne grâce.

Ce n'était pas fait pour leur déplaire de me dévoiler des secrets qu'ils jugeaient sans danger. J'hésitai entre deux cibles : la secrétaire de mon grand-père ou Luis, le majordome. C'est Luis qui l'emporta. Je savais qu'il n'irait jamais le répéter à Daddo, encore moins à ma mère.

Que contenait cette armoire si bien gardée par mon grand-père ?

Un trésor, mais lequel ?

Eh bien d'abord il m'expliqua que cette armoire était une armoire à cadeaux pour les amies proches de Daddo. Elle était pourvue de 5 étagères remplies de sacs à main. Selon le degré d'amitié que mon grand-père éprouvait pour ces dames, un sac leur était attribué !

Les sacs allaient en ordre décroissant : sur la première étagère, tout en haut de l'armoire, il y avait les minaudières, ces ravissants petits sacs du soir en or, à rayures ou à croisillons, avec un fermoir en cabochon de saphir ou de rubis et un pompon en soie noire. Ça, c'était pour les très grandes amies.

Sur la deuxième étagère il y avait les sacs Kelly Hermès en crocodile ou en autruche pour les grandes amies.

La troisième étagère était pourvue toujours de Kelly Hermès, mais cette fois-ci en cuir noir, marron, bordeaux ou en peau de porc. Ces derniers étaient réservés aux amies. La quatrième étagère était un mélange de sacs Dior, Valentino et Goyard pour encourager les nouvelles amies à devenir de vraies amies. Quant à la dernière étagère, c'étaient des sacs glanés par-ci par-là et certainement pas choisis par mon grand-père, réservés aux amies sans espoir !

Je trouvai l'explication de Luis très jolie et délicate, je ne fus pas dupe du terme « amie ». J'en tirai mes propres conclusions. Je repartis enchantée à l'idée que Daddo s'amusait !

Les déjeuners étaient servis sous une colonnade en marbre et pierre, ce qui nous prodiguait de la fraîcheur avec une telle efficacité qu'on y avait presque trop frais.

Occasionnellement, mon grand-père organisait un pique-nique au Guincho, une plage de sable blanc majestueuse sur la route de Cascais. Pour Daddo, pique-nique voulait tout simplement dire qu'au lieu de déjeuner sur du dur, nous déjeunions sur du mou, le sable. Dès 8 heures du matin, une armée de personnel désignée par Luis, le maître d'hôtel en chef, partait au Guincho installer les tables. Cette image est restée gravée dans ma mémoire.

Toute la smala familiale arrivait, sérieux comme des papes en tenue décontractée.

Mon grand-père faisait les placements de table. La table pour enfants était également dressée et le déjeuner était servi par des maîtres d'hôtel pieds nus mais en gants blancs !

Pendant un temps, Minnie et moi avons été considérées comme les enfants les mieux habillés d'un Paris aux critères extrêmement élevés.

Mes robes étaient faites sur mesure, ou provenaient de la Châtelaine, un must pour petites filles qui se respectaient, ou, mieux encore, de chez White House à Londres, la maison pour enfants d'excellence anglaise.

Oui, mon enfance fut magnifique et totalement surréaliste. Elle peut paraître aujourd'hui à des années-lumière, mais quand on y pense, tout ce que je viens de vous relater s'est passé entre 1955 et 1970.

C'est surtout l'époque qui a tellement changé.

Malgré toute cette extravagance qui peut paraître indécente, elle ne l'était pas du tout, c'était normal, c'était mon monde.

Je fus comblée par toute l'affection, la tendresse, l'amour qu'une petite fille pouvait espérer, moins une, et c'est tant mieux.

C'est à 11 ans que les choses ont changé et bouillonné en moi...

Ne pas évoquer ma grand-mère maternelle serait un grave oubli de ma part. C'était un personnage auquel j'étais très attachée malgré son caractère au-delà de l'imprévisible.

Ma grand-mère donc, la duchesse Cristina de Dúrcal y Borbón, cousine du roi Alphonse XIII, portait bien son nom. Elle était fort belle, majestueuse, tout en étant petite, voire menue ; 1,60 mètre, pour rester bien élevée, et les plus petits pieds d'adulte que j'aie jamais vus, elle chaussait du 35 ! Elle avait un port de tête qui n'avait pas d'égal et trois passions dans la vie : ses chihuahuas, les bijoux, de préférence et d'ailleurs uniquement somptueux, et les fourrures qui devaient rivaliser en splendeur avec les bijoux.

Elle avait été la première femme de mon grand-père Daddo avec lequel elle eut deux filles, ma mère Cristina et ma tante Isabelle. Du côté maternel de la famille, on manquait totalement de fantaisie. Toute la lignée féminine s'appelait Cristina. Moi-même je suis affublée de ce prénom en 3e position sur mon acte de naissance.

Elle se maria avec Daddo le 8 avril 1931 à l'âge de 18 ans et en divorça en 1959. La petite histoire dit que sa mère Laetitia, duchesse de Dúrcal y Borbón, annonça un matin à sa fille son mariage dans les termes suivants : « Tu épouseras Antenor Patiño ou tu entreras au couvent. Tu as 24 heures pour prendre ta décision. » J'ai tendance à croire cette histoire, ayant eu le privilège de connaître mon arrière-grand-mère. Elle en était tout à fait capable.

Ma grand-mère fut, comme les autres membres de la famille, affublée d'un « nickname » : Puss.

Puss ne faisait pas partie de nos voyages estivaux.

Elle avait un ravissant appartement place des Vosges au numéro 9, avec vue sur la place.

J'allais déjeuner chez elle tous les jeudis avec ma sœur à condition qu'elle fût d'humeur à nous recevoir. Nous grimpions à pied trois étages d'un escalier tellement ciré que l'odeur envahissait jusqu'au porche de l'immeuble, et qu'il fallait s'accrocher des deux mains à la rampe car c'était comme l'ascension d'une patinoire. Nous devions être chez elle à midi et demi pile, elle ne tolérait aucun retard.

C'est certainement grâce à elle que j'ignore tout du mal de dos. Elle avait instauré un rituel auquel il n'était pas question d'échapper. Avant de passer dans la salle à manger, Minnie et moi devions subir deux exercices de maintien. Puss nous plaçait des livres sur la tête, la pile de livres variait, jamais moins de trois et elle, assise dans son canapé, nous faisait faire des longueurs dans son salon. Gare si on faisait chuter un livre, on recommençait à zéro. Et puis le mot magique de Puss : « Stop. »

Cela impliquait que nous passions au deuxième exercice : le manche à balai dans le dos, coincé entre les coudes, et hop ! C'était reparti !

Moi, je dois le reconnaître, j'aimais ces exercices. J'aspirai un court instant à être danseuse. Je me disais que c'était un exercice d'assouplissement et de maintien qui me porterait au zénith.

Minnie, la pauvre, détestait. Souvent cela se terminait dans les larmes. Inflexible dans ces cas-là, le manche à balai restait coincé dans nos dos respectifs. Essayez de manger dans ces conditions !

Venait le café pour elle, pour nous un chocolat, une friandise, et là, selon son humeur, elle s'intéressait à nos « petites vies », mais la majorité du temps elle nous parlait de ses avocats et de son divorce avec Daddo, en nous prenant à partie.

Puss nous faisait faire le tour de son appartement en fustigeant mon grand-père et sa batterie d'avocats. Chaque meuble d'exception qui en faisait le décor se trouvait affublé d'un cachet de cire rouge avec, au bout, ce qui ressemblait à un fil de fer et une horrible étiquette.

Des scellés qui, évidemment, avaient été posés à cause de mon horrible Daddo.

À mes yeux et dans ma tête d'enfant, je trouvais que Daddo et Puss avaient surtout mis au point le plus étrange des ballets. Immanquablement, quand nous allions déjeuner chez mon grand-père, je revoyais les meubles de ma grand-mère, à un détail près : il n'y avait plus de cachets de cire rouge et encore moins de vulgaires étiquettes.

Ah ! les « grandes personnes », quelle drôle de race ! Je me jurais, malgré toute l'affection que je leur portais, de ne pas leur ressembler.

Il faut dire que leur divorce était cité dans tous les livres de droit. Il dura vingt-deux ans, un record.

Tous les étudiants en droit à l'université de Dauphine apprenaient le divorce Patiño en première année de fac.

Franchement, si cela a pourri la vie de ma grand-mère, ça a également pourri ma première et dernière année de rallye de jeune fille de bonne famille. C'était coincé et les garçons trop boutonneux à mon goût me demandaient à chaque fois si j'étais la petite-fille du divorce le plus long de l'Histoire. Une raison supplémentaire pour fuir mon environnement social. J'avais développé comme hobby d'accumuler les raisons qui ont fini par me faire mépriser mon milieu.

J'aimais Puss, elle était, malgré elle, haute en couleur. Elle mourut en juillet 2002. Je l'ai beaucoup pleurée.

Minnie et moi sortions très déboussolées de ces déjeuners, car nous adorions Daddo et nous n'aimions pas entendre des horreurs auxquelles je crois qu'on ne comprenait rien et, en ce qui me concerne, auxquelles je ne croyais pas.

Puss, une femme sublime, peinte par Zuloaga qui a perdu toutes ses belles années à se battre par orgueil. Quel gâchis…

Un jour mon père eut un invité de marque à déjeuner dans notre appartement de l'avenue Foch : le général de

Gaulle. Mon père avait rejoint le Général à Londres dès le début de la guerre.

Il recommanda à Nanny Baker que ses deux filles soient changées, habillées de jolies robes afin de venir dire bonjour avant le déjeuner, à 12h30 précises, à ce prestigieux invité. Minnie et moi fûmes vêtues de robes à « smocks », de petites socquettes blanches (j'avais en horreur les socquettes blanches !), avec des chaussures bleu marine à boucles anglaises.

J'avais 6 ans, Minnie 8 ans. Papa nous avait bien entendu expliqué qui était le général de Gaulle et de quelle façon nous devions nous comporter en sa présence.

À 12h15 précises Nanny nous fit descendre du 5ᵉ étage, notre étage, au 4ᵉ étage, celui des adultes et des réceptions, par le grand escalier intérieur.

L'appartement était en duplex. Au pied de cet escalier nous attendait Monsieur Matthias, secrétaire de mon père, qui avait la tâche de nous introduire dans le grand salon où mon père et le général de Gaulle conversaient.

Papa se leva pour venir à notre rencontre, le général de Gaulle en fit autant. Mon père nous prit par la main et les présentations eurent lieu.

Papa nous avait fait tellement de recommandations que quand mon tour vint je fis la révérence au Général, cela le fit sourire. Le Général, mon père, ma sœur se rassirent, moi, je restai plantée debout, tétanisée par l'immensité de la taille du Général. Tout ce que je pouvais faire c'était le regarder avec des yeux écarquillés, la bouche ouverte.

Je sentais sur moi le regard noir de mon père. Le Général me demanda de m'approcher et commença à me parler. Honnêtement, je ne me souviens pas de quoi. Toujours est-il que l'atmosphère se détendit et je repris du poil de la bête.

Vraisemblablement, il me demanda ce que j'aimais faire. Mon jeu préféré du moment était de faire sur les genoux de mon père : « À Dada sur mon cheval blanc, À Dada sur mon cheval gris, Youp La Boum ! » J'en fis part au Général. Il me souleva de terre et je me retrouvai sur ses genoux. Il me demanda si cela me plairait de faire ce jeu-là et nous fîmes sous le regard horrifié de mon père, médusé de ma sœur, un somptueux : « À Dada sur mon cheval blanc, À Dada sur mon cheval gris, Youp La Boum ! » Au moment du « YOUP LA BOUM » le Général écarta ses genoux pour me faire basculer en arrière et j'eus le sentiment de dévaler le plus gigantesque toboggan du monde !

Le général de Gaulle était très, très grand pour une petite fille de 6 ans. Un magnifique souvenir, impérissable.

Mon grand-père avait à La Quinta Patiño cent employés de maison, dont la moitié était des jardiniers. J'appris à faire mon lit toute seule à mes 18 ans. Tant que j'étais sous quelque toit familial que ce soit, ce genre d'envie était considérée comme une absurdité. Encore aujourd'hui je ne sais pas faire la cuisine, ce qui ne me gêne en rien, je n'aime pas manger. Seul souci, mes invités prennent le risque de crever la dalle ! Quand je choisis un nouveau lieu de vie, je suis toujours effondrée à l'idée de devoir sacrifier une pièce pour en faire une cuisine. Les machines à laver ou autres étaient du chinois pour moi.

La situation était ubuesque quand on pense que l'endroit où je m'amusais le plus m'était formellement interdit : les quartiers du personnel.

J'appris donc toute seule et très vite. Une chaîne de plus était rompue.

Ma première pension, ma première prison.

J'avais 11 ans, peut-être à peine 12 ans. Du jour au lendemain, Papa m'annonça que ma mère et lui-même avaient décidé pour mon bien (quoique divorcés, à mon grand dam, ils prenaient certaines décisions ensemble), mon épanouissement combiné à des raisons de santé (la mienne), que j'irais dès la rentrée de septembre à Saint-Dominique de Fribourg en Suisse.

Pourquoi diable les parents prennent-ils leurs enfants pour des imbéciles ?

Ma santé allait très bien, merci, j'étais vive, gaie et boute-en-train. En plus, j'étais souvent au tableau d'honneur du Cours Hattemer.

J'en ai beaucoup voulu à Papa. Ma mère, je m'en foutais. J'ai donc pris cette décision comme un rejet. Pas idéal pour aborder sa première année de pension !

Malgré tout j'eus une surprise merveilleuse : ma cousine Isabel Goldsmith avait subi, pour des raisons aussi obscures que les miennes, le même sort. Cela tombait bien, on s'adorait. Nous passâmes l'été à faire des plans d'enfer. Nous ne savions pas ce qui nous attendait ! Papa m'accompagna à ladite pension à la rentrée, Nanny Baker aussi.

Isabel arriva de son côté accompagnée par son père, Jimmy Goldsmith, et sa Nanny.

Pourquoi les Nannies ?

Les deux pères devaient redouter à juste titre nos premières réactions, et il y avait de quoi : la pension était un ancien couvent dominicain encerclé de hauts murs.

Tout était gris d'ailleurs, et, en particulier, les bonnes sœurs. Un jour j'aimerais que quelqu'un me dise la marque de savon dont elles se servent pour se laver car la première chose qui me saisit ce fut l'odeur qui flottait, une odeur de rance qui suivait chaque nonne à la trace, rien qu'en l'évoquant mes narines frémissent de dégoût comme la première fois.

La mère supérieure nous accueillit. La seule à grimacer un sourire, elle nous convia dans son bureau où elle nous récita les règlements du pensionnat. Je suis incapable de vous en citer un, j'ai vite compris que ma seule et unique bouée de sauvetage était de m'évader dans mon imaginaire. Suivit la visite des dortoirs. Ni Isabel ni moi ne connaissions ne serait-ce que l'existence de ces lieux de couchage et personne n'avait jugé utile de nous préparer à ce changement de vie radical. Le sentiment de punition n'en fut que plus grand et injuste : une immense pièce avec trente lits séparés par des cloisons à mi-hauteur, la porte était un rideau, que bien entendu les deux bonnes sœurs affectées à l'ordre et à la discipline du dortoir pouvaient tirer à volonté – chose qu'elles faisaient avec un plaisir sadique.

Bien entendu Isabel et moi étions séparées, l'une à l'entrée du dortoir, l'autre au bout. Dans notre malheur, une petite chance : nous étions chacune seule dans notre box.

Extinction des feux à 8 heures du soir, allumage des lumières à 7 heures du matin.

Au printemps, nous étions réveillées par le lever du soleil. Évidemment, pas de rideaux aux fenêtres.

Je croyais avoir vu le pire, illusion... Vint la visite des douches et là même combat : vingt, peut-être trente douches dans le même espace, pour préserver notre intimité illusoire, un rideau en plastique séparant les douches les unes des autres, sauf que ce rideau de douche était le moins opaque que j'aie jamais vu de ma vie. Et là, idem, la bonne sœur préposée aux douches pouvait tirer le rideau à volonté et ne s'en privait pas. Un jour, n'en pouvant plus, je demandai à voir la mère supérieure pour me plaindre de ce voyeurisme. Mal m'en a pris. C'était moi qui avais les idées mal placées. La bonne sœur n'accomplissait que son devoir en veillant à notre bonne hygiène de lavage !

Avant d'asséner à la mère supérieure de Saint-Dominique de Fribourg notre coup final qui nous conduirait à un renvoi immédiat, Isabel et moi avions eu l'occasion de faire à ces chères bonnes sœurs quelques frayeurs, notamment pour la fête de Noël qui avait lieu dans la grande salle des fêtes du couvent.

La semaine avant les vacances de Noël, les parents des élèves du pensionnat y étaient conviés et toutes les bonnes sœurs y assistaient.

Si nous n'étions guère aimées par ces dernières, nous avions acquis une grande popularité auprès des élèves de notre classe ainsi qu'auprès de certains professeurs. Notamment auprès du professeur de musique et de théâtre.

Ce dernier nous désigna pour présenter une petite saynète l'après-midi de la fête de Noël. En réalité, Isabel et moi en avions préparé deux, l'une pour leur plaire, l'autre pour nous plaire.

Celle pour leur plaire s'est effacée de ma mémoire, vraisemblablement cela devait avoir un lien avec Noël et le Petit Jésus. L'autre, je m'en souviens comme si c'était hier. Nous la répétions dans le plus grand secret. Comme nous étions officiellement « désignées », nous avions accès libre en dehors des cours à la salle réservée aux répétitions.

Isabel et moi étions « raides dingues » des Rolling Stones. En particulier de Mick Jagger et de Keith Richards. De surcroît ils avaient une chanson qui semblait avoir été écrite pour nous : « *(I Can't Get*

No Satisfaction) » ! Elle illustrait parfaitement notre frustration !

Les malheureuses bonnes sœurs avaient mis à disposition des élèves qui allaient interpréter une « pantomime » un tourne-disque. Isabel avait, évidemment, le 45-tours des Rolling Stones avec notre chanson, moi j'avais des 45-tours de chansons de Noël afin de bien tromper notre monde.

Le jour de la fête arriva et notre tour de monter sur scène.

Notre saynète commença dans le calme avec une jolie chanson de Noël, le rideau se referma à la fin de notre première interprétation. Mais quand il se rouvrit Isabel et moi étions toujours sur scène.

Nous ne laissâmes pas aux bonnes sœurs le temps de réagir. Je mis le tourne-disque à tue-tête et la voix de Mick Jagger en jaillit : « *I can't get no satisfaction !* »

La synchronisation fut parfaite, nous avions répété pendant un mois... Nous nous mîmes à danser et à nous tortiller de la façon la plus provocante et évocatrice que nous avions chorégraphiée avec soin. Tout ça bien entendu, vêtues de nos uniformes bien sages.

Le temps que la mère supérieure se remette du choc et parvienne à faire baisser le rideau, arrêter la musique, nous permit à Isabel et moi de nous défouler, de danser tout notre soûl.

Il faut dire que nous avions réussi à créer une certaine commotion, nous étions triomphantes. Peu importe si nous fûmes privées de sorties et de tout loisir la semaine qui suivit. Après... c'étaient les vacances de Noël.

Petit à petit, mais en vitesse accélérée, Isabel et moi avons élaboré un plan d'attaque : comment sortir de là.

Tous les quinze jours nous avions le droit de partir en week-end du vendredi 16 heures au dimanche, retour à la caserne à 18 heures.

Ma Granny chérie avait déménagé avec son second mari, le général Gale, à Vevey. Évidemment, elle nous accueillait avec un immense plaisir lors de ces week-ends autorisés.

Nous nous y rendions en train, Fribourg-Vevey, sauf qu'un vendredi, nous avions préparé et mis au point notre plan d'attaque. Nous sommes montées dans le train comme si de rien n'était. Isabel avait réussi à dissimuler au cours d'une année de pensionnat un attirail de maquillage digne d'une meneuse de revue de cabaret. Moi j'avais pris soin de prendre des vêtements de rechange. En pension, nous étions affublées d'un uniforme : chemisier blanc à manches longues, col Claudine, jupe plissée bleu marine, longueur genoux, blazer bleu marine avec le blason du pensionnat jaune et or.

J'avais concocté un look d'enfer. Pantalon pattes d'ef et tee-shirt moulant, et nous avions commencé à découdre nos blasons d'uniforme qui ne tenaient plus qu'à un fil. Il nous suffisait de les arracher.

Peut-être grâce à notre sang latino, Isabel et moi paraissions plus âgées que nous ne l'étions vraiment, malheureusement pas autant que nous l'aurions souhaité. Qu'à cela ne tienne, nous nous engouffrâmes, chacune à notre tour, dans les toilettes du train pour en ressortir maquillées comme des camions volés et habillées, dans notre esprit, comme des pin-up dignes de ce nom. Nous étions convaincues de paraître avoir au moins 18 ans.

Nous avons laissé filer l'arrêt du train à Vevey pour descendre à Lausanne qui, du haut de nos 12-13 ans, représentait la ville de toutes les libertés, Sodome et Gomorrhe !

J'appelai ma grand-mère en lui expliquant que nous nous étions endormies, que nous avions raté l'arrêt et que nous allions reprendre le train dans l'autre sens.

C'était sans compter sur la vigilance des chefs de gare suisses.

Quand nous reprîmes effectivement le train pour nous rendre à Vevey, assouvies de notre volée de liberté, ce dernier demanda à contrôler nos billets. Nous n'avions pas un centime sur nous, et autant nous étions fières de notre allure autant elle sembla alarmer ce dernier.

Non seulement nous n'avions que des billets aller-retour Fribourg-Vevey, mais pas non plus de quoi payer l'amende et le trajet jusqu'à Lausanne-Vevey.

Il nous parqua dans un compartiment qu'il ferma à clef. À l'arrivée, ma grand-mère nous attendait furieuse car elle avait été alertée par la mère supérieure.

Granny, Isabel et moi avons attendu dans un silence glacial l'arrivée de cette dernière qui nous ramena manu militari à Saint-Dominique de Fribourg. Notre week-end fut sucré et nous pensions avoir subi notre punition.

Que Nenni ! Le lundi matin, chacune à notre tour, nous étions convoquées dans le bureau de la mère supérieure. Je rentre sous bonne escorte dans son bureau et j'y trouve mon père qui, franchement, n'avait pas l'air heureux de me voir arriver. Il n'était là que sur la demande expresse de la mère supérieure car un démon de mon espèce ne devait pas rester une minute de plus dans son noble établissement au risque de polluer l'esprit de sainteté qui y régnait.

Le voyage de retour fut un cauchemar. Entre le sermon sans fin de mon père et plus particulièrement, ce qui me déstabilisait totalement, son désarroi. Il devait très bien sentir que son discours et les punitions à venir ne m'affecteraient pas. Secrètement je savourais ma victoire, celle d'avoir réussi à me faire virer de cet endroit que j'ai haï de toutes mes forces.

J'eus raison de ne pas avoir peur car l'avenue Foch, suivi d'Haroué, me paraissait être le paradis.

Isabel, la pauvre, s'en sortit moins bien. Son père l'envoya pendant un mois dans un semi-« boot camp » en Angleterre. Mon père avait refusé de me faire subir le même sort. J'avais un père tendre et moi, je n'avais peur de rien.

Petit à petit, le cours de ma vie surprotégée reprit le dessus et la farandole de l'été arriva, jusqu'à la prochaine pension.

En septembre je fus envoyée à Saint-Dominique de Tours. Là, au bout d'une année, je fus accusée d'avoir tenté de voler une deux chevaux. Tout simplement poussée par la curiosité, j'avais posé mon derrière sur le siège du conducteur.

Enfin mon père eut un déclic ! Les pensionnats de bonnes sœurs n'étaient pas faits pour sa fille.

La rentrée scolaire suivante me mena à Beau Soleil, à Villars-sur-Ollon.

C'est là que se produisit la première rencontre qui changea le cours de ma vie.

Le collège de Beau Soleil m'apparut comme une récompense, laquelle ? Je l'ignorais encore, mais elle fut de taille.

Déjà, le décor n'avait rien à voir avec mes deux expériences précédentes de pensionnat. Le village de Villars-sur-Ollon se situait à 1 300 mètres d'altitude. J'étais dans mon élément, la montagne. Le collège lui-même était de taille humaine et surtout, il n'était pas ceint de murs de prison. Il était planté sur un large domaine avec vue sur les montagnes et les vaches. L'uniforme était, certes, bleu marine et blanc, mais pour les jeunes filles de mon âge, du moment que l'on respectait ces deux tons et le blazer avec l'écusson du collège, nous pouvions nous habiller à notre guise.

Les chambres étaient pourvues d'un, deux ou trois lits. Le miracle continuait : on m'attribua une chambre seule. Le réfectoire n'avait pas l'air d'un hall de gare mais d'une grande salle à manger, et contrairement aux pensions des dominicaines, les élèves avaient le droit de parler.

Bref, j'y fus heureuse pendant un temps et si j'en garde un tel souvenir, c'est principalement pour la rencontre exceptionnelle dont Beau Soleil fut responsable.

Les élèves à partir de 14 ans avaient le droit de sortir « au village ». À cette époque, du moins, le village était un minuscule bourg qui offrait peu de distractions, mais moi, assoiffée de liberté, j'y trouvai l'Éden.

Il y avait deux hôtels (c'était une station de ski réputée pour la neige), une boulangerie, un boucher, un marchand de journaux qui faisait également office de tabac, de magasin de souvenirs, et de confiseries de bas étage : la confiserie de « Junk Food » dont j'étais folle, en particulier les « têtes de nègre ». J'y allais donc à chaque sortie autorisée. Il y avait bien entendu, comme dans tout village suisse touristique qui se respecte, le Salon de thé.

Mais ce n'est pas là que je fis la première des rencontres qui me marquèrent pour toute la vie. Ce fut chez le marchand de journaux.

Un jour j'y entrai pour acheter mes innombrables « cochonneries » et il y avait là un habitué, d'après son échange verbal avec le propriétaire des lieux.

Je vaquais à mes petites affaires gourmandes quand cette personne s'adressa à moi dans les termes suivants : « *Aren't you going to O.D., eating all those sweets ?* »

Je pense que je devins écarlate et que je bafouillai une bêtise. Il s'adressa à moi en anglais car il était américain.

Je sortis du magasin, lui aussi. Mon premier choc de jeune fille étant vite avalé, nous reprîmes la conversation en commençant par le début, nous présenter mutuellement.

Il s'appelait Timothy Leary, il devait avoir l'âge de mon père. Il avait un visage radieux et un regard à vous faire fondre. Nous fîmes un bout de chemin ensemble. En nous quittant, je savais que j'allais le revoir.

Nous prîmes l'habitude de nous retrouver au Salon de thé. Ce que j'ai appris de cet homme, aucun banc d'école ne pouvait me l'enseigner.

Timothy Leary était assez connu aux États-Unis, il y était même recherché par le FBI. Il avait été professeur de psychologie à la Harvard University d'où il avait été renvoyé pour avoir fait des expériences avec ses étudiants sous LSD. Ses élèves devaient décrire les effets mentaux que produisaient sur leurs cerveaux ces substances psychédéliques.

Il avait été condamné à de la prison ferme d'où il s'était évadé grâce à un groupe extrémiste de gauche, les Weathermen.

Fuyant le FBI, il était passé par l'Algérie où il s'était réfugié un temps chez les Black Panthers d'Eldrige Cleaver qui voulaient le livrer contre rançon, et avait atterri à Villars-sur-Ollon, chez un marchand d'armes, un certain Michel Hauchard.

Il m'offrit le plus beau cadeau de ma vie : il me comprenait.

J'avais trouvé un ami qui partageait son savoir et ses secrets avec moi, et moi je pouvais me confier et partager mes idées avec lui, sans qu'il me juge, me traite de folle ou de dangereuse. Je n'étais plus seule au monde. J'avais un allié.

Quand je lui racontai que j'étais convaincue depuis mon plus jeune âge qu'on s'était trompé de panier à la clinique, et que j'avais atterri dans une famille, certes, que j'aimais, mais où je ne me sentais pas chez moi car totalement incomprise, il m'écouta, me conforta, et surtout me rassura. J'assouvirais mon besoin intense de liberté et je trouverais ma vraie famille

D'asphyxiée, je me mis à respirer. Je lui dois ma liberté absolue et d'avoir ouvert la porte à la possibilité de me créer ma propre famille.

Quelle ne fut pas ma joie de découvrir que mon premier ami était, dixit le président Nixon, « l'un des hommes les plus dangereux d'Amérique », et que devant une assemblée de 30 000 hippies au Golden Gate Park de San Francisco, il avait balancé la célèbre phrase : « *Turn On, Tune In, Drop Out.* »

Rencontrer Timothy Leary dans un minuscule patelin paumé dans les Alpes suisses me fortifia dans l'idée que Dieu existait et qu'il venait de m'envoyer un « ange ». Et ange, il le fut. Un jour il ne vint pas à notre rendez-vous, la Suisse venait de l'extrader.

Je me sentis à nouveau seule et incomprise, dévastée de tristesse d'avoir perdu mon seul ami.

Évidemment, la nouvelle de l'extradition de Timothy Leary – les flics suisses accompagnés de leurs « copains » du FBI venus chez lui pour l'embarquer dans ce si joli et parfait petit village où il ne se passait jamais rien – s'étant répandue telle une traînée de poudre pour finalement atterrir sur le bureau du directeur de Beau Soleil, fit l'effet d'une bombe : « Une jeune fille de votre collège s'était acoquinée avec un "criminel". » Je fus vite identifiée et convoquée dans son bureau. Encore aujourd'hui le discours, suivi, bien entendu, d'un renvoi immédiat, me paraît totalement surréaliste : mon ami, la seule personne vraie, sans masque, avec qui j'entretenais une relation bien innocente devint un monstre, un criminel.

Je me suis entendu dire que j'entretenais une relation malsaine due à notre grande différence d'âge, qu'il avait abusé de mon innocence et que, bien entendu, vu mon comportement, je nuisais à la réputation de leur collège tant respecté. C'était bien là leur unique souci ! Je me suis donné le coup de grâce, dégoûtée d'un discours où seule « la réputation » avait de l'importance.

Je clamai haut et fort que Timothy Leary était un homme merveilleux, je pris sa défense et déclarai à quel point j'étais fière de cette amitié.

Je pris conscience, et c'était loin d'être la première fois, que plus les adultes étaient « propres sur eux », plus ils avaient l'esprit mal tourné.

Mon pauvre père, cette fois-ci, ne vint pas me chercher. Il n'en eut pas le temps. Je fus escortée au train direction Genève et c'est là que ma Nanny me récupéra. Je fus enchantée par la brutalité de ce renvoi, j'avais le sentiment d'être devenue également un danger public, et donc une complice de Timothy que j'admirais tant !

Le renvoi se produisit en pleine année scolaire et il fut impossible à mon père de trouver une pension digne de ce nom prête à m'accueillir. Une logistique fut mise en place. Cours particuliers avenue Foch, un professeur par matière. Cela sonna pour moi comme des vacances : j'aimais étudier, j'aimais être seule.

Et puis cela me donna tout le temps nécessaire pour développer une stratégie. Je compris très vite que dans ces pensions ou établissements « très chic », il suffisait de se faire renvoyer au printemps, de préférence avant les vacances de Pâques, pour ne pas être reprise dans quelque école que ce soit qui correspondait aux critères de mon père, et que donc je me retrouvais avec de très longues vacances !

L'été de mes 15 ans, mon père décida qu'il était grand temps de parfaire mon éducation linguistique. Je ne parlais que le français et l'anglais, il fallait rajouter au moins une langue. Il m'en fit part, l'idée me séduisit car il était question que je parte pendant trois semaines dans le pays choisi pour en apprendre la langue.

Il fut convenu que j'y partirais avec une amie. J'en parlai immédiatement à mon amie d'enfance, Sophie Weil. Elle bondit sur l'idée, le séjour devait avoir lieu au mois de juillet. Elle en parla à ses parents qui non seulement donnèrent leur accord mais également proposèrent à mon père la solution idéale : leur fille aînée Carole, qui avait neuf ans de plus que Sophie, avait passé plusieurs années à étudier à l'Université de Heidelberg et y avait conservé un petit appartement, continuant à faire des allers et retours entre Paris et Heidelberg.

Ils se chargeraient de lui en parler. Carole, qui aimait profondément l'Allemagne, et Heidelberg en particulier, trouva l'idée excellente et alla jusqu'à proposer d'organiser notre séjour, cours d'allemand inclus. L'idée fut donc adoptée et exécutée. Elle nous accompagna à Heidelberg (elle avait également endossé le rôle de nous surveiller), nous inscrivit à notre cours d'allemand accéléré et nous installa dans son appartement. Elle serait chez un ami (le boyfriend) le temps de notre séjour. Sophie et moi jubilions, convaincues de pouvoir déjouer la surveillance de sa sœur et ainsi découvrir à notre guise Heidelberg.

La première semaine de notre séjour tout se passa à merveille, à tel point qu'on nous aurait donné le bon Dieu sans confession. Carole relâcha sa surveillance, elle avait mieux à faire : passer du bon temps avec le Jules en question.

Nos connaissances en langue allemande s'arrêtèrent à cette première semaine. Heidelberg était une ville de jeunes, d'étudiants, et ce qui devait arriver arriva : nous rencontrâmes deux garçons, l'un allemand l'autre australien. Ils étaient de huit ans nos aînés. Avec nos yeux de jeunes adolescentes nous les trouvions beaux « comme des dieux », la tête nous en tournait !

Au lieu d'aller en cours, ils s'employèrent à nous faire découvrir les plaisirs de cette petite ville, en particulier les balades langoureuses, amoureuses, au bord de la rivière du Neckar, et il faut dire que les berges du Neckar étaient faites pour accueillir « les amoureux ».

Les ruines du château de Heidelberg nous donnaient l'impression de vivre un conte de fées : elles étaient éclairées la nuit et souvent l'été des concerts y avaient lieu.

Un jour nos deux amoureux nous proposèrent de faire une promenade un peu plus particulière au bord de la rivière. Ils avaient eu grâce à un ami américain des petits « buvards » de LSD. Sophie n'était pas très partante, mais je la convainquis sans trop de peine que de voir le Neckar et ses rives sous des effets psychédéliques était une expérience qu'on ne pouvait pas rater. On n'allait quand même pas jouer aux mijaurées !

Nous attendions donc le coucher du soleil et nos deux compères décidèrent que c'était le moment idéal pour que nous avalions tous les quatre en chœur ces potions magiques.

Voilà comment à 15 ans je pris mon premier acide, mais pas le dernier.

L'expérience fut si douce, si éblouissante que nous ne tardâmes pas à en réclamer d'autres.

À chaque coucher de soleil, nos fiancés nous emmenaient sur des sites d'Heidelberg, déjà très beaux au naturel, « *and we would pop a pill* » pour les rendre encore plus féeriques.

Le moment de repartir dans nos chères familles arriva. Nous avons pleuré toutes les larmes de notre corps. Nous étions folles amoureuses des garçons et/ou de nos expériences d'acide, je ne pourrais le dire. Jamais mon père ou les parents de Sophie ne surent ce qui s'était réellement passé à Heidelberg. Peut-être pour leur tranquillité d'esprit il était plus facile de nous croire quand nous avons simplement décrété que les cours d'allemand étaient nuls.

Carole, de son côté, n'allait sûrement pas dévoiler la réalité, n'était-ce pas elle qui était responsable de nous ?

Évidemment, et sans en prendre conscience tout de suite, nous venions lors de ce séjour d'ouvrir l'autoroute de la drogue. Sophie, pendant un temps, rentra dans le rang. Moi, j'étais assoiffée de nouvelles expériences que je ne tardai pas à mettre à exécution.

Septembre arriva, et j'atterris dans une pension de « jeunes filles » à Rougemont, à 5 kilomètres de Gstaad et surtout du Rosey, autre pensionnat de « gosses de riches ».

Je m'y fis vite des amis et le samedi soir, j'en avais deux en particulier, Julio Santo Domingo et Bernardo Gauthier qui eux étaient au Rosey de Gstaad. Le premier était d'une grande famille colombienne, le second d'une bonne famille brésilienne. Ils venaient me chercher et nous allions danser à perdre la tête dans la boîte de nuit célèbre de Gstaad, le « Gringo », qui se situait au sous-sol de l'hôtel Palace. Pour cela, j'avais bien entendu fait le mur de ma pension de Rougemont.

J'appliquai à la lettre tout ce qu'il fallait pour me faire renvoyer à Pâques, c'était simple : être surprise au petit matin dans un état de drogue et d'alcool avancé, trois fois de suite, et le tour était joué.

Après Rougemont, une farandole de pensions s'ensuivit jusqu'au jour où aucune ne voulut plus de moi. Je fus donc rapatriée à Paris où je terminai ma dernière année scolaire au cours Victor Hugo.

J'étais en première, je passai mon bac de français que j'obtins avec, ma foi, de bonnes notes, et comme j'en avais marre de l'école je réussis à ce qu'ils ne souhaitent pas me reprendre l'année suivante, l'année du bac.

J'avais eu les écoles à l'usure ainsi que mon pauvre père. Qu'allait-il faire de moi ? Moi j'avais une idée toute prête, je voulais suivre des cours de théâtre au Cours Florent. De guerre lasse, mon père accepta.

Les cours de théâtre étaient pour moi un prétexte à la liberté, bien plus qu'une passion.

J'étais libérée de l'école et j'allais doucement mais sûrement épouser la liberté ! C'est tout du moins ce que je pensais.

Sans avoir à fournir le moindre effort, je rencontrais, ou ils venaient à moi, les dealers, les fêtards, les voyous, de bonne ou de mauvaise famille. Ma capacité à ingurgiter drogues et alcool semblait être sans fond et sans peur.

Je développai très vite une passion pour la cocaïne et le vin blanc, les beaux garçons et les tenues extravagantes.

Mon père ne savait plus à quel saint se vouer ! Comment gérer une fille, sa fille, qui n'avait peur de rien et que les punitions laissaient de marbre ? J'étais interdite de sortie, je passais par la fenêtre, j'étais envoyée à Haroué, j'en fuguais. On me verrouillait avenue Foch où je fis d'André, le valet de chambre de mon père, mon complice, je répondais en disparaissant plusieurs jours durant.

Un jour ma mère trouva l'idée diabolique : « Il faut faire interner "notre" fille. » Je crois que mon père céda par désespoir et avec horreur. Ma mère, elle, jubilait de sa victoire monstrueuse.

Je me retrouvai donc à l'hôpital psychiatrique de Garches, appelé pompeusement la clinique du Château de Garches, aux bons soins du docteur Chevalier, plus sadique que docteur.

La clinique elle-même avait, au premier abord, un aspect plutôt accueillant. C'était une grande bâtisse du XIXe siècle affublée du titre prétentieux de « château » avec un parc de cinq hectares très bien entretenu.

À notre arrivée, j'eus droit au « grand tour » extérieur, le parc était beau, de grands arbres l'entouraient, quelques parterres de fleurs et une immense pelouse extrêmement bien entretenue, en faisaient un lieu idéal de promenade, de réflexion ou de moments de détente.

Arrivait ensuite la visite des bâtiments soigneusement orchestrée par la direction qui se gardait bien de vous montrer la réalité des lieux réservés aux malades. J'eus droit à ladite salle de jeux qui possédait un baby-foot, un coin lecture avec des livres soigneusement présélectionnés, un canapé d'allure plutôt raide et quelques chaises par-ci par-là. De grandes fenêtres donnaient sur le parc.

Le réfectoire pour les malades me semblait petit, par la suite j'en compris vite les raisons.

Le bureau de direction était à la hauteur de l'illusion que ce lieu voulait donner aux malades à leur arrivée, comme le directeur de la clinique, d'ailleurs : costume, cravate, sourire un peu trop figé et une amabilité onctueuse qui me mit les sirènes d'alarme en route. Vint le bureau et l'entretien avec le médecin en chef de la clinique, le docteur Chevalier. J'attends d'ailleurs toujours un véritable entretien entre un médecin psychiatre et son patient.

Son entretien à lui consista à m'annoncer que suite à un rendez-vous entre lui, mon père et ma mère, la décision avait été prise, évidemment pour mon propre bien, que je séjournerais dans la clinique pendant une durée de trois semaines et qu'il allait soigner mes « troubles », Merci et au revoir !

L'infirmière en chef allait me montrer ma chambre afin que je m'installe...

Papa et Nanny eurent le droit de m'y accompagner mais je remarquai immédiatement que l'infirmière en chef était affublée d'un « chien de garde » dit infirmier, mais qui, à mes yeux, ressemblait plutôt à un colosse barbouze !

Ma chambre était située au premier étage, elle était assez grande, d'une couleur crème sale, haute de plafond, meublée d'un lit en fer-blanc minuscule. Dans un coin de la chambre, il y avait un lavabo avec un robinet unique – je découvris par la suite que ce robinet était un robinet d'eau froide –, une armoire pour mes maigres vêtements avec des cintres tous en arrondis et en plastique. Une grande fenêtre achevait le décor d'une manière terrifiante. Je remarquai tout de suite que la fenêtre n'avait pas de poignée et ne pouvait être ouverte que par un des chiens de garde, au même titre que l'armoire n'avait pas de clef.

Il n'y avait pas non plus de miroir au-dessus du lavabo.

N'ayant pas ma langue dans ma poche, je demandai pourquoi.

Réponse : « Pour votre sécurité. »

Là je me suis pris en pleine gueule que j'étais « chez les fous », mais les « fous » n'étaient peut-être pas ceux que l'on croyait...

Aimablement, mais avec fermeté, on annonça à mon père, à ma Nanny et à moi-même qu'il était temps de se dire au revoir.

Je demandais directement à mon père quand est-ce que je le reverrais lui ou Nanny, ce fut l'infirmière qui répondit : « Pas pendant les deux premières semaines. »

L'expression qui se lisait sur le visage de mon père était si terriblement malheureuse et dévastée que je m'interdis de m'effondrer et je fis « *buona figura* » !

Nanny était déjà en larmes, du coup cela ne me laissa pas le temps de m'apitoyer sur moi-même. Cela me donna la force de décider que « ces gens » ne me détruiraient pas, bien au contraire, je décuplerais mes forces pour me battre...

Je découvris que c'était plus facile à dire qu'à faire. Je n'avais que 16 ans et demi, j'étais donc mineure, et à cette époque-là, dans ce genre de clinique, à 16 ans et demi on se taisait, on subissait.

Les souvenirs de ma première semaine sont encore flous aujourd'hui. Ma chambre était fermée à clef de l'extérieur. Elle n'était ouverte que par l'infirmière en chef, le barbouze et ce cher docteur Chevalier. On ne m'en sortait que pour m'emmener dans une pièce où on m'allongeait sur une planche, on me ceinturait les poignets, les mains et les pieds et là commençait la séance d'électrochocs, pour mon bien, bien entendu… Combien de temps duraient ces séances ? Je ne sais pas.

Une fois la séance terminée, j'étais ramenée sur un chariot et la clef tournait dans la porte jusqu'à la prochaine.

J'avais un pot de chambre pour faire pipi, caca et, occasionnellement, sous bonne garde, j'étais emmenée pour me laver.

Le soir, j'étais gavée de pilules. Très vite, je compris que ces pilules achevaient de m'abrutir et au rythme où cela allait, j'étais envahie par la terreur de devenir une « cucurbitacée » à vie. J'entrepris de ne pas les avaler, tâche extrêmement difficile puisque je devais les prendre dès qu'elles m'étaient distribuées en présence de l'infirmière. J'appris très vite à les vomir dans le lavabo au-dessus duquel je tremblais comme une feuille à l'idée qu'on me surprenne ou que l'on sente l'odeur.

Je fus effectivement surprise dans mon manège une ou deux fois et la solution était radicale. Les séances suivantes d'électrochocs duraient plus longtemps.

La deuxième semaine j'eus le sentiment que le rythme était moins soutenu et les doses de médicaments qu'on me faisait ingurgiter moins rapprochées.

Je n'avais toujours pas mis le pied dehors dans ce si beau parc qu'ils vous vantaient à votre arrivée, et surtout, chose encore plus surprenante, je n'avais croisé personne dans les couloirs, en dehors des blouses blanches...

Vint la troisième semaine et, malgré mon esprit embrumé, je me souvenais que ce devait être la dernière. J'avais donc le droit de sortie dans le parc et d'aller dans la salle dite de jeux. J'y suis allée une seule fois pour en sortir en prenant les jambes à mon cou ! Je ne sais pas très bien ce que j'y ai vu, mais je sais que ce que j'y ai ressenti était si effroyable que je savais qu'il fallait que je sauve ma peau et au plus vite.

Je faisais des promenades, des grands tours dans le parc sans jamais adresser la parole à personne. Est-ce que je savais encore m'exprimer clairement ? Je ne sais pas. Le parc était fréquenté par quelques malades, qui erraient, et de beaucoup de « barbouzes » qui ne nous quittaient pas des yeux.

Un jour je m'approchai d'un peu trop près du mur d'enceinte. Je n'eus le temps ni de m'expliquer ni de comprendre ce qui m'arrivait, je fus littéralement soulevée de terre par deux colosses, chacun me prenant sous les aisselles pour me ramener dans ma chambre. Le docteur Chevalier arriva, après ce qui me sembla un temps infini, pour m'annoncer que ma sortie prévue en fin de semaine était repoussée jusqu'à une date ultérieure, apparemment non définie, puisqu'il jugea totalement inutile, malgré ma demande, de m'en donner une.

J'essayai vainement de lui expliquer que je ne m'étais pas rendu compte que j'avais dépassé la limite de la promenade autorisée, que ma tête, ma vision étaient embrumées.

Je pris conscience de deux choses : je parlais à une porte de prison, et mon instinct de survie m'avait fait espérer trouver une brèche dans ce fichu mur d'enceinte afin que je m'y glisse pour m'échapper.

Je ne sais pas combien de temps, de jours passèrent suite à cet incident, ma montre m'avait été retirée et les rares lieux où les malades avaient le droit de se rendre étaient tous dépourvus de la moindre pendule, horloge ou autres instruments indiquant le temps qui passe.

C'est ma sœur Minnie qui me sauva.

Un jour elle vint me rendre visite, elle avait 18 ans, elle était majeure.

Elle avait réussi à convaincre le docteur Chevalier qu'elle avait non seulement l'autorisation de mon père, mais également le devoir de me ramener à la maison sur Ordre de ce dernier.

Elle me souffla qu'il fallait que l'on fasse vite, peu importent les maigres affaires que je laissais derrière moi.

Il fallait que l'on franchisse les grilles du « Château » avant que la direction ou que ce cher docteur Chevalier ne téléphonent à mon père, et vérifient, si l'envie leur en prenait, ses dires.

Jamais, Minnie, je ne te remercierai assez, jamais je ne ressentirai autant l'amour profond que j'ai ressenti pour toi ce fameux jour, car sans toi aujourd'hui je serais morte ou bien pire encore.

J'aurais perdu la tête et je déambulerais dans ces maisons de morts-vivants. Mon séjour dura cinq semaines. Je n'ai jamais eu un entretien de patient à psychiatre avec le docteur Chevalier ou qui que ce soit d'autre. Mais j'en ressortis avec deux convictions : je serais invincible, je serais libre.

Je ne fus pas la seule dans la famille à subir ce sort quelque peu excessif...

Mon grand-père Antenor avait un frère aîné, « l'Oncle René », et trois sœurs cadettes. Quelque temps avant la mort de mon arrière-grand-père Simón Iturri Patiño en 1947, le pauvre Oncle René fut considéré comme gênant. Il était, certes, un peu original. Il avait une obsession de collectionner tous les journaux possibles et imaginables. Il se promenait avec une sacoche remplie de ces derniers, les autres s'entassaient en un certain capharnaüm dans sa maison de Nice.

Simón Patiño laissait derrière lui une immense fortune, on l'appelait « le roi de l'Étain ». On peut résumer en disant que la Bolivie, sur un plan financier, lui appartenait. L'originalité d'Oncle René, en tant qu'aîné, contrariait les « plans » d'héritage de mon grand-père et de ses trois sœurs.

La solution fut vite trouvée et simple à exécuter : il fut déclaré comme fou et enfermé dans un asile sur les hauteurs de Nice, le temps de mettre à exécution la stratégie imaginée pour les héritiers restants.

Antenor se retrouva du coup l'aîné des mâles et hérita de cette immense fortune. Les trois sœurs ne se trouvèrent pas en reste, elles héritaient de trois parts égales, suffisamment importantes pour qu'on les considère comme les trois femmes les mieux dotées dans le monde, à l'époque.

Moi, par contre, j'étais devenue embarrassante pour des raisons que j'ignore encore aujourd'hui.

À ce jour je n'en veux toujours pas à mon père.

Pendant un certain temps je m'en suis voulu de l'avoir tellement inquiété et déstabilisé.

Encore aujourd'hui, je jubile d'avoir déjoué les plans de ma mère.

Ma grand-mère espagnole, Puss, me montra des photos de l'Oncle René. Il était magnifique. Un pur Indien des Andes, un Inca, et fier de l'être.

Il avait le teint basané des Indiens, des cheveux noir de jais qu'il portait longs, jusqu'au milieu du dos. Un port de tête de chef de tribu, et, étrangement, il était le seul à être grand dans la famille.

Contrairement à son frère cadet et à ses trois sœurs, il était fier de ses origines et ne faisait rien pour les dissimuler.

Puss fut la seule à lui rendre visite à Nice. Pour le reste de la famille Oncle René était un sujet tabou, à tel point que si ma grand-mère ne m'en avait pas parlé, je pense que je n'aurais jamais été au courant de son existence !

L'effet que cette expérience de Garches eut sur moi intensifia le sentiment profond que je nourrissais : on s'était trompé de panier à ma naissance à la clinique du Belvédère de Boulogne-Billancourt.

De toute évidence, malgré tout l'amour dont il me couvrit, mon père ne me comprenait pas et vice versa. Je décidai donc de précipiter mon départ du cocon familial.

J'avais un flirt, un jeune homme exceptionnel dont j'étais amoureuse et réciproquement : Thierry Beherman.

Il était le fils d'une grande famille industrielle belge. Il était magnifique, beau, intelligent, excentrique et nous faisions les quatre cents coups à Paris ensemble. De surcroît, il avait des parents merveilleux et compréhensifs. Atout principal pour mon père, il avait une présence rassurante et il était extrêmement bien élevé.

Thierry et moi nous nous aimions d'un de ces amours étranges, il était homosexuel – je n'aimais que les homosexuels – et il était très épris de mon physique mi-femme mi-garçon, comme il disait : « Une tête de pédé dans un corps de femme. »

Il savait qu'il fallait que je parte de chez moi et lui avait envie de partir à New York. New York dans les années 1970 « *was the place to be* ».

Les parents étaient au courant de nos sentiments, mon père également, à un détail près, il ignorait son homosexualité.

Thierry me demanda en mariage et les deux familles s'en réjouirent. Mais on agissait avec prudence, avant de se mettre la bague au doigt et d'annoncer notre mariage en grande pompe. Pourquoi ces deux « trésors » ne feraient-ils pas un voyage ensemble ? Nous avons sauté de joie, c'est exactement ce que nous voulions obtenir ! Les familles ne nous ayant pas imposé une destination, nous leur avons imposé notre choix : New York.

« *New York here we come !* » C'était un cadeau de voyage de « pré-noces » des parents de Thierry.

Nous nous sommes installés à l'hôtel Stanford, merveilleux hôtel sur l'Upper East Side de New York. Les fenêtres de notre chambre donnaient directement sur le Metropolitan Museum.

New York était à nous, la vie était à nous, nous étions amoureux et libres. Les trois premiers mois furent un paradis sur terre. Nous avons tout exploré, les musées, les dîners mondains, les balades à pied sans fin et les « garçons ». Il aimait les garçons et je ne voulais surtout pas être un obstacle à ses besoins, au contraire, je voulais être « sa » complice. Il n'avait certainement pas besoin de moi pour assouvir ses plaisirs, mais nous voulions tout partager. Il me donna donc l'illusion d'être sa rabatteuse.

Nos sentiments se renforçaient jusqu'au jour où Thierry m'annonça qu'il souhaitait que nous retournions en Europe, c'est-à-dire Paris.

Pour moi il en était hors de question, l'Atlantique était le minimum de distance qu'il me fallait pour vivre entre ma famille et moi. C'était au-delà de mes forces de retourner et de me sentir à nouveau prisonnière d'un monde qui n'était pas le mien.

Notre séparation ne fut pas sans cris et douleurs d'amour. On s'aimait mais chacun restait campé sur sa position. Il repartit pour Paris, je restai à New York.

Avec l'accord de mon grand-père et de mon père, je pus prolonger mon séjour en célibataire. Ils m'installèrent au Westbury Hotel, 15 East 68th Street, juste à la hauteur de Central Park.

À cette époque un grand nombre d'hôtels de luxe offraient à leurs clients la possibilité de louer à court terme des appartements pour un minimum de trois à six mois.

Ce fut l'option que choisit mon grand-père avec une condition à la clef : il fallait que je trouve un travail avant la date d'expiration des six mois de ce séjour prolongé, inespéré pour moi. Qu'à cela ne tienne, je trouverais, n'avais-je pas décidé que j'étais invincible ?

Quand je suis arrivée à New York avec Thierry en 1973 j'avais à peine 18 ans, je pétillais de jeunesse et de curiosité. Je voulais tout voir, tout faire avec, déjà, un immense intérêt pour l'être humain de toute origine, de tout milieu, surtout si ces êtres étaient créatifs et artistes.

Il est vrai qu'à l'époque la tâche me fut grandement facilitée. Quand on débarquait dans cette ville où tout était possible, l'art et la mode en pleine effervescence, en tant que petite-fille d'Antenor Patiño, le roi de l'Étain et princesse d'une grande famille aristocratique française, le tapis rouge se déroulait...

Ce fut un avantage, mais également à mes yeux un inconvénient. Je voulais par-dessus tout que l'on m'apprécie, que l'on m'aime pour moi-même et non pour ce que je représentais.

D'un autre côté tout m'était facilité, les portes s'ouvraient bien avant que j'en sois réellement consciente, et cela me permettait de rencontrer des gens exceptionnels. À moi de me faire adopter pour ce que j'étais.

Après le départ de Thierry, au lieu de me jeter dans la foule, je pris la liberté de faire ce que je voulais, comme je le voulais, avec qui je le voulais, dans l'insouciance la plus totale.

Je pris conscience que le temps passait et qu'il fallait malgré tout, si je souhaitais conserver cette vie de rêve et la distance Amérique-Europe entre ma famille et moi, que je m'attelle à trouver un travail.

Ni une ni deux, je pris le taureau par les cornes.

En 1974 mon grand-père Daddo avait fait une grande fête qui dura trois jours à Las Hadas pour l'inauguration du premier Resort de grand luxe jamais créé. Las Hadas se situe à Manzanillo au Mexique et toute la famille y fut conviée. Je m'y rendis, seule, sur les ordres de Daddo. L'endroit portait bien son nom : Las Hadas veut dire « *The Fairies* » en anglais et c'était un véritable conte de fées. Il y avait de magnifiques bungalows en chaux avec des volets de couleur d'un bleu ciel éclatant, avec piscine, entourés de végétation luxuriante. Il y avait bien entendu, également, un hôtel pour ceux, disons, avec des moyens un peu moins grandioses. Tout le complexe avait une vue plongeante sur le Pacifique avec une immense plage de sable blanc.

La liste d'invités pour cette fête privée était mirobolante, mais parmi ces privilégiés un homme sortait du lot à mes yeux : Roy Halston, de son nom complet Roy Halston Frowick. Il était connu aux États-Unis comme le Yves Saint Laurent américain.

La fête démarra par un dîner assis-placés suivi d'un bal autour de l'immense piscine avec deux orchestres. L'un des orchestres jouait de la musique avec les grands tubes du moment, sans oublier « *Strangers in the Night* », aucune fête de mon grand-père n'échappait à cette chanson de Sinatra.

L'autre orchestre, c'étaient des Mariachis qui me mirent en joie, j'adorais danser. Tout mon sang latino ressortait au son de la musique. Je fus alors repérée sur la piste de danse par ce fameux Halston. Il faut dire que je portais une robe longue en dentelle blanche avec une doublure qui cachait ma nudité mais rien d'autre... Et je savais bouger au son de la musique. Halston m'invita donc à poursuivre mes déhanchements en dansant avec lui.

Nous avons prolongé la soirée à parler, rire, boire et, à ma grande joie, quelques rails de coke.

Il me donna sa carte de visite en me faisant jurer que je l'appellerais à mon retour à New York. Je glissai sa carte dans mon sac du soir et l'oubliai au fond du réticule.

Quelque temps plus tard, alors que je devais justement commencer à me soucier de mon confort à long terme, je me souvins de Halston et de notre soirée magique à Las Hadas.

Je suis encore éblouie aujourd'hui par l'assurance que vous donne la jeunesse. Ni une ni deux, je l'appelai et lui dis le plaisir que j'aurais à le revoir et que je souhaitais lui parler de quelque chose. Il me répondit avec un sourire dans la voix qu'il attendait mon appel depuis notre soirée mémorable.

Malgré mon culot à toute épreuve, j'avais des relents de jeune fille bien élevée et je lui demandai si je pouvais passer le voir à ses bureaux situés sur Madison et 69th Street. Il éclata de rire, me dit qu'il en était hors de question et qu'il donnerait un dîner en mon honneur chez lui.

La date fut fixée, il aurait lieu quinze jours plus tard. Nous raccrochâmes et je fus prise d'une telle excitation que je me mis à faire une danse de Sioux dans mon appartement du Westbury.

La date arriva et je me présentai chez lui à l'heure dite : 21 heures. Il habitait un « *townhouse* », l'équivalent d'un hôtel particulier parisien mais version new-yorkaise.

L'endroit était spectaculaire, d'une modernité incroyable pour l'époque, tout en gris souris et anthracite.

D'immenses fenêtres en verre fumé, un salon avec de grands canapés en daim beige dans lesquels on pouvait se jeter. Une table basse centrale avec une forêt d'orchidées blanches comme je n'en avais jamais vu ! Au milieu de cette forêt étaient posés, de-ci, de-là, de ravissants bols en cristal remplis de poudre blanche : de la cocaïne.

Des maîtres d'hôtel vous servaient du champagne ou du vin blanc. Rares étaient les invités qui réclamaient du whisky ou de la vodka, le meilleur des mariages étant cocaïne/ champagne ou vin blanc.

Nous étions douze convives : Bianca et Mick Jagger, Victor Hugo, l'amant de Halston (officiellement c'était lui qui faisait les vitrines de la boutique de vêtements de Halston sur la 69e Rue), Joe Uller, Elsa Peretti, grande créatrice de bijoux pour Tiffany's, Andy Warhol et Fred Hughes, et, bien entendu, Halston et moi.

Ce qu'il y avait d'incroyable chez les Américains à cette époque, c'est qu'ils vous accueillaient en vous donnant le sentiment de vous avoir toujours connu, tout en y mêlant la joie et l'excitation d'accueillir une nouvelle tête.

Le dîner était exquis et sans faute, conçu pour des personnes dont l'appétit n'était pas la priorité.

La soirée se prolongea tard dans la nuit. Halston me glissa à l'oreille au moment de nous quitter de passer à son bureau le lendemain en fin d'après-midi vers 17 heures.

Il me fit raccompagner au Westbury qui se trouvait littéralement à trois « blocks » de chez lui par son chauffeur en limousine. Je quittai le dîner euphorique, principalement parce que j'avais le sentiment de m'être créé une nouvelle famille, mais cette fois-ci, celle de mon choix.

Le lendemain, avant de me rendre à mon rendez-vous avec Halston, j'allai chez Tiffany's pour lui trouver un petit cadeau de remerciement pour la soirée et cet accueil si chaleureux.

Tiffany's était une joaillerie qui s'étalait sur trois étages. Cela allait de la haute joaillerie, en passant par de l'argenterie, de la vaisselle de table de grande qualité et le rayon de bijouterie des créateurs. Elsa Peretti en était la star et c'est à ce rayon que je me dirigeai avec détermination. Elle était très connue pour ses boucles d'oreilles studs en diamants qu'elle créait mais également pour des objets qui avaient une utilité au quotidien dans ces années 1970.

Je trouvai exactement ce que je cherchais : un petit flacon en cristal transparent muni d'une minuscule cuillère incorporée, le tout se fermant hermétiquement avec un ravissant bouchon en argent que l'on vissait et dévissait selon ses besoins.

C'était un flacon à cocaïne que l'on pouvait porter selon son goût autour d'une chaîne en argent ou, plus discrètement, mettre dans son sac à main et pour les hommes dans leur poche. Le flacon pouvait être accompagné également d'une paille en argent.

Ce bijou faisait fureur à l'époque et vu la soirée que j'avais passée la veille, je le trouvai tout à fait adéquat.

J'en profitai d'ailleurs pour en prendre deux. Un pour Halston, un pour mon usage personnel.

Celui de Halston fut emballé par la vendeuse dans une boîte bleue « Tiffany » avec un ruban blanc, sans que la vendeuse exprime le moindre étonnement, nous étions à New York !

J'arrivai à mon rendez-vous avec Halston à 17 heures pétantes. Il m'accueillit dans son studio de travail. Il y avait Joe Uller, un dessinateur de mode fort connu à New York, assis à côté de lui, et un essaim d'abeilles d'assistants et de premières d'atelier.

Il m'installa à ses côtés le temps qu'il finisse l'essayage en cours. Puis, de la façon la plus naturelle du monde, il me fit faire le tour de ses bureaux qui s'étalaient sur quatre étages, m'expliquant et me présentant à chaque personne que nous croisions ; quel était leur travail, à quoi servait la pièce dans laquelle il se trouvait.

Il m'emmena même dans une immense salle où il y avait des humidificateurs pour maintenir l'espace à bonne température. C'était là que les tissus divers et variés étaient stockés. Le grand tour prit au moins une heure et demie.

Ensuite, il m'invita dans son bureau privé et nous entamâmes une conversation qui ne prit pas beaucoup de temps. Il me demanda ce que je savais faire, ma réponse jaillit malgré moi, mais au moins elle avait le mérite d'être sincère : rien. Je ne savais pas tenir un crayon, donc je ne savais pas dessiner, je n'avais jamais travaillé de ma vie. Je ne connaissais rien au monde professionnel de la couture. J'aimais le vêtement et j'avais une imagination débordante. Il ne sembla pas désarçonné ni déçu par ma réponse, je crois au contraire qu'elle lui plut.

Il clôtura notre conversation par un : « Tu resteras à mes côtés, j'aime la façon originale dont tu te sers du vêtement, tu me feras tes propres commentaires... » Il me proposa un contrat sur mesure. Comme je ne savais rien faire il pouvait difficilement m'employer officiellement et me donner un salaire. Il prit un temps de réflexion et me fit la proposition suivante : « Je te rémunérerai par des bijoux d'Elsa Peretti. Je vois que tu es sensible à ce qu'elle fait. Est-ce que cela te convient ? »

Mon OUI était un cri du cœur, un vrai salaire m'aurait rendue prisonnière. L'idée d'un bijou décupla mon envie de travailler avec lui et de ne jamais le décevoir. J'eus même le culot de lui demander si cela ne l'embêtait pas de confirmer auprès de mon père et de mon grand-père que j'allais travailler pour lui. Il m'assura avec une joie non dissimulée que c'était bien son intention.

Bien entendu je téléphonai à mon père et mon grand-père pour leur annoncer la bonne nouvelle tout en étant parfaitement consciente qu'un simple appel de ma part ne suffirait pas à les convaincre que j'allais travailler. À force d'avoir mis toute mon énergie à jouer à la brebis galeuse de la famille, j'avais réussi au-delà de mes espérances !

Halston fit appeler dans son bureau Pat Morris, sa première assistante de qui, en tout cas au début, je dépendrais pour donner un minimum d'officialisation à ma présence dans ses murs. C'était une grande femme d'une cinquantaine d'années, très belle, avec une allure incroyable et, à l'américaine, elle me mit à l'aise en l'espace de trois minutes.

Je n'avais pas vraiment d'horaire, je devais arriver dans la matinée et repartir aux mêmes heures que Halston.

Pouvais-je commencer le lendemain ? Oui, je pouvais. En réalité, je trépignais tellement d'impatience que j'y aurais bien passé la nuit. Une nouvelle vie s'ouvrait à moi et, plus important encore, le fait que Halston me voulait à ses côtés était synonyme que New York m'adoptait.

J'avais bien compris dans la conversation avec Halston que ce qu'il attendait de moi c'est que je le surprenne au quotidien et que surtout, quoi que je fasse, que je ne ressemble à personne.

Une semaine plus tard, Halston décida de fêter cette nouvelle alliance avec ses amis intimes et moi chez lui.

Parmi les intimes il y avait Andy qui me surnomma : « *The Halston Princess, The Princess de BOBO* », Beauvau étant trop long et compliqué à prononcer en américain. Le mois suivant je fus en couverture de son magazine *Interview* : une photo prise par Christopher Makos, retouchée par Andy lui-même, seule couverture sur laquelle Andy soit intervenu durant toute l'existence de ce magazine.

À l'intérieur du numéro, une longue interview de ma personne et des photos en noir et blanc prises par un jeune photographe, Robert Mapplethorpe avec qui, très vite, j'entretins une relation particulière.

Ma vie à New York devint alors un rêve éveillé. Je passais mes journées avec Halston, mes nuits avec sa bande de copains à courir les dîners en ville, et à me trémousser sur les pistes de danse des boîtes de nuit branchées. Tout cela rythmé par la cocaïne pour maintenir la cadence effrénée, le soir accompagné de vin blanc.

Mais jamais la créativité ne me fit défaut.

Chaque week-end nous partions à Fisher Island dans de petits hydravions dont le pilote était souvent dans un état plus avancé que le nôtre. Certains week-ends nous allions à Montauk, à l'est de Long Island.

Halston avait loué cette maison perchée en haut d'une falaise, pendant une période de dix ans à bail renouvelable à Peter Beard, photographe rendu célèbre par ses photos incroyables d'Afrique noire.

Les week-ends à Montauk étaient, soi-disant, des périodes de récupération de notre vie new-yorkaise. Montauk était un village du bout du monde. C'était le dernier de Long Island et le village lui-même finissait de s'étirer à quelques mètres de la maison, ce qui fait que nous étions très isolés par rapport au reste de l'île.

Halston y invitait ses amis les plus proches : Victor Hugo était parfois convié à ces week-ends, Lisa Minelli et Elisabeth Taylor régulièrement, Joe Uller y venait fréquemment ainsi que Bob Colacello qui était le bras droit d'Andy Warhol et le rédacteur en chef d'*Interview*. Il accompagnait Andy dans toutes les fêtes mondaines et se promenait en permanence avec un appareil photo avec lequel il passait son temps à mitrailler les « happy few » et les jolis garçons.

Mick et Bianca Jagger y venaient assez souvent et nous devînmes de grands amis. Et puis, bien sûr, il y avait Elsa Peretti.

Peter Beard venait nous rendre visite, toujours accompagné par une somptueuse « Black ». C'est au cours d'un de ces week-ends que je rencontrai Iman. Peter aimait les animaux à quatre pattes et les félines.

Andy Warhol, au cours des semaines et à force de me voir, se prit d'affection pour moi. Je crois qu'il aimait que cette fille totalement disjonctée et libre soit en même temps sans filtre. J'étais spontanée, entière, il avait décelé en moi une certaine fraîcheur accompagnée d'une grande naïveté : je ne lui faisais pas la cour, je ne faisais pas partie de « sa » cour. Je voulais tout simplement être son amie. Il adopta une attitude de protecteur vis-à-vis de moi.

Souvent il m'appelait dans l'après-midi pour me dire qu'il passait me prendre au Westbury avant de nous rendre à un de nos dîners mondains ou tout simplement pour que nous allions dîner dans notre restaurant de prédilection, « Chez Elaine's », qui se situait Upper East Side 2nd Avenue et East 88th Street.

C'était mes moments préférés avec Andy. Il se faisait annoncer par le réceptionniste du Westbury et montait dans mon appartement. J'étais rarement prête. Il s'installait et faisait des commentaires ou ne disait rien. Les dîners chez Elaine's étaient des dîners où nous étions rarement plus de six personnes. Il y avait toujours un ou deux jolis garçons de la Factory. Halston, Bianca ou Victor Hugo venaient nous y rejoindre de temps en temps.

Andy me préparait un invité surprise. Il prenait plaisir à observer ma réaction. Un des invités surprises qui me marqua le plus fut Arnold Schwarzenegger. Il venait d'être consacré champion du monde de Body Building, il était timide et encore très peu connu.

À la fin du dîner, Andy lui demanda de me montrer ses muscles. Le pauvre garçon semblait quelque peu embarrassé mais sous l'insistance d'Andy l'embarras ne dura pas et il s'exécuta.

Il se leva et commença tout doucement à enlever sa chemise, suivi de son pantalon pour terminer sur la table en slip. Il s'amusa à mimer un strip-tease ! Grâce au ciel la table était solide et il fit jouer ses muscles. Le show se poursuivit sous les applaudissements et les éclats de rire du pur plaisir que nous prenions. Nous étions tous à cent mille lieux d'imaginer que ce « beau garçon » timide finirait un jour par devenir gouverneur de Californie.

Elaine venait immanquablement se joindre à nous à la fin de nos dîners. Elle faisait partie de « la famille », son restaurant était une prolongation de notre complicité.

Un jour Andy m'appela, nous devions nous rendre à un grand dîner de charité et il souhaitait me présenter un autre de ses amis, il ne me disait jamais de qui il s'agissait au téléphone et moi je ne demandais pas. Il m'annonça qu'ils arriveraient une heure avant de nous rendre au dîner. Ce jour-là j'avais particulièrement forcé sur la cocaïne et quand ils arrivèrent j'étais tout sauf prête.

Cela correspondait à une période où j'avais décrété que les tenues vestimentaires les plus chic à porter étaient soit des vestes de peintre en bâtiment blanches, soit des combinaisons de plombier bleu roi ou bien des combinaisons orange vif d'ouvriers de la voirie. Un look des Village People/YMCA avant l'heure !

Quand ils sonnèrent chez moi, j'avais arrêté mon choix sur la veste blanche de peintre en bâtiment.

L'ami qu'Andy souhaitait me présenter était tout simplement Robert Rauschenberg.

Quand Andy me vit dans cette tenue il me demanda si j'avais l'intention de me changer, je répondis non : « *Don't you like it* ? »

Réponse : « *Well, I think that I have to fix it a bit...* »

Andy avait l'habitude de se promener avec une petite boîte de pastels. Il me demanda de me tenir debout sans bouger devant le miroir en pied qu'il y avait dans ma chambre. Il demanda à Robert Rauschenberg d'y choisir des couleurs et il prit les bâtonnets qui restaient en déclarant : « *Let's make her suitable !* »

Andy se mit devant moi, dos au miroir, Rauschenberg que je venais juste de rencontrer se plaça dans mon dos et tous les deux se mirent à « pasteliser » la veste de peintre en bâtiment.

Une demi-heure plus tard, nous nous installâmes dans la limousine réservée par Andy, direction : la soirée de bienfaisance. Je me suis donc retrouvée avec une veste à 3 francs 6 sous peinte et signée à l'avant par Andy, peinte et signée au dos par Robert. Une pièce unique en une demi-heure. Je fis sensation et je ne m'en rendais même pas compte. Andy, mon ami, en avait pris l'initiative. Je crois que c'est cette fraîcheur-là qu'il aimait en moi : il avait la garantie que je n'irais pas la revendre au coin de la rue ! Il sentait même que cette idée ne pourrait jamais me traverser l'esprit.

Je gardai précieusement cette veste dont j'étais folle amoureuse et puis, elle m'allait si bien ! Jusqu'au jour où, bêtement, sans réfléchir, je la mis pour aller retrouver des amis au Studio 54 à une heure du matin.

J'aimais danser, je savais danser et au bout de quelques déhanchements excessifs, j'eus trop chaud. Je posai nonchalamment la veste sur un fauteuil dans le coin VIP où j'avais mes habitudes et retournai sur la piste de danse. Quand j'en eus marre de danser et que j'eus envie de rentrer, je retournai tout naturellement récupérer ma veste. Elle avait disparu. Steve Rubell, propriétaire des lieux, fit mettre sens dessus dessous le Studio 54, moi j'étais dépitée, ou, plutôt, sonnée de ma connerie. Steve était ivre de rage que quelqu'un ait pu piquer dans sa boîte !

Hélas, et comme de bien entendu, on ne la retrouva jamais. J'étais triste non pas de m'être fait piquer une veste inestimable, mais qu'on m'ait volé un cadeau qui m'avait été fait par des amis que j'aimais. Je pense souvent à cette veste et elle me manque.

Andy et Robert ne me firent aucun reproche, ils étaient désolés pour moi mais comme tout acte spontané, ils ne m'en refirent pas une autre.

Un soir, Andy m'appela en me demandant d'être libre le lendemain à déjeuner. Rendez-vous fut pris à 13 heures à la Factory. Il ne m'en dit guère plus, simplement qu'il fallait que j'y sois. Je prévins donc Halston car nous avions comme habitude de pique-niquer dans son studio de création tout en y travaillant. Je me rendai à la Factory, n'ayant aucune idée de ce à quoi m'attendre.

Andy m'accueillit entouré de ses « jolis garçons », de Fred Hughes et de Bob Colacello. À 13 heures, les garçons se retirèrent, Fred et Bob nous laissèrent cinq minutes plus tard. Bob revint accompagné de Timothy Leary.

C'était l'invité surprise qu'Andy me faisait. Quelle ne fut pas ma joie ! Je n'avais pas revu Timothy Leary depuis mes années de pensionnat à Beau Soleil. Je n'avais aucune idée de ce qu'il était devenu. J'avais entendu des rumeurs qu'il était en prison, qu'il était mort, je ne l'avais pas vu depuis six ans.

J'explosai de joie et nous nous sommes jetés dans les bras l'un de l'autre.

Nous avons déjeuné tous les trois dans la salle à manger de la Factory et plus les minutes passaient, plus j'avais le sentiment que nous nous étions quittés la veille.

Pendant toutes les années qui rythmèrent l'amitié et l'affection entre Andy et moi, ce dernier n'eut de cesse de me faire des cadeaux surprises les uns plus beaux que les autres et de me protéger durant mes folles années new-yorkaises.

Un jour, le président Carter l'invita à déjeuner à la Maison Blanche. L'idée de se rendre à cette invitation l'amusait beaucoup et, secrètement, le flattait. À son retour, il m'appela le jour même, il souhaitait me déposer quelque chose : le président Carter était également Monsieur Peanut Butter. Il avait donné à Andy un « *paper bag* » à l'enseigne de « Peanut Butter », rempli de « *goodies* » produits par la société familiale.

Andy avait vidé le sac de son contenu, il avait transformé le sigle du « *shopping bag* », l'avait signé et tout simplement déposé à mon intention chez le concierge de mon immeuble. Je fis encadrer le sac en papier kraft et il trôna dans mon salon. Encore une pièce unique qui disparut lors d'un de mes déménagements !

Aujourd'hui je m'en veux terriblement de ma légèreté d'être si détachée des choses matérielles, mais le plus important c'est que toutes ces images et ces souvenirs m'appartiennent.

Je ferme les yeux : ma veste peinte par Andy Warhol et Robert Rauschenberg, le « *Peanut Butter paper bag* » apparaissent miraculeusement devant mes yeux, je peux les toucher. Ils sont à moi, n'est-ce pas là l'essentiel ?

Il m'arrivait de ne pas toujours partir en week-end avec Halston et sa bande. J'aimais rester à New York, flâner et être seule.

Il y avait derrière ce désir une excellente raison : depuis le jour où Robert Mapplethorpe m'avait photographiée pour le magazine *Interview*, une amitié lente mais qui s'avéra très profonde se développa entre Robert et moi.

Pendant la semaine il travaillait énormément à sa passion, la photographie, et le soir je ne le voyais que très rarement. Il ne participait pas à nos mondanités diverses et variées, cela l'ennuyait et surtout la « High Society » new-yorkaise l'emmerdait. C'était quelqu'un de timide, de réservé. Et surtout il avait ses propres plaisirs.

Moi pendant la journée j'étais au studio avec Halston et comme il était quelque peu possessif, il partait du principe que nous passerions la majorité de nos soirées ensemble. Restait le week-end avec Robert, où je faisais tout ce que je ne faisais pas d'habitude.

J'allais le retrouver dans son loft downtown. C'était un immense espace ouvert dans une ancienne fabrique transformée en loft (35th West 23rd Street). Le loft new-yorkais était un grand espace ouvert qui servait à la fois de lieu d'habitation et de lieu de travail pour un certain nombre d'artistes des années 1970.

Les murs étaient en brique rouge. Il n'y avait guère que le coin « salle de bains » qui était fermé par des murs préfabriqués. Tout le reste était un espace ouvert. La lumière y était unique, elle rentrait de tous les côtés par d'immenses fenêtres. La chambre était séparée par un « vague paravent » sur roulettes. Le principe même du loft c'était que toutes les séparations soient amovibles selon son goût, selon ses envies. Il y avait une très belle hauteur de plafond. La porte d'entrée était celle d'origine en acier avec une grosse serrure et un nombre de verrous qui variait selon l'occupant.

J'adorais l'ascenseur qui vous menait à l'étage du loft de Robert. C'était plutôt un monte-charge avec une première porte à croisillons en acier suivie d'une seconde porte coulissante verticale avec des barreaux en bois.

Ces monte-charges étaient bruyants mais dès que vous appuyiez sur le gros bouton correspondant à l'étage où vous vous rendiez, vous pénétriez dans un autre monde. J'aimais retrouver Robert chez lui, c'était tellement à l'opposé de mon quotidien. J'aimais l'espace, j'aimais la lumière coulissante.

Robert me montrait son travail avec générosité, nous regardions pendant des heures ses photos. Il aimait expliquer la composition de chacune de ses œuvres.

J'étais fascinée par la beauté qui s'en dégageait et sa capacité à traiter de sujets si variés : sa passion de photographier des natures mortes, des fleurs qu'il rendait si sensuelles. Ses portraits noir et blanc de célébrités ou d'amis, qu'ils soient beaux ou laids. Le rendu était toujours exceptionnel par la force et la perfection qui en ressortaient.

Et puis son sujet de prédilection, peut-être celui dont il tirait le plus de plaisir, le plus de souffrance : ses photos trash, ses photos sexuelles, sadomasos de garçons. Ces dernières étaient souvent, au premier regard, difficiles à supporter ; mais plus votre regard s'y attardait, plus quelque chose d'horriblement et incroyablement beau en ressortait.

De temps en temps, entre une conversation et un joint, ou un rail, il me disait : « *I would like to take a couple of pictures.* »

En un tour de main il installait ses appareils photo, toujours des Hasselblad, un drap blanc, me dirigeait dans la pose qu'il souhaitait et se mettait à travailler la photo qu'il prendrait de moi.

Je l'observais silencieusement dans ces moments-là et je voyais son visage se transformer, il était habité par son art.

Un jour nous nous promenions dans la rue, lui occupé à observer tout ce qui bougeait, moi à lui faire la conversation. Nous commentions les personnes qui passaient. À ce jeu-là il me battait à plate couture, tellement son œil était acéré. Rien ne lui échappait, il enregistrait chaque détail.

Au long d'une de ces balades, il m'annonça que nous allions rendre visite à un ami à lui : Sam Wagstaff, il ne m'en dit pas plus. Je découvris qui était et ce que représentait Sam Wagstaff dans la vie de Robert Mapplethorpe au cours de cette rencontre. C'était son mentor, son amant, l'ami de toute une vie.

Il était magnifique, son visage, sa personne irradiaient. Il dégageait une élégance rare. Il avait de toute évidence un amour profond pour Robert et pour son talent de photographe.

Lui-même avait une collection d'argentique monumentale, bien avant l'heure. La photo, à l'époque, non seulement n'était pas encore à la mode, mais n'était pas considérée comme un art, puisqu'elle pouvait être dupliquée.

Nous avons passé le reste de l'après-midi ensemble, jusqu'à tard dans la nuit chez Sam. Je les écoutais parler, émerveillée, et je regardais une infime partie de sa collection de photographies, le souffle coupé devant ce que je découvrais pour la première fois, l'art de la photo et sa diversité.

Certains week-ends, je ne retrouvais Robert que le soir, nous dînions soit chez lui soit dans un bistrot de son quartier où l'homosexualité était en pleine explosion.

Il n'était pas rare que je sois la seule femme dans le restaurant, c'était tout à fait pour me plaire. Depuis mes tout premiers souvenirs de jeune adolescente, j'ai toujours été plus à l'aise entourée d'homosexuels que de femmes. Le monde des femmes m'échappait complètement. Je ne les comprenais pas, je ne les aimais pas, je les trouvais méchantes. Cela ne pouvait pas mieux tomber, elles me détestaient ! Elles me reprochaient ma liberté, et certaines continuent à me le reprocher.

Après le dîner où nous étions souvent rejoints par des amis de Robert, ce dernier m'entraînait avec lui dans des bars gay, tous downtown, dans son quartier. Ces bars allaient du plus « soft » au plus « hard ».

Ils étaient tous plus ou moins conçus sur le même modèle. L'entrée du bar était discrète. Certains avaient une enseigne au néon donnant sur la rue, d'autres, dont le Mineshaft, le plus célèbre et le plus couru de tous, jouaient la carte de la discrétion vus de l'extérieur, malgré les essaims de garçons, tous vêtus de cuir de la tête aux pieds, agglutinés devant la porte du bar.

Si vous n'aviez pas la bonne adresse et la bonne introduction, vous ne trouviez pas l'entrée du bar. En supposant que par miracle vous tombiez dessus, « l'entrée » vous était aimablement, mais fermement refusée.

Chaque bar avait son physionomiste. Ou vous étiez un habitué et on vous accueillait les bras ouverts, ou il fallait que votre physique corresponde à l'esprit du bar. Évidemment c'était plus facile pour les jolis garçons, mais même ces derniers pouvaient être refoulés.

Les « Butch » étaient les plus cotés.

Quant aux femmes, je n'allais avec Robert que dans les bars gay de sexe masculin, cela ne valait même pas la peine qu'elles tentent le coup, leur présence n'était pas la bienvenue.

Évidemment, avec Robert, je franchissais la porte allègrement, sauf au Mineshaft. Là il fallait toute une mise en scène que nous préparions avec excitation. La tenue de cuir noir était de rigueur. Avec l'aide de Robert, je me bandais les seins jusqu'à l'étouffement pour finir plate comme une limande, une casquette en cuir noir vissée sur la tête et pas le moindre maquillage, blouson de cuir sur tee-shirt noir à manches longues, jeans en cuir noir ou « chaps ». En bref, quand Robert jugeait que j'avais l'air d'un garçon, c'était bon, on pouvait y aller.

Le déguisement m'amusait follement. Le reste était facile, j'avais un comportement de garçon manqué naturel et je pouvais virer facilement au « look » de mauvais garçon.

En ce qui concerne le Mineshaft, il n'y a eu que trois filles jamais admises. J'étais l'une d'elles et ce fut pour moi, à l'époque, un vrai triomphe d'en faire partie.

Une fois le test du physionomiste passé, vous descendiez des escaliers fort étroits et raides et vous pénétriez dans un lieu très sombre. Ces bars étaient constitués de 2 pièces, 3 au maximum. La première était le bar, de loin la salle la plus éclairée, tout en respectant un effet de pénombre. Vous y buviez des verres et y achetiez vos poppers. Vous y entamiez la première danse, la première drague, vous pouviez danser ou plutôt vous déhancher. Si affinités vous passiez dans la deuxième pièce, la lumière baissait, le flirt était nettement plus poussé. Quant à la troisième pièce, ou la deuxième s'il n'y en avait que deux, ça s'appelait le « back room ». Je n'y suis jamais rentrée et pour cause, vous y baisiez carrément avec le partenaire avec lequel vous aviez flirté ou avec quiconque dans cette pièce.

De toute façon, vous ressortiez rarement avec celui avec lequel vous étiez rentré. Les actes et les échanges avaient un rythme plutôt effréné. Une fois que vous étiez rentré dans le « back room », peu importe avec qui vous baisiez, il y faisait noir comme dans un cul. Quand Robert se dirigeait vers cette pièce, je savais que pour moi l'heure avait sonné, je quittais les lieux.

Beaucoup de ces bars affichaient ouvertement leurs tendances sexuelles. Il y avait les sado-masos, le fouet était de rigueur. Il y en avait dont le décor consistait en trois cages, vous rentriez dedans, un garçon volontaire s'y mettait et déployait tous les moyens possibles et imaginables pour attirer le ou les partenaires sexuels à venir.

Quand le garçon avait été choisi par quelqu'un se tenant à l'extérieur de la cage, il en devenait son esclave.

Le temps de l'échange sexuel et ainsi de suite jusqu'à « plus soif ».

La liberté sexuelle était absolue. Un de ces bars se spécialisait dans le « fist-fucking », pratique sexuelle qui, tristement, pouvait causer des dégâts, parfois irréversibles, voire, à long terme, mortels.

À l'époque, vous aviez la garantie que tous vos fantasmes sexuels pouvaient être satisfaits. Cela peut paraître sordide, morbide, et en même temps, il y avait quelque chose de beau qui unissait cette communauté ou, devrais-je dire, fraternité. Dès que vous sortiez de ces lieux, vos actes sexuels retrouvaient l'anonymat. Personne n'en parlait, les commentaires étaient bannis. Vous vous croisiez ou vous vous retrouviez le lendemain de la façon la plus normale qui soit. Ce n'était pas un sujet de conversation.

L'un d'entre vous avait été blessé ou avait eu un accident au cours de la soirée, de la nuit, une quête immédiate et spontanée s'organisait dans le lieu-dit. Jamais je n'ai connu une telle solidarité dans le désir ou dans le malheur. J'étais admirative et peut-être un peu jalouse.

Chez les gens soi-disant « normaux », cette solidarité n'existait pas.

On vous laissait tomber comme une vieille chaussette à la première déconvenue !

Au fil des jours, l'amitié et la complicité que Robert et moi partagions se renforça à un tel point qu'à un moment donné j'oubliai que j'approchais dangereusement de ma fin de location au Westbury et qu'il était temps que je vole de mes propres ailes.

Bien entendu, je ne m'étais absolument pas préoccupée de chercher un appartement. Je décrétais tout simplement ne pas avoir le temps. Robert précipita mon départ du Westbury en me proposant de venir vivre chez lui, avec lui, le temps que je trouve mon futur chez moi.

Ce furent trois mois de bonheur absolu. Nous étions devenus comme frère et sœur, ou, devrais-je dire, deux frères. Mais, comme toute relation exceptionnelle, si vous voulez qu'elle dure, il faut savoir la protéger, la respecter.

Curieusement, de vivre avec Robert me ramena les pieds sur terre. Il avait sa passion, son travail, la photographie. Cela m'encouragea à m'impliquer dans le mien, et, accessoirement mais sérieusement, de me mettre à la recherche d'un appartement.

Ce fut le plus facile. J'en parlais autour de moi, à mes amis, et quand vos amis new-yorkais vous adoptent, ils vous adoptent.

Trois ou quatre coups de fil plus tard, Halston m'annonça que l'appartement de Franco Rossellini se libérait.

C'était un ravissant appartement : *« a one bedroom appartment »* situé 58th Street et 6th Avenue. Halston me donna les coordonnées de Franco Rossellini et je l'appelai. À New York, les choses bougeaient vite. Le rendez-vous fut pris pour le lendemain en fin d'après-midi.

Je me rendis à l'adresse que Franco me donna, dans un Brownstone de 6 étages. Je me présentai au concierge de l'immeuble. Je déclinai mon nom et il appela Monsieur Rossellini sur le téléphone intérieur. Il raccrocha en m'annonçant que ce dernier m'attendait. Il m'accompagna à l'ascenseur et je sortis au 5e étage.

Je sonnai à la porte de l'appartement, Franco Rossellini m'ouvrit et me fit faire le tour du propriétaire. Entre l'accueil de Franco et l'appartement, mon coup de foudre fut immédiat. C'était exactement ce que je cherchais, ni trop grand ni trop petit. Décoré avec goût et je pouvais y entrer avec ma brosse à dents !

Il me facilita incroyablement toute la paperasserie qu'un locataire devait remplir et fournir. C'était un ami d'un ami, nous n'allions pas nous encombrer d'inutile. En quelques jours l'affaire fut conclue. J'étais remplie de bonheur, je faisais mon nid à New York.

Triste de quitter Robert et son loft, je savais que l'éloignement n'était que géographique, j'avais le temps, j'avais un mois avant d'occuper les lieux durant lequel je m'acharnai à être à la hauteur des attentes que Halston avait placées en moi.

Robert venait plus volontiers me retrouver à dîner avec Andy. Une complicité s'installa entre eux deux. Ils aimaient parler de leur travail artistique.

Andy aimait le travail de Robert, Robert était fasciné de ce nouveau mouvement dont Andy était le précurseur : le « Pop Art ». Halston écoutait et observait avec beaucoup d'intérêt ce nouveau membre de notre « confrérie ».

Robert, après le dîner, quand nous allions boire un dernier verre au Studio 54, retrouver notre ami et propriétaire des lieux, Steve Rubell, se dérobait avec grâce pour aller rejoindre ses « bas-fonds ».

Le jour de mon déménagement arriva. C'était de très loin le déménagement le plus gai que j'aie jamais vécu. Robert m'accompagna avec les quelques affaires que j'avais chez lui. En les déballant, je découvris un

« cadeau d'emménagement » qu'il me fit : une photo qu'il avait prise de moi lors d'une de nos séances.

Le Westbury me livra les affaires que j'avais laissées sous leur bonne garde dont le shopping bag « Peanut Butter » qu'Andy m'avait rapporté de sa visite à la Maison Blanche.

Halston m'arrosa littéralement d'orchidées blanches et d'une robe d'intérieur noire en cachemire 10 fils qu'évidemment je me précipitai à mettre en extérieur, bardée d'accessoires, principalement des bracelets Elsa Perretti, à la Nancy Cunard, aux pieds des santiags mexicaines noires. Mon décor était planté, j'étais chez moi.

Timothy Leary en devint un habitué ainsi qu'une nouvelle amie que je m'étais faite au cours de mes nombreuses sorties : Margaux Hemingway. Une femme d'une grande beauté intérieure et extérieure. Elle était grande, blonde avec un regard bleu extrêmement beau et troublant, habillé d'épais sourcils. Le bleu de ses yeux vous transperçait et on décelait au fond de ce regard une immense tristesse contagieuse. C'était d'autant plus troublant qu'elle avait un visage d'une beauté parfaite. Cette tristesse était due aux mauvais choix de ses compagnons, et de son mari en particulier.

Une grande amitié se créa au fil du temps entre elle et moi. J'avais le talent de savoir lui changer les idées, elle avait celui de savoir se faire aimer. Elle s'entendit à merveille avec Timothy et nous nous mîmes à faire des virées tous les trois ensemble.

Un soir, je devrais dire un jour, au petit matin, quelque peu droguée et éméchée, une idée folle me traversa l'esprit. Pourquoi ne pas survoler New York en hélicoptère ? Habitant New York, toute idée, folle ou pas, était facile à réaliser. Je téléphonai à la compagnie d'hélicoptères qui avait le permis de survoler New York. Cette compagnie était, bien entendu, ouverte 24 heures sur 24. Nous nous rendîmes en « Yellow Cab » au building de la Pan Am. Les hélicoptères décollaient et se posaient sur le toit de cet immeuble en plein cœur de Manhattan, juste au-dessus de la gare Grand Central Terminal Midtown.

Le pilote de l'hélicoptère nous fit survoler New York pendant une heure et demie, juste au lever du jour. Nous étions au 7e ciel, c'était le cas de le dire. Il nous redéposa là où nous l'avions pris sur les toits du building Pan Am.

Margaux, Timothy et moi prîmes l'habitude de faire cette balade entre ciel et terre une fois par mois. Cela nous donna la sensation d'être trois oiseaux libres qui prenaient leur envol.

Robert Mapplethorpe me fit découvrir les bas-fonds de New York, mais également la lumière de cette ville où tout était possible. Avant lui je vivais et traversais New York comme si elle m'était acquise. Il m'apprit à regarder, à observer toute la beauté qui se dégageait de ce lieu unique. Des ciels bleus éclatants comme seule la montagne m'en avait offert. Sauf qu'ici ils se reflétaient dans des Skyscrapers, et vous aveuglaient par leur intensité. Tout à New York était intense, la nuit, le jour, l'architecture et ses détails incroyables ; les gratte-ciel et leurs becs d'aigle en acier, les entrepôts de viande transformés en palaces de nuit, des immeubles entiers d'ateliers de couture devenus des lofts surréalistes.

Un jour, nous nous promenions dans les rues désertes, les prudents étaient restés chez eux et je dus attraper de justesse un poteau et m'y accrocher de toutes mes forces pour ne pas m'envoler dans un tourbillon de bourrasques de vent et de flocons de neige. Robert, lui, s'était plaqué dans le renfoncement d'une entrée d'immeuble. La bourrasque tomba aussi vite qu'elle nous avait surpris et nous continuâmes cette promenade surréaliste, enveloppés dans une gigantesque ouate blanche, les rues vides, le silence absolu en dehors des sifflements du vent, des sirènes des voitures de police et des immenses camions de pompiers rouges.

Nous arrivâmes tant bien que mal à trouver refuge chez moi, frigorifiés mais exaltés par ce que nous venions de vivre. New York détenait ce paradoxe : elle grouillait de monde 24 heures sur 24, mais trois flocons de neige la paralysaient totalement. Alors une tempête de neige provoquait un sentiment de fin du monde étalé sur plusieurs jours !

C'est encore comme cela aujourd'hui à travers toute l'Amérique.

Une autre fois il m'emmena à Coney Island, située à Brooklyn. Je n'avais jamais mis les pieds en dehors de Manhattan ! Sauf pour aller direct à Montauk ou à Fisher Island et à Harlem écouter du jazz.

Il voulait me présenter quelqu'un, il ne me dit pas qui. C'était une surprise. Il avait rendez-vous à Luna Park, l'équivalent d'une immense Foire du Trône. La Grande Roue de la place de la Concorde fait pâle figure auprès de la Wonder Wheel de Coney Island...

J'étais très excitée par le mystère que Robert faisait autour de cette rencontre. C'était de toute évidence important pour lui. Il dégageait une certaine fébrilité, et pour cause... c'était son petit frère Edward.

Edward était au premier regard l'opposé de Robert. Il était blond, un peu gauche, réservé. Il émanait de lui une timidité qui le rendait incroyablement attachant. Il vénérait son grand frère. Il buvait ses paroles, il le regardait avec les yeux remplis d'amour et d'admiration. À travers Edward, je découvris un autre Robert. Au cours de cette journée il était complètement à l'écoute de son petit frère, lui prodiguait moult conseils, répondait avec une patience infinie à toutes les questions qu'Edward lui posait. Il était son protecteur, son guide. Quelques années plus tard, le même Edward devint son assistant.

Mon rôle et ma présence prenaient de l'ampleur auprès de Halston. J'allais tous les jours au studio. Il souhaitait que je l'accompagne de plus en plus à des dîners de gala ou de représentation.

Petit à petit, on commençait à me surnommer « The Halston Princess » ou « Princess Boobs ». À l'époque, il n'était pas banal d'avoir décroché comme assistante une princesse française et de surcroît petite-fille d'Antenor Patiño. J'aimais mon travail donc je le prenais au sérieux et, apparemment, je le faisais bien.

Halston m'annonça qu'il devait faire une tournée de quinze jours aux États-Unis pour montrer la dernière collection. Cela s'appelait des « Trunk Shows » et il souhaitait que je l'accompagne. On allait présenter la collection dans des villes américaines, Chicago, Los Angeles, La Nouvelle-Orléans, Dallas, Miami, Boston. Mais également dans de plus petites villes, dans les régions de l'Oklahoma, du Wyoming, du Vermont. Il y avait malgré tout de grands riches, y compris dans ces régions moins peuplées. Nous restions deux, maximum trois jours dans chaque ville.

Après le défilé qui avait lieu toujours dans l'après-midi, un grand dîner avec les dignitaires de la ville en question était organisé en l'honneur de Halston. J'étais « son » chevalier servant. J'ai adoré. Je découvrais des villes où je ne serais jamais allée. Dans certains États l'alcool était prohibé, on ne pouvait en boire que dans la chambre d'hôtel. J'hallucinais, nous étions au XXe siècle. Malgré tout, dans un pays où tout était possible et permis, parfois ressurgissait le bon vieux puritanisme américain !

Nous revînmes à New York sur les rotules mais très heureux du succès de Halston et de notre merveilleuse entente.

Un jour, en plein vol, alors que nous survolions l'État du Wyoming, une hôtesse vint me demander de lui rendre mon verre de bloody mary que je n'avais pas terminé de boire. L'alcool était prohibé dans l'État du Wyoming, même à 10 000 pieds d'altitude.

À notre retour, « Daddo » m'appela. Il avait acheté un appartement dans la Trump Tower, cette dernière venait d'être achevée. François Catroux, un grand décorateur français, ainsi que Valerian Rybar, d'origine yougoslave mais devenu de nationalité internationale, devaient s'occuper de l'architecture et du décor intérieur du dernier achat de mon grand-père.

Daddo voulait savoir si je pouvais intervenir auprès de Halston pour une grosse commande d'un tissu dont il avait l'exclusivité : l'ultra suède, un daim ultra doux de couleur sable. Il voulait que les murs de sa future bibliothèque en soient tapissés. Françoise, sa secrétaire, m'appellerait pour me donner les dimensions de la pièce. J'en parlai donc à Halston. Il ne me cacha pas sa joie de participer au décor d'une des pièces de mon grand-père. Il avait saisi au quart de tour la publicité supplémentaire que cela lui apporterait. De mon côté, je montai en grade dans l'estime de Halston et de mon grand-père : tout bénef.

Entre la commande de mon grand-père et les deux semaines de Trunk Show que Halston et moi avions fait ensemble, Halston décida de me faire un cadeau somptueux. J'avais repéré un collier de chien en diamants dessiné par Elsa Peretti pour Tiffany's que Halston avait emprunté au joaillier pour accessoiriser une de ses robes du soir pour son dernier défilé à New York. Je l'avais porté lors d'un essayage et il avait tout de suite remarqué l'expression de mon visage. Je lui avais d'ailleurs dit à quel point je trouvais le collier génial. Dans un excès d'immense générosité, il me le donna au cours d'un dîner en tête à tête. Je fus tiraillée entre une explosion de joie et une grande gêne. La joie l'emporta et je l'acceptai. Je le portais du matin au soir, du soir au matin, accompagné de son premier cadeau, les fameux « studs » en diamants, toujours dessinés par Elsa Peretti, qu'il m'avait offerts tout au début de notre collaboration.

Je ne sais pas ce qui m'a pris, toujours est-il qu'un soir tard, ou un matin tôt, imbibée de cocaïne, de poppers, de joints et autres drogues, plus le vin blanc qui n'aida pas, en rentrant chez moi, je me déshabillai, j'enlevai le collier et le posai sur la cuvette des toilettes avant de m'effondrer pour une courte nuit de sommeil.

Je me réveillai quelques heures plus tard, la tête encore dans le coltard et me dirigeai vers la salle de bains. Je soulevai le couvercle des toilettes et eus juste le temps, à ma grande horreur, de voir mon collier de chien disparaître au moment où je tirai la chasse d'eau.

Le réveil fut brutal. Je plongeais ma main, puis les deux bras jusqu'aux coudes pour le récupérer. Au bout d'un temps, qui me parut infini, je dus me rendre à l'évidence : ce n'est pas comme cela que j'allais le récupérer. Mais je ne m'avouai pas encore vaincue. J'appelai le concierge qui, lui, appela le plombier de l'immeuble. Après une longue attente, ce dernier arriva.

Je lui fis démonter les toilettes, je lui demandai même de démonter la canalisation de mes toilettes. Je doute qu'il l'ait fait, ou même qu'il pouvait le faire mais la panique et le désespoir m'avaient gagnée.

Je pleurais toutes les larmes de mon corps, je devais être quelque peu hystérique à ce stade. Ce n'était pas tant la valeur du collier qui m'embêtait. C'était d'une part ma bêtise impardonnable et l'idée insupportable de pouvoir perdre et traiter tellement à la légère un cadeau que m'avait donné quelqu'un que j'aimais. J'aurais voulu me battre moi-même.

Halston fut un très grand seigneur. Il ne m'en parla jamais et moi je me gardai bien de lui en parler. Quelque temps plus tard, il le remplaça par un pendentif avec un très joli diamant central. C'était sa façon de me dire qu'il savait que j'avais perdu le « collier de chien ». Cela ne me rendit ni plus sage ni plus prudente…

Diana Vreeland était incontestablement la plus grande journaliste de mode de tous les temps. Elle fut journaliste de mode pour *Harper's Bazar* puis devint en 1963 rédactrice en chef de *Vogue US*. Elle fut nommée consultante du Costume Institute du Metropolitan Museum de New York.

Pour ceux qui l'ont connue de son vivant, elle était le génie, la reine de la mode et de l'élégance. Pour ceux qui n'ont pas eu cette chance, elle est encore aujourd'hui une légende, une référence incontournable.

Elle avait une idée à la seconde et une jeunesse d'esprit qui dépassait de loin tous les jeunes dont elle s'entourait.

Un jour, mon téléphone sonna pendant que j'étais dans le studio de Halston et elle m'invita en toute simplicité à déjeuner. Nous nous étions évidemment croisées dans des dîners, des défilés de mode. Elle me saluait, je lui disais bonjour, je la connaissais de renom mais certainement pas personnellement. Je crois que c'est la seule personne, encore aujourd'hui, qui m'intimidait, me tétanisait.

Son allure, sa personnalité et son aura étaient telles qu'elles me faisaient sentir être une minuscule petite chose, une fourmi. Halston m'encouragea, me donna un coup de pied aux fesses pour aller déjeuner avec elle, moi j'étais pétrifiée. Comment pouvait-elle s'intéresser à moi ? Ou tout simplement comment pouvait-elle avoir envie de perdre son temps avec moi ?

Je me rendis donc à son invitation à déjeuner à 13 heures au restaurant le Cirque, situé au 151 East 58th Street. Avant d'aller au déjeuner, j'ai dû me changer 20 fois, jusqu'à ce que Halston prenne la situation en main et me dise la phrase magique : « *Be Yourself*, sois toi-même, c'est Diane qu'elle veut connaître. »

Le tour était joué, cette phrase me calma et je me présentai au restaurant en tant que Diane : tenue excentrique mais élégante. Un soupçon plus calme que d'habitude.

Dans des situations rares mais réelles, je pouvais être, malgré les apparences, extrêmement timide. Diana Vreeland qui était une experte en nature humaine a dû le sentir à la seconde où je lui dis bonjour. En l'espace de cinq minutes, grâce à sa gentillesse, à son naturel, à ses questions simples mais directes, elle me mit incroyablement à l'aise.

L'image de la déesse féroce que je m'étais faite d'elle se transforma petit à petit. Elle avait ce talent rare de s'intéresser aux autres, d'être à l'écoute tout en vous observant avec son œil de « lynx ».

Au fil du temps, elle devint ma confidente, ma conseillère. J'avais un doute, je ne savais pas quelle direction prendre ou quel choix faire, tant du point de vue privé que pour mon avenir dans le milieu de la mode, alors je l'appelais, et jamais elle ne me donnait le sentiment de la déranger. Elle me proposait de passer la voir, de prendre le thé ou tout simplement d'en parler au téléphone. Dans le tourbillon dans lequel je vivais, elle devint l'ancre auprès de laquelle je pouvais me poser.

Je la vis de manière constante jusqu'à mon départ de New York. Ce fut une des personnes, sinon LA personne auprès de laquelle j'appris le plus de choses. Merci Diana.

Diana Vreeland était quelqu'un de très drôle avec un humour new-yorkais, frais et décapant. À travers son humour elle habillait ou déshabillait quelqu'un ! Elle était toujours tirée à quatre épingles, cheveux noir de jais en arrière, on en avait mal au crâne pour elle, elle non.

Son élégance et son allure unique, toujours accessoirisée de bijoux fantaisie qu'elle seule avait le talent de dénicher, faisaient d'elle une grande icône de la mode qu'elle ne suivait pas. Elle imposait la sienne et les autres tentaient tant bien que mal, plutôt mal, de s'en inspirer.

Un de ses secrets était sa personnalité, son naturel, l'autre était qu'elle prônait une pointe de vulgarité assortie à son bon goût inné. Son seul mépris était pour le « mauvais goût » ou le manque d'imagination. Elle portait toujours des lunettes noires pour le plaisir, pour se protéger les yeux de la lumière intense new-yorkaise, et des lunettes de vue à son travail ou pour décortiquer le moindre détail. Elle était perfectionniste et exigeante avec elle-même et envers les autres. Mais vu son charisme, elle ne vous donnait qu'une envie : ne pas la décevoir.

Notre bonne entente était basée sur le fait que je l'amusais, je la surprenais. Grâce à ses conseils précieux, mon originalité naturelle prit de l'assurance. Je buvais ses paroles tout en conservant ma liberté d'esprit, et ça, ça lui plaisait.

Deux ans après la mort de sa mère Lady Gale, mon père épousa en secondes noces Laure du Temple de Rougemont, de vingt ans sa cadette. Ils se marièrent en la chapelle de l'église de la Madeleine à Paris. Papa, très croyant, avait finalement obtenu du Vatican l'annulation de son premier mariage avec ma mère. Il fut enfin un homme heureux en amour !

Parmi les rencontres étonnantes et détonantes que je fis à New York, il y eut Jacqueline Stone, la mère d'Oliver Stone. Un beau matin mon téléphone sonna, je décrochai et c'était Jean-Pierre Borg, un décorateur français installé à New York, qui m'invitait à venir dîner chez eux. Il vivait avec Ron Ferry, un des premiers artistes à faire des sculptures au néon bleu, vert, jaune ou rouge orangé, certaines à couleur unique, d'autres multicolores. C'étaient des tableaux horizontaux, verticaux, plaqués au mur sur un support en Plexiglass. Ron commençait à avoir une certaine notoriété, son art était nouveau. Ron et Jean-Pierre souhaitaient me présenter une femme d'une autre génération que la mienne mais avec qui ils sentaient que l'entente serait parfaite.

La date du dîner fut fixée pour la semaine suivante. C'était un petit dîner, nous n'étions que 8, chose rare à New York dans les années 1970.

Ils ne s'étaient pas trompés, la personne en question était Jacqueline Stone. Elle aurait pu être ma mère, mais en dehors de cet écart d'âge, elle se révéla d'une rare jeunesse d'esprit.

Elle adorait la vie par-dessus tout. C'était une femme libre qui aimait danser, sortir, s'amuser avec ses amis. Surtout, elle ne portait aucun jugement sur qui que ce soit ou quoi que ce soit. Le grand amour de sa vie était son fils Oliver.

Nous nous entendîmes comme larrons en foire et nous prîmes l'habitude de nous voir régulièrement. Plus elle me connaissait, plus nous vivions toutes les deux comme des adolescentes, plus elle se colla dans la tête qu'il fallait impérativement qu'elle me présente son fils.

Elle fit appel à nouveau à Jean-Pierre et Ron afin qu'ils organisent un dîner en comité très restreint : Jacqueline et moi, eux deux et, bien entendu, son fils Oliver. Jean-Pierre et Ron se prêtèrent joyeusement au jeu et le dîner eut lieu. Dîner très gai, détendu, et effectivement, Oliver et moi avons tout de suite accroché.

À l'époque il n'était pas encore connu mais déjà passionné de cinéma. Il écrivait des scénarios pour des producteurs hollywoodiens, il était assistant metteur en scène, il touchait à tout dans le milieu. Il était plutôt timide, réservé, fort attentif et agréable de compagnie. De plus, il avait une très belle « gueule », ce qui ne gâchait rien.

On se mit à se voir régulièrement pour finir par ne se voir que tous les deux : petits dîners en tête à tête, soirées cinéma, et finalement par tomber dans les bras l'un de l'autre au grand bonheur de sa mère qu'il adorait par-dessus tout.

Nous eûmes une très jolie histoire d'amour jusqu'au moment où la pauvre Jacqueline voulut trop s'en mêler. Elle s'était collé, bille en tête, que les deux tourtereaux devaient convoler ensemble. Elle obtint le résultat opposé. Oliver n'avait qu'une obsession, le cinéma, moi, mon obsession était ma liberté. Une seule solution nous restait. Pour mettre fin aux projets maternels, nous décidâmes d'un commun accord de nous quitter en très bons amis. Jacqueline fut affectée de notre décision mais s'en remit assez vite. Nous avions gagné en amitié.

Chaque jour qui passe, je suis fascinée à quel point le monde est petit, qu'il tient dans le creux de la main. Quarante-six ans plus tard, j'ai comme habitude de passer l'été dans les montagnes suisses dans le Bernois, à Gstaad ou dans un village de montagne environnant. À peine arrivée dans « mes montagnes », le premier coup de fil que je passe est à une grande amie, Christine Camerana. Et cette année 2021, le coup de fil valait son pesant d'or. Des jeunes de Gstaad avaient organisé pour la première fois un week-end d'écrivains et l'invité d'honneur n'était autre qu'Oliver Stone qui, entre 1975 et 2021, était devenu un grand cinéaste et scénariste, en un mot, une star.

Je tombe de ma chaise et raconte à Christine notre histoire tout en précisant que je doutais fort que ce dernier se souvienne de moi quarante-six ans plus tard, eh bien, que nenni ! Au cours de ce week-end d'écrivains elle trouva l'occasion de lui dire qu'une vieille connaissance à lui, moi, venait d'arriver à Gstaad mais que j'étais convaincue qu'il ne savait même plus qui j'étais.

Ce fut tout le contraire, il se souvenait parfaitement de moi et de notre idylle. À tel point qu'il prit mon amie à part et avec le franc-parler très anglo-saxon, en l'occurrence à l'américaine, lui glissa à l'oreille : « C'est un très bon souvenir, j'ai même couché avec elle ! » Je dîne le lendemain avec Christine qui trépignait de me raconter l'histoire et de me prouver qu'apparemment il n'était pas aussi facile que je me l'étais imaginé de m'oublier !

Je pris sa remarque comme un compliment. Il a toujours sa belle gueule, moi j'ai toujours mes bons souvenirs, il faut croire que lui aussi.

Un soir Andy, Halston et moi nous rendions à un énième dîner chez je ne sais plus qui. Autant j'étais heureuse d'être avec eux, autant je traînais un peu des pieds de voir encore et encore du monde, à tel point que, dans l'ascenseur qui nous menait à l'étage de nos hôtes, j'appuyai sur le bouton rouge afin qu'il s'arrête.

J'annonçai à Halston et à Andy que j'avais besoin d'un rail de coke : Halston trouva l'idée très amusante, Andy était mitigé, il ne pensait pas que j'allais le faire... Je sortis mon attirail, me pris un rail dans chaque narine, en offris un à Halston et appuyai sur le bouton afin que l'ascenseur continue sa course. Andy était un peu horrifié et me sermonna. Moi, grâce au rail, j'étais enchantée de me rendre à un dîner qui me barbait.

C'est souvent quand on traîne des pieds que des surprises inattendues vous tombent dessus.

Comme souvent à New York dans ces années-là, il y avait le dîner avec sa liste d'invités, puis une liste d'invités plus conséquente pour l'après-dîner. Parmi les « après-dîner », il y avait Ron Ferry. Il arriva à la soirée avec son boy-friend, Jean-Pierre Borg, et un de leurs amis, également français, de passage à New York, Pierre Maraval.

La soirée battait son plein, il y avait des gens dans chaque coin et recoin de l'appartement. Ron me repéra à travers cette foule un peu compacte qu'il traversa d'un pas déterminé accompagné de Jean-Pierre et de cet ami parisien que je ne connaissais pas. J'aimais beaucoup Ron et Jean-Pierre qui m'avaient tous deux fait preuve d'une grande affection quasiment dès mon arrivée. Ils voulaient absolument me présenter Pierre Maraval. Il faut dire que ce dernier était extrêmement beau, ils connaissaient bien mes goûts.

Pierre sortait tout droit d'un tableau de Botticelli : des longs cheveux blond-châtain bouclés lui tombaient sur les épaules, des yeux bleus en amande d'une innocence à vous damner, grand, juste ce qu'il faut, vêtu d'un jeans bleu, tee-shirt blanc, blazer bleu marine, baskets blanches aux pieds. Il avait l'air un peu perdu parmi tous ces gens avec un air de : « Qu'est-ce que je fous là ? »

Une fois les présentations faites, il m'avoua avec la plus grande simplicité ne connaître absolument personne hormis Ron et Jean-Pierre dans cette soirée.

J'étais troublée par sa beauté et sa fraîcheur mais, après avoir échangé 3 mots et 2 banalités avec lui, je repris le cours de ma vie trépidante et repartis danser, boire et fumer avec ma bande de copains.

Une demi-heure, une heure passèrent et je décidai de me diriger vers les toilettes d'invités. En refermant la porte des toilettes, mon regard croisa celui de Pierre, je fis volte-face et traversai, non sans mal, le grand salon pour le prendre par la main. Il se laissa faire avec une facilité déconcertante tout en arborant un regard amusé.

Une fois dans les toilettes, je me mis à genoux devant le couvercle des chiottes et préparai deux somptueuses lignes de coke. J'en pris une, lui tendis la paille et l'invitai à prendre la seconde. Qu'elle ne fut pas ma surprise quand il me dit : « Merci, c'est très gentil, mais non, je n'ai jamais pris de cocaïne de ma vie, je ne bois pas non plus, je n'en ai pas besoin, j'aime avoir les idées claires... »

Eh vlan ! Je me le pris en plein dans la gueule...

Son ton était si sincère, que pendant une fraction de seconde je fus totalement déstabilisée, je ne savais comment réagir. C'était bien la première fois qu'à New York je rencontrais quelqu'un qui me disait : non merci.

Il dut sentir mon trouble car une fois sorti des toilettes, il m'invita gentiment à danser. Cette danse me rendit mon aplomb, je le ramenai chez moi.

Il était à New York pour une semaine avec un ami à lui, Jacques Fieschi, fondateur du magazine *Cinématographe*. Ils étaient là pour écrire des articles sur le cinéma américain, new-yorkais en particulier.

Ni Pierre ni moi ne vîmes la semaine passer, ou plutôt, elle passa trop vite. En un temps record nous étions tombés amoureux l'un de l'autre, et on ne se quittait plus.

Le jour du départ de Jacques Fieschi et de Pierre Maraval, ce dernier m'annonça qu'il serait prêt à revenir si je le souhaitais. Je ne m'y attendais pas. Peut-être que je ne voulais pas y croire. J'avais ma vie, mes amis, et surtout, j'avais épousé la liberté.

Toujours est-il qu'au bout de dix jours de séparation, l'amour et le risque prirent le dessus et il revint. J'étais à cent mille lieux de me rendre compte à quel point cette décision prise sur un coup de tête allait changer le cours de ma vie.

Son retour à New York provoqua chez moi une grande joie, j'étais amoureuse. Mais également une panique totale. Je n'étais en aucun cas prête à lâcher Halston, Andy, Robert, Larry et les autres, la cocaïne, le vin blanc, les soirées disjonctées.

Pierre se glissa avec une aisance déconcertante dans mon rythme de vie, mes amis l'adoptèrent. Il me laissa faire ce que je voulais. J'étais libre, mais à deux.

Très vite nous nous mîmes à chercher un toit sur la tête. Mon nid 58th Street, que j'adorais, devenait un peu étroit pour deux. En l'espace de deux mois, nous trouvâmes l'appartement idéal pour abriter notre romance. « *A two-bedroom appartment, Upper East side on 79th and 3rd Avenue.* »

L'appartement était au 5e étage dans ce qu'on appelle un « *condo building* », un immeuble strictement réservé à l'habitation. Une fois installés, je décidai qu'il fallait agrandir la famille. Je voulais adopter un chien. Pierre et moi nous nous rendîmes à la SPA de New York et au lieu de repartir avec un chien nous repartîmes avec ce qui devait être un lapin nain. Ses poils étaient d'un gris soyeux avec une ravissante queue, blanche comme neige.

Je me promenais partout avec mon lapin nain surnommé Skyscraper.

J'achetai un ravissant panier en osier à anses et Halston fit faire dans ses ateliers un coussin sur mesure en cachemire beige pour que les fesses de Skyscraper soient bien au chaud. Skyscraper ne resta pas nain bien longtemps. Il se transforma rapidement en énorme lapin qui m'attira quelques ennuis. Un jour il s'échappa de son panier, où il commençait à se sentir à l'étroit, dans les bureaux de Halston.

Patricia Morris et moi le cherchâmes partout et à notre grande horreur, on finit par le retrouver dans la pièce sacro-sainte réservée aux tissus : il avait fait ses petites crottes partout. Pire encore, il avait grignoté de ses dents aiguisées des tissus hors de prix, il avait bon goût.

Il fut banni à jamais de la maison de couture.

Les voisins de l'immeuble où nous habitions commencèrent à se plaindre : les animaux domestiques étaient autorisés, un lapin qui commençait furieusement à ressembler au Géant de Bruges de Dürer, non !

Pierre n'en pouvait plus, il était devenu impossible de marcher pieds nus, il s'attaquait aux doigts de pied avec une prédilection pour les orteils masculins. Le cœur déchiré, je pris conscience qu'il fallait que je m'en sépare.

Un couple d'amis homosexuels avait une propriété de rêve dans le Connecticut. Je les appelai pour nous faire inviter en week-end chez eux. Mon cadeau de week-end était bien entendu Skyscraper. Quoi de plus joli que de garnir leur jardin de rêve avec mon lapin géant ? Ils étaient adorables et habitués à mes excentricités, mais je crains qu'ils aient été malgré tout quelque peu surpris.

Je ne me risquai jamais à demander des nouvelles de Skyscraper depuis lors. Dans mon esprit, il ne pouvait filer que des jours heureux à gambader dans la propriété.

1977 s'avéra être une année riche en événements. Dès le mois de février, New York et les New-Yorkais furent pris d'une grande fébrilité, une excitation qui grondait et qui finit par exploser le 26 avril, date à laquelle une nouvelle boîte de nuit, le Studio 54, ouvrit ses portes.

Steve Rubell et son partenaire Ian Schlager avaient repris ce lieu qui était un ancien théâtre et l'avaient transformé dans le plus grand secret en boîte de nuit.

La plus grande, la plus sophistiquée qui ait jamais existé. Ils avaient dépensé une fortune en éclairage, en son, pour avoir la meilleure qualité de musique possible et un décor noir, velours rouge bordeaux pour les assises où l'on pouvait se vautrer. Les serveurs étaient en tee-shirt ou maillot de corps noir, affublés de shorts microscopiques.

La boîte de nuit s'étalait sur trois niveaux. Le rez-de-chaussée avec une armée de physionomistes et de videurs qui vous laissaient entrer ou pas dans le Saint-Graal, selon les ordres de Steve. Puis venait le premier étage, qui était le balcon du théâtre d'origine, et un sous-sol où seuls les happy few, les très jolis garçons et filles, avaient l'autorisation d'y descendre.

Pour vous donner une idée et une image précises, Fabrice Emaer, propriétaire du Sept rue Sainte-Anne, s'en inspira pour ouvrir le Palace en 1978 rue du Faubourg-Montmartre à Paris.

Le soir de l'ouverture du Studio 54, seules les personnes munies d'invitations que le Tout-New York s'arrachait à prix d'or pouvaient rentrer à partir de 23 h 30. Le casting était spectaculaire, il y avait toutes les personnes qui comptaient à New York, y compris, et en particulier, Steve et Ian, qui avaient réussi à faire venir des gens qui ne mettaient jamais les pieds dans ce genre de lieu, mais qui étaient rongés de curiosité, tellement le mystère et le secret avaient été bien orchestrés.

Les serveurs avaient subi une sélection qui battait à plate couture les castings des grandes agences de mannequinat. Ils avaient misé sur le Beau et ils avaient gagné leur pari. C'était spectaculaire sur toute la ligne. Le champagne coulait à flots, ainsi que la cocaïne et le poppers. L'ambiance y était électrique et déchaînée. La piste de danse ainsi que les décibels qui sortaient des haut-parleurs ne vous donnaient qu'une seule envie : danser, danser, danser.

Ils avaient conservé la scène de théâtre d'origine et engagé des danseurs et danseuses du New York City Ballet qui vous offraient un spectacle unique de chorégraphie sur le thème : boîte de nuit.

Vous pouviez vous mêler à eux et inversement.

Vers 2 heures du matin, les physionomistes avaient ordre de laisser entrer tous ceux et celles qui étaient beaux et disjonctés.

La température atteignit son paroxysme. Rien de tel que de mélanger tous les genres : artistes, acteurs de cinéma, dames de la « high society », écrivains et journalistes, créateurs de mode et voyous pour que cette soirée reste dans les mémoires à tout jamais.

Les derniers invités dont je faisais partie rentrèrent se coucher ou allèrent directement au travail à 7 heures du matin.

En une nuit, le Studio 54 et Steve Rubell furent l'endroit où il fallait être dans le monde planétaire de la vie nocturne. Il était ouvert le mercredi, jeudi, vendredi, samedi, mais rien ne vous empêchait de le louer pour y donner des soirées privées.

Ce fut le cas pour l'anniversaire de Bianca Jagger. Ce fut aussi la première soirée privée que Steve Rubell donna en mai 1977.

Bianca fit son entrée ce jour-là sur un cheval blanc dont les rênes étaient tenues par un garçon aussi magnifique que le cheval, entièrement nu !

Le trait de génie de Steve était : une fois que vous aviez franchi la redoutable armée de physionomistes, l'entrée était gratuite. L'autre trait de génie de Steve : dans la boîte de nuit, vous étiez chez Steve et sa devise était « au Studio 54 tout est permis ». Le temps qu'il exista, avec Steve en tant que maître des lieux, ces deux règles d'or furent systématiquement appliquées.

Pour le soir de son anniversaire, Bianca m'appela quinze jours avant en me faisant jurer de ne pas dévoiler que Steve Rubell organisait une grande fête en son honneur, car elle, de son côté, voulait donner son dîner d'anniversaire chez elle. Un petit dîner entre intimes puis leur faire la surprise de les embarquer là-bas.

Je jurai aux grands dieux que je garderais un secret de polichinelle et acceptai avec joie son invitation. Elle me demanda si Pierre et moi pouvions arriver un peu plus tôt, c'est-à-dire vers huit heures et demie, neuf heures du soir, chose que nous fîmes avec peut-être un peu de retard. À l'époque la notion du temps n'était pas ma meilleure amie.

Quand nous arrivâmes enfin chez Bianca, il y avait déjà quelques personnes, en commençant par Mick Jagger, Andy Warhol, Halston et Victor Hugo, Elsa Peretti, Eric Clapton et sa girl friend, et dans un coin retiré du salon, lovés l'un contre l'autre, John Lennon et Yoko Ono. Ils semblaient tous deux totalement indifférents à ce qui se passait autour d'eux, dans un autre monde, dans leur bulle. Petit à petit les autres invités arrivèrent et le petit dîner intime finit par devenir un dîner de 40 personnes.

Pendant que les cocktails étaient servis, je fus prise par une irrésistible envie de m'approcher et de rencontrer enfin John Lennon et Yoko Ono, qui ne le lâchait pas d'une semelle. Je n'aimais pas le look de cette dernière qui me fit plutôt penser à un look de chien de garde qu'à celui d'une épouse aimante. D'ailleurs, dès que je m'approchai de son mari, elle me rabroua avec un regard méchant. C'était mal me connaître, quand j'avais une idée en tête, je ne l'avais pas ailleurs. De surcroît, cette idée était bien innocente, je ne souhaitais que dire et faire part de mon admiration à mon idole de jeunesse.

Je fis comme si de rien n'était et retournai parler avec Andy, Bianca, Mick et Pierre. Je gardai néanmoins un œil dans le coin où s'étaient repliés John et Yoko. J'eus raison car à un moment Yoko se leva pour se diriger vers, j'imagine, les toilettes d'invités. J'eus juste le temps de me présenter, de faire part à John de toute mon admiration et de lui arracher un pâle sourire avant que la tigresse ne revienne. Au moment de passer à table, ils disparurent, mais j'eus la cruelle impression qu'il était terrorisé par elle, ou en tout cas entièrement sous sa coupe et n'ayant pas l'allure d'un homme heureux. Cette rencontre, même si elle ne dura qu'une fraction de seconde, est à tout jamais gravée dans ma mémoire.

Après le dîner exquis et très drôle de Bianca, toute la troupe se dirigea en plusieurs limousines au Studio 54, et que la fête commence ! Pour nous, elle continua jusqu'à l'aube.

Steve se fichait éperdument de qui vous étiez. Vous pouviez être une star, vous pouviez être Monsieur/Madame Tout-le-monde… Votre look lui plaisait, vous entriez dans le Saint des Saints. Votre look lui déplaisait, vous étiez recalé. Quelques personnalités célèbres prenaient mal la chose et manifestaient leur colère, mais Steve restait indifférent. Cela n'empêchait pas que ces mêmes personnes se présentent à la porte le lendemain et soient accueillies les bras ouverts.

À la vitesse lumière, le Studio 54 acquit une réputation mondiale. Les gens affluaient des quatre coins de la planète.

Si vous veniez à New York, il y avait deux obligations impératives : visiter le Metropolitan Museum et aller au Studio 54.

La queue devant la boîte de nuit pouvait atteindre des proportions inimaginables : elle s'étendait de la moitié du bloc 254 West 54th Street jusqu'à 8th Avenue and Broadway.

Un bloc d'immeubles à New York était long et large à tel point que Steve faisait entrer sa bande de copains et d'habitués par la petite porte à l'arrière, réservée aux livraisons d'alcool et autres.

Une nouvelle drogue apparut sous forme de pilule blanche. Elle ressemblait à s'y tromper au Doliprane sans avoir du tout les mêmes effets... C'était la Grande Sœur du Mandrax. Vous rajoutiez quelques cachets de Quaalude à la cocaïne et à l'alcool, toujours de préférence des alcools blancs, vin blanc, champagne, vodka ou gin, et vous étiez « *High in the sky* ». Seul problème, qui ne nous en posait pas un, on ne se souvenait pas très bien ou pas du tout de ce que l'on avait fait la veille. Ce dont on se souvenait c'est qu'on avait très, très bien fait la fête.

Parfois on se réveillait auprès d'un inconnu, mais à cette époque-là ce n'était franchement pas un drame, ça pouvait même être un grand plaisir !

Le deuxième événement qui se produisit en 1977 fut le blackout de New York. Il eut lieu les 13 et 14 juillet. Cette ville qui était éclairée 24 heures sur 24 par des lumières de bureaux, des gigantesques panneaux publicitaires, se retrouva en une fraction de seconde dans le noir le plus complet dès la nuit tombée. En moins d'un quart d'heure elle fut totalement paralysée et les New-Yorkais en état de choc.

Pour une ville qui ne s'arrêtait jamais, c'était un sentiment de fin du monde. Personne ne savait ce qui s'était passé, et la stupeur dura 24 heures. Le choc évolua rapidement en un affolement général.

À l'époque, les téléphones portables n'existaient pas et tous les téléphones fixes étaient tombés en panne en même temps que toutes les lumières s'éteignaient en cascade. Impossible de communiquer entre nous, impossible de savoir quoi que ce soit. Seuls les hôpitaux, petit à petit, se mirent à actionner leurs générateurs.

Des voitures de police commencèrent à sillonner la ville avec d'énormes haut-parleurs divulguant un message qui se voulait rassurant et surtout conseillant aux gens de rester chez eux ou là où ils se trouvaient, aux personnes dans la rue de rentrer chez elles. Et surtout, sous aucun prétexte, d'essayer de prendre l'ascenseur.

Pour une ville dont la moitié des immeubles étaient des skyscrapers, cela posa un gigantesque problème.

Grand nombre d'habitants se retrouvèrent coincés dans ces ascenseurs 24 heures, voire plus dans certains quartiers.

Pierre et moi étions tranquillement à la maison. Au moment où se produisit le blackout, j'étais en train de faire la sieste. Pauvre Pierre me réveilla et ma première réaction fut plutôt très vive : je l'engueulai. Pourquoi m'emmerder à me réveiller si tout était noir ? Idéal pour dormir ! Grâce au ciel il insista, car malgré le chaos créé par ce blackout cela valait la peine de le vivre.

Je repris mes esprits et ma bonne humeur grâce à un bon rail de coke. Au bout d'un certain temps, lassés de regarder par la fenêtre à attendre je ne sais trop quoi, nous décidâmes, malgré les conseils de la police qui patrouillait, d'aller dans la rue voir et vivre ce qui s'y passait.

Nos pas nous menèrent tout naturellement vers notre QG, Chez Elaine's. Nous fîmes à pied 10 blocks.

Tout ça dans un noir absolu avec l'aide d'un briquet qui rendit l'âme et d'une bougie, prise chez nous, qui, elle, tint le coup.

À l'aller, nous n'avons croisé quasiment personne, au retour ce fut une autre histoire. Elaine, bien entendu, avait immédiatement paré à l'urgence. Sur toutes les nappes à carreaux rouges et blancs trônaient des bougeoirs de fortune. Les cuisines étaient évidemment fermées, la cave, non. Elle sortit vin rouge et vin blanc, on se précipita sur ce dernier avant qu'il ne devienne chaud.

Petit à petit, son restaurant se remplit de ses habitués. Je crains qu'on se sentait tous un peu désœuvrés, et on voulait, instinctivement, tels des animaux de la forêt, se retrouver ensemble pour se réconforter.

Tout le monde y allait de son avis sur ce qu'on était en train de vivre.

C'était une attaque des Russes, c'était une guerre entre services de renseignements, c'était une invasion des petits hommes verts.

Personne ne pouvait imaginer la simple réalité. Ce blackout avait été provoqué par les courts-circuits de plusieurs centrales électriques les unes après les autres.

Vers 23h30-minuit, Elaine nous chassa de son restaurant. Elle voulait fermer et la prudence nous enjoignait de chacun de rentrer chez soi. Les 10 blocks n'étaient plus du tout aussi vides et calmes qu'à l'aller.

Des bandes commençaient à faire leur apparition munies de battes de base-ball, de barres de fer, leurs visages, pour certains, masqués par des cagoules noires.

L'heure de la casse venait d'atteindre nos quartiers. On ne s'attarda pas, on pressa le pas. Sur notre passage, on eut le temps de constater que certaines vitrines se mirent à voler en éclats, les premières visées étaient celles des « liquor stores », les épiciers et les magasins d'électronique.

On changea de parcours et nous gagnâmes au plus vite Madison Avenue où le déploiement des forces de police était beaucoup plus important que sur la 2nd Avenue. Il fallait en priorité protéger les quartiers d'hôpitaux, de joailleries et de magasins de luxe.

Nous arrivâmes sains et saufs chez nous, mais cette frayeur sur le chemin de retour nous fit prendre conscience de l'ampleur des dégâts qui nous attendaient dans les jours à venir.

Ce fut un cataclysme, il y eut des morts, beaucoup de blessés, des personnes avec des chocs post-traumatiques. Principalement ceux et celles qui avaient passé un, voire deux jours, coincés dans des ascenseurs. Certains quartiers étaient totalement pillés, les magasins éventrés.

Mais, comme toujours à New York, l'ordre fut rétabli à une vitesse grand V dès que l'origine de la panne fut connue. Moins de 24 heures après la vie avait repris son cours. Tout le monde en parlait, mais c'était de l'ordre du passé.

Un autre événement, mais cette fois-ci d'ordre privé, se produisit en cette année 1977.

Pierre et moi nous nous sommes installés ensemble dès son retour de Paris, cela devait être vers l'été 1976, et avec une vitesse fulgurante il me convainquit d'une chose: quitter Halston afin de créer ma maison de couture.

Pierre était beaucoup plus lucide que moi sur la renommée que j'avais acquise entre le moment de mon arrivée à New York en 1973 et son apparition dans ma vie en 1976.

Avant, j'étais pleinement consciente de ma réputation sulfureuse d'excentrique totale, cocaïnomane, amie de tous les artistes et créateurs qui comptaient à l'époque. Je me fichais pas mal des parutions dans la page 6 du *New York Post,* la page réservée aux potins mondains ou scandaleux et rédigée par le légendaire journaliste James Brady. À en croire Pierre, et il s'avéra qu'il avait raison, j'étais bien la seule. Tout New York lisait la page 6 et il ne se passait pas une semaine sans que j'y sois mentionnée, et à chaque mention, ma popularité grandissait. J'y étais, certes, présentée comme originale, mais également talentueuse et créative.

Pierre trouvait dommage que ce talent et cet « imaginaire sans limites » soient mis au service d'un autre, Halston.

Je finis par me laisser convaincre. À 21 ans, monter sa propre boîte de couture, de surcroît quand on était bien née, affublée d'un titre de princesse et petite-fille d'Antenor Patiño, était une grande première.

Avant tout, j'aimais le défi et l'excitation me gagna. Je redoutais malgré tout d'annoncer ce projet à Halston. N'était-ce pas lui qui avait cru en moi au premier coup d'œil ? Et, beaucoup plus important à mes yeux : je lui devais cette vie trépidante, ma liberté. Il était mon ami.

Je pris mon courage à deux mains et lors du prochain week-end que nous passâmes ensemble à Montauk je lui annonçai mes intentions. Non seulement il prit la nouvelle avec un grand enthousiasme, s'en réjouit pour moi, mais me dit également qu'il serait toujours là pour m'épauler, chose qu'il fit comme seuls savent le faire les Américains au nom de l'amitié.

J'en avais malgré tout le cœur serré, j'avais le sentiment de le trahir.

Ce sentiment fut vite balayé par la montagne de choses que Pierre et moi devions faire pour concrétiser cette idée folle.

Fin 1976 était arrivée à New York Madame X, une richissime héritière philippine qui me faisait la cour et que moi je méprisais avec splendeur.

La malheureuse ressemblait à un ouistiti, haute comme trois pommes, laide comme les sept péchés capitaux, riche comme un puits et allez savoir pourquoi, j'étais son idole.

Nous croisions, très rarement, cette Madame Verdurin dans un vernissage ou un dîner de charité payant où nous étions invités, elle devait payer une table entière qu'elle remplissait de fieffés inconnus.

Eh oui, malgré ses millions, elle ne connaissait personne et c'était bien là son problème. Elle rêvait d'être introduite dans le Tout-New York.

Pierre, à l'inverse de moi, était toujours aimable et il lui faisait quelques frais.

Elle avait un faible pour lui et pensait pouvoir m'atteindre à travers lui. Pierre me proposa un jour de lui faire part de notre projet de maison de couture. Je ne fus pas facile à convaincre. Mais quand on a un projet fou, auquel on croit, ne sommes-nous pas prêts à tout ?

On finit donc par accepter une de ses nombreuses invitations, à condition que ce fut à déjeuner. Le but était de lui exposer notre projet d'une façon suffisamment alléchante afin qu'elle ne puisse résister à l'idée de le financer.

Je dois dire que Pierre et moi avions travaillé comme des fous et que le projet qu'on lui présenta était en béton. Elle accepta. Elle mit à notre disposition un million de dollars et carte blanche. On devait simplement faire des comptes rendus sur l'avancée de la création de notre maison de couture.

C'est principalement Pierre qui s'en occupait, il était nettement plus diplomate et patient que moi. Le côté fric ne m'intéressait pas au-delà de pouvoir réaliser mon rêve.

La première chose que Pierre et moi fîmes était de trouver des bureaux qui pouvaient également servir d'ateliers de couture et de show-room.

J'avais des idées très arrêtées là-dessus. Il fallait que ce soit 57th Street entre la 5e et la 6e Avenue, en étage.

Nous trouvâmes assez aisément notre lieu de prédilection. Le loyer était élevé, mais n'avions-nous pas carte blanche ? Le contrat de location fut signé. Vint le logo : Diane de Beauvau. L'aménagement, le décor des lieux, je savais exactement ce que je voulais : l'endroit baignait de lumière grâce à une très belle hauteur de plafond et de hautes fenêtres donnant sur la rue.

Le plus difficile fut de trouver la première d'atelier pour le flou, le premier d'atelier pour les tailleurs. Il ne fallait pas commettre d'erreur. Il était essentiel que les patrons et les coupes de notre future collection soient irréprochables. Nous en prîmes à l'essai au moins une dizaine avant de trouver nos deux fées.

Mais une fois que notre choix s'arrêta sur nos deux premiers d'atelier, la machine s'accéléra. Ils avaient tous les deux une ribambelle d'ouvriers et d'ouvrières avec lesquels ils avaient coutume de travailler.

Nous en débaucherions 10 pour le flou, 10 pour les tailleurs, jupes et pantalons.

Je ne savais toujours pas tenir un crayon mais j'avais quasiment toute ma collection en tête. Pierre savait merveilleusement bien dessiner. Cela ne lui prit pas longtemps à adapter son talent de dessinateur à mes besoins. Il fit des croquis de robes, manteaux, jupes, pantalons et que sais-je encore ? Tout ce qui me traversa l'esprit.

Vint le choix des tissus. Pierre n'était pas toujours d'accord avec moi, mais là encore, il était conscient que si j'avais le handicap du crayon, tout était visualisé dans ma tête. Le dernier mot m'appartenait.

Nous recrutâmes un mannequin de cabine. La malheureuse passait des journées entières à s'habiller, se déshabiller, essayer des patrons, couverte d'épingles.

Robert Mapplethorpe nous aida beaucoup. Il était excité par notre aventure et à ce stade-là nous étions devenus de très grands amis.

Il nous proposa de prendre des photos : Pierre et Diane dans leur studio de travail, Diane dans son atelier de couture, Diane et ses mannequins.

Il nous constitua un dossier d'enfer. La presse américaine nous fit une publicité avant l'heure à se damner. Madame X était au 7e ciel, bien que je lui interdisais de venir dans nos bureaux.

On parlait énormément de la future collection de Diane de Beauvau, donc indirectement d'elle, malgré le fait qu'elle n'était jamais citée. Elle attendait son heure.

Diana Vreeland était d'un grand soutien et même si je fanfaronnais, j'en avais sacrément besoin !

Pierre et moi travaillions comme des fous avec l'énergie de la réussite future. Cela ne m'empêcha en rien de sortir tous les soirs, me défouler, glaner des idées.

Steve Rubell nous dégotta un DJ génial du Studio 54 pour nous faire la bande-son pour notre défilé.

Durant cette période de frénésie créative deux choses étonnantes, en tout cas pour moi, se produisirent. La première c'est que, petit à petit, je prenais moins de cocaïne.

Je n'avais plus le temps ni l'envie d'être complètement défoncée. Ma drogue devint ma collection. La substance n'était plus la même mais je prenais tout autant mon pied en créant et en étant lucide.

Évidemment je ne m'arrêtai pas complètement. Je prenais toujours un petit shoot par-ci, par-là. Mais cela devint une gâterie et non plus un besoin.

La deuxième décision me surprit encore d'avantage. Entre Noël et le nouvel an 1976, Pierre me demanda en mariage. Je dis oui, sans y réfléchir.

Nous étions amoureux, alors pourquoi pas ? Malgré le fait que j'avais une aversion totale pour le mariage. Dans ma tête, en tout cas, c'était une entrave à ma liberté. Toujours est-il que je dis oui par amour et pour lui faire plaisir. Ni l'un ni l'autre ne souhaitions un « grand mariage » et encore moins nous marier au City Hall de New York. Nous décidâmes de nous marier en secret, en grande partie parce que cela ne regardait personne, et en particulier parce qu'il était hors de question que ma famille soit au courant. Cela aurait créé un tollé et ils auraient déployé tous les moyens possibles et imaginables pour nous en empêcher. De ce fait, se marier en cachette était le seul moyen de préserver notre bonheur.

Une personne fut mise au courant : Pat Morris, la première assistante de Halston qui était devenue une de mes grandes amies. Elle était « hors circuit » et surtout elle savait garder un secret. Elle fut notre unique témoin, aussi bien pour Pierre que pour moi.

Nous nous mîmes à la recherche d'un homme de loi qui puisse célébrer notre mariage. Nous trouvâmes notre bonheur dans le New Jersey.

Pierre et moi allâmes lui rendre visite à sa demande. Il nous posa deux ou trois questions. Oui, j'avais ma Green Card. Non, nous n'avions ni l'un ni l'autre été mariés auparavant.

Oui, nous résidions tous les deux aux États-Unis, à New York, pour être précis. Ce fut d'une simplicité enfantine. Nous ressortîmes de son bureau qui se situait au premier étage d'une maison à 3 étages, tout à fait banale, typique des petites villes du New Jersey.

La date fut fixée pour février 1977, je ne me souviens pas du jour exact, Pierre non plus.

Le Jour J Pierre et moi avions décidé que nous nous marierions en noir, Pat s'habilla en rouge.

Grâce à elle nous eûmes deux alliances qu'elle apporta, l'un comme l'autre nous avions complètement oublié ce détail. Seule fantaisie : je voulais à tout prix que nous nous rendions, Pierre, Pat et moi chez l'homme de loi dans une Rolls Royce Fantôme noir et gris. Souvenir d'enfance avec mon grand-père qui en avait une et la sortait pour les grandes occasions.

La cérémonie en elle-même dura maximum un quart d'heure, nous en ressortîmes mariés avec un bout de papier le stipulant de façon officielle.

Pat organisa un charmant dîner chez elle, juste pour nous trois. Je me couchai le soir en étant devenue Madame Maraval, nom de famille que je ne portai qu'un jour et une nuit. Le lendemain matin, je redevins Diane de Beauvau.

Encore aujourd'hui, je remercie Pierre de n'avoir jamais changé de comportement ni d'attitude à mon égard. Ce fut, le temps que cela dura, un mariage heureux, d'une légèreté extrême.

Mes amis, même les plus proches, et ma famille ne découvrirent notre mariage qu'une fois que nous avions divorcé !

Pierre et moi sommes sortis le matin suivant, main dans la main, de notre appartement direction notre atelier de couture, nous avions encore beaucoup de pain sur la planche.

Les essayages se succédèrent, les rendez-vous avec les journalistes me prenaient de plus en plus de temps et la date du défilé approchait dangereusement. Encore une fois, je suis incapable de vous en donner une date précise. J'étais définitivement fâchée avec les dates importantes de ma vie, tout ce que je peux vous dire c'est que c'était en octobre-novembre 1977.

Il nous restait encore à définir le lieu où le défilé prendrait place. Nous en visitâmes un certain nombre et notre choix s'arrêta sur l'un des grands salons du Plaza Hotel, 768 5th Avenue.

Je fis imprimer les cartons d'invitation, sobres et classiques : cartons rectangulaires à fond blanc avec les coins en léger arrondi, puis gravé en noir :

« ***Défilé Diane de Beauvau-Craon*** »

La date, l'heure, le lieu, le nom du salon où se tenait le défilé et, cela va sans dire : « *RSVP* ».

Nous engageâmes Carmen d'Alessio, qui était une amie, la même qui s'était occupée des relations publiques et du lancement du Studio 54. Elle géra le listing new-yorkais, nous fîmes ensemble le listing international. Plus d'une centaine d'invitations furent envoyées, deux cents peut-être. Je redoutais que le salon que j'avais réservé ne soit trop grand, mal m'en a pris. Quelques jours avant le défilé, Carmen dut mener une négociation serrée avec la direction du Plaza. Il y avait plus de monde qui avait répondu « Oui » que de chaises disponibles ! C'était trop tard pour changer de salon, le runway et le décor du défilé ayant été conçus pour cet espace précis.

De surcroît, je me montrais inflexible, je voulais celui-là et pas un autre. Mais comme toujours à New York, la solution idéale fut trouvée. La direction se montra très compréhensive. Ils rajoutèrent quelques chaises et nous, de notre côté, on accepta l'éventualité que quelques invités resteraient debout.

Le casting pour mon premier et unique défilé reste encore gravé dans la mémoire des gens qui y assistèrent :

Diana Vreeland, Andy Warhol, Bob Colacello, Fred Hughes, Robert Rauschenberg, Robert Mapplethorpe, Kenny Lane, Margaux Hemingway, Timothy Leary, Bianca et Mick Jagger, Lee Radziwill, Cristina Onassis, Nan Kempner, D.B. Ryan, Ron Ferry and boyfriend, Jean-Pierre Borg, Elsa Peretti, Steve Rubell et Ian Schlager, Truman Capote, etc.

Mon père et sa femme, Laure, mon grand-père et sa femme, tante Béatrice, une des filles de tante Béatrice, Minouche, jamais autant de membres de ma famille ne s'étaient réunis autour de moi. Cela me donna le tournis ! Ils étaient tous venus de Paris.

Évidemment, Madame X ainsi que toute sa famille philippine, notamment son père et sa mère, débarquèrent de Manille, ses cousins et cousines vivant à New York étaient aussi présents.

Plus tous mes amis de la nuit et du jour, qui n'apparaissaient sur aucun des listings de la jet-set newyorkaise ou internationale mais que j'adorais.

Le mélange des invités était aussi hétéroclite que ma collection.

J'avais réalisé entre autres une robe de mariée qui fut fort remarquée : c'était une combinaison en tissu stretch blanc constellé d'étoiles cousues main, couleur or, recouverte d'un voile en organza blanc.

Avec les effets de lumières que produisit un excellent éclairagiste, on avait le sentiment qu'une étoile filante flottait sur le podium.

Les gens qui n'étaient pas invités voulaient être invités, pas pour mon talent, « *but it just so happened that on that afternoon, it was the place to be...* ».

Joe Uller, Victor Hugo, Pat Morris étaient également là, la bande à Halston. Le seul qui manqua à l'appel était ce dernier. Bien sûr, il m'avait envoyé des paniers d'orchidées blanches énormes et somptueuses accompagnées d'un petit mot d'encouragement, de félicitations, mais cela me fit une peine immense. N'était-il pas mon mentor, n'étais-je pas son meilleur élève ?

J'étais jeune, très jeune et surtout d'une naïveté et d'une confiance à toute épreuve. Oui, il était ravi pour moi, non, il ne pouvait pas me soutenir publiquement.

Le soir même du défilé, je dînai chez Mortimer's. Le propriétaire était un ami, Glenn Bernbaum. C'était le restaurant de la High Society et de la jet-set new-yorkaise.

À l'inverse des grands restaurants de l'époque, le Cirque, le 21, la Grenouille, La Goulue, Mortimer's avait un décor raffiné mais simple, boiseries à mi-hauteur, miroirs, fenêtres donnant sur la rue. Les tables rondes étaient en bois, simplement recouvertes de nappes blanches. Les chaises avaient un look des années 1960, en bois. L'assise était assez dure, le dossier raide. La nourriture était simple mais excellente. Vous pouviez commander un hamburger délicieux aussi bien qu'une sole grillée à se damner.

Mortimer's était le contraire du prétentieux. Ce qui faisait de ce restaurant un lieu unique c'était Glenn Bernbaum, et le Tout-New York qui y affluait. Bref, le dîner que je donnais était principalement pour ma famille qui avait traversé l'Atlantique pour voir ma collection et m'apporter leur soutien, ainsi que pour mes grands amis.

Nous devions être une vingtaine de personnes triées par mes soins sur le volet. Il fallait bien occuper tout ce joli monde avant de se rendre au Studio 54 où Steve Rubell donna une magnifique fête en mon honneur.

Dans ma liste d'invités au dîner, j'omis intentionnellement Madame X et sa famille. Pierre contesta ma décision, mais je tins bon. Depuis quand, en tout cas dans mon monde, dans ma tête, invitait-on à un dîner de famille le « financier » ?

Ce n'était pas méchant de ma part, c'était comme ça. J'avais tenu ma part du contrat, je lui avais offert une jolie collection et une salle comble de ce qu'il y avait de mieux : toutes les personnalités, les journalistes qui comptaient à New York. J'avais aussi fait très attention de demander à Steve de la convier, elle, sa famille et ses amis à la soirée du 54. J'étais convaincue de mon bon droit, Pierre m'avait mise en garde, mais j'étais restée campée sur ma position. Je trouvais qu'elle dépareillait sur ma liste d'invités, tendres amis branchés et prestigieux.

J'eus tort, je découvris par la suite qu'elle était ivre de rage. J'avais sous-estimé à quel point elle se fichait de la mode, de ma collection. Tout le fric qu'elle avait dépensé n'avait qu'un seul but : que je lui ouvre les portes du Tout-New York – chose que je doute d'avoir pu réussir à l'époque, l'argent n'achetant pas tout. Dans les années

1970, il fallait le style et l'élégance, elle n'avait ni l'un ni l'autre.

Grâce au ciel, le malheureux Pierre fut le premier à essuyer sa colère.

Elle débarqua en trombe à 23h30 pétantes au Studio 54 pour nous tomber dessus. Moi j'étais en pleine conversation avec mes amis, et, plus important encore, Steve et moi étions en train d'installer ma famille dans le carré VIP.

Daddo et tante Béatrice étaient venus par curiosité voir ce lieu dont tout le monde parlait et Daddo, surtout, pour m'inviter à la première danse qui ouvrit la soirée : *Strangers in The Night* de Frank Sinatra.

Mon père et Laure étaient comme deux poissons dans l'eau, ils étaient heureux pour moi et voulaient partager cette soirée avec moi.

Alors Madame X était bien loin d'être ma priorité. Quand elle se mit à me hurler dessus, je tournai les talons et glissai discrètement à Steve de l'installer à l'opposé de moi. Elle ne resta pas. Ils repartirent telle une petite armée en prévenant Pierre qu'elle serait à la première heure dans nos bureaux le lendemain.

Pierre était consterné, moi je m'en foutais comme de l'an 40. Je ne fis aucun effort pour partir à une heure décente, je m'amusais comme une folle et puis, demain était un autre jour…

À minuit pile, simultanément, trois panneaux de caractères de feu vinrent éclairer la scène et la piste de danse avec, en lettres multicolores, le panneau central qui descendit des cintres plus lentement que les deux autres avait « DIANE » écrit en capitales rouge et or, les couleurs Beauvau.

À partir d'immenses enceintes jaillit la voix de Frank Sinatra chantant « *Strangers in The Night* ». Mon grand-père se leva, prit ma main, et nous dansâmes au son de sa chanson favorite. Mon grand-père était un merveilleux danseur et il me fit tourbillonner pendant toute la durée de la chanson. Nous repartîmes nous asseoir et il s'éclipsa avec tante Béatrice, heureux et fier de sa petite-fille.

Tante Béatrice me dit qu'elle viendrait le lendemain à mon atelier me passer une commande. Elle fut effectivement ma première commande.

Après « *Strangers in The Night* », Steve avait choisi un casting de danseurs et de danseuses qui nous firent un spectacle majestueux sur la scène qui surplombait la piste de danse.

Papa et Laure partirent à la fin de cette performance, tous deux sentant que l'atmosphère commençait à chauffer au-delà de ce qu'ils souhaitaient voir. Je les raccompagnai jusqu'à leur limousine et nous convînmes de dîner tous les trois ensemble le lendemain.

La soirée se prolongea dans la nuit. Après le départ de ma famille, les vannes de la drogue et des alcools s'ouvrirent à flots, jusque-là Steve avait décidé que c'était « soirée Champagne ».

Pierre et moi rentrâmes chez nous vers 3-4 heures du matin. Moi, surexcitée par la coke que j'avais prise et du pain que j'avais sur la planche le lendemain matin. J'avais totalement oublié les éclats de Madame X.

Nous arrivâmes, malgré la folle journée et nuit de la veille, assez tôt au bureau, vers 10 heures. Je me faisais un point d'honneur de ne jamais arriver au-delà d'une heure après les premières mains et couturières de mes deux ateliers.

Pierre et moi étions en pleine lecture des critiques et commentaires parus dans les journaux sur mon défilé quand un ouragan jaillit dans notre bureau.

Oui, vous avez deviné, c'était Madame X. Elle crachait du feu à tel point que je ne comprenais rien de ce qu'elle disait. Mais, en gros, cela se résumait à deux mots : elle coupait les finances, elle rompait le contrat. Ses avocats allaient me contacter.

Pierre fut horrifié. Moi, j'eus une réaction un peu étrange : je partis m'enfermer dans les toilettes, pris un rail, puis en ressortis sereine et légère.

Je savais, ou tout au moins je sentais depuis un moment que c'était un mauvais mariage : elle venait de s'occuper du divorce. Ça allait faire mal mais, au moins, j'avais retrouvé ma liberté. De toute façon, ce jour-là, je n'eus pas le temps d'y penser.

Tante Béatrice, Laure, des dames de la High Society et les amis débarquaient. Toutes voulaient passer commande. Le mannequin de la maison termina la journée sur les rotules, à passer et repasser la collection pour que ces dames fassent leur choix. Le carnet de commandes privées se remplissait. De l'autre côté, les assistantes répondaient au téléphone qui ne cessait de sonner.

Rendez-vous pris avec les acheteuses des grands magasins : Bloomingdale's, Saks Fith Avenue, Bergdorf

Goodman et Barney's. Quelques boutiques de mode branchées. Ces coups de fil étaient entrecoupés par des journalistes de mode qui voulaient passer à mon atelier ou m'interviewer au téléphone. Et moi, j'avais rendez-vous le soir même avec Papa et Laure.

Les mois qui suivirent, je travaillai d'arrache-pied. Il fallait honorer les commandes privées et celles des magasins.

Robert Mapplethorpe fit de superbes photos de moi, de mon couple pour les magazines qui m'interviewaient et qui voulaient des photos à l'appui : *Vogue US*, *Harper's and Queen*, *Harper's Bazaar*, etc.

Les avocats de Madame X ne me firent aucune difficulté, j'avais rempli mon contrat sur toute la ligne. Dans son aveuglement d'ascension sociale, Madame X n'avait pas pris en compte qu'en aucun cas une créatrice de mode devait, en plus, être son PR.

Par contre, ma colère éclata et ma vengeance fut sourde mais efficace. Je m'assurai auprès de tous mes amis qu'aucune porte du paradis mondain ne lui serait ouverte.

Je crois qu'elle repartit aux Philippines avec tous ses millions. Moi j'étais clean !

Il était temps que Pierre et moi pensions à notre voyage de noces.

Pierre s'occupa avec grand soin de notre première destination. Le choix s'arrêta sur Tanger. Moi, je m'occupai de la deuxième destination qui était Venise.

Après cette vie trépidante, et avec une légère dose de surexcitation, nous avions décidé de nous offrir un mois d'égoïstes, les premiers quinze jours, juste lui et moi, les derniers quinze jours avec des amis qui nous rejoindraient à Venise.

Afin de nous rendre à Tanger, un passage à Paris s'imposait. Pas de vol direct depuis New York.

J'en profitai pour aller embrasser mon père à Haroué, sans Pierre, Papa n'étant toujours pas au courant de notre mariage. Je trouvais la situation cocasse : aller voir mon père en route pour mon voyage de noces sans qu'il le sache.

Je passai quatre jours délicieux avec lui, Laure vint nous rejoindre pour le week-end. J'étais heureuse de retrouver ma maison d'enfance, Haroué.

De retour à Paris, Pierre et moi prîmes l'avion pour Tanger et nous installâmes à l'hôtel « mythique » El Minzah.

Bien avant de devenir un hôtel, El Minzah avait été construit en 1870 par un célèbre milliardaire américain, Ion Perdicaris, pour en faire sa résidence d'hiver.

La construction était de style classique et grandiose. Puis cela devint un casino auquel le nouveau propriétaire rajouta des apparences mauresques afin de mieux se fondre dans l'architecture tangéroise. Mais ces dernières disparurent dans les flammes en 1923.

Un aristocrate anglais du nom de Lord Bute racheta le bâtiment d'origine ou ce qu'il en restait en 1930.

Il confia à des architectes français ce qui devint le prestigieux hôtel El Minzah et le palace ouvrit ses portes en 1933.

Tous les grands de ce monde s'y donnèrent rendez-vous. Politiques, écrivains, jet-set internationale et tangéroise pour n'en citer que quelques-uns.

Vous y croisiez Paul Bowles, Rita Hayworth, les Forbes, le Comte de Paris qui y cachait ses amours avec sa secrétaire.

Idéalement positionné avec une somptueuse vue sur la baie de Gibraltar, il se situe rue de la Liberté, entre l'ancienne Médina et la nouvelle ville, juste à côté du Grand Socco.

Les chambres étaient spacieuses, donnant soit sur la rue de la Liberté, soit sur les magnifiques jardins qui entouraient une immense piscine où l'on se prélassait une bonne partie de la journée.

Il suffisait de lever le petit doigt pour qu'un serveur apparaisse par magie pour exaucer votre désir du moment.

Une quiétude magique y régnait. Idéal pour des amoureux, tout en étant amusant et vivant.

Tout le monde y venait, y compris ceux qui n'y résidaient pas, pour prendre un thé à la menthe accompagné de pâtisseries marocaines faites maison par le pâtissier de l'hôtel. Bref, un paradis.

Ce n'était certes pas l'hôtel le plus discret où descendre.

Très vite, la rumeur circula qu'un jeune et beau couple de Français y séjournait.

Les nouvelles têtes étaient très prisées à Tanger et tout aussi vite on découvrit que l'une de ces têtes, c'était moi.

Mes frasques ainsi que le lancement de ma collection à New York étaient parvenus jusqu'à Tanger.

Nous nous retrouvâmes donc conviés à des soirées données par Yves Vidal, Adolfo Velasco, Tami Tasi, une femme marocaine magnifique qui régnait aussi bien sur Tanger que sur Marrakech et Rabat.

Ces invitations, sous lesquelles on croulait, n'étaient pas faites pour me déplaire. Autant j'étais heureuse de roucouler avec Pierre, autant cela m'amusait de découvrir de magnifiques demeures dont les propriétaires étaient tous artistes, créateurs ou grands industriels marocains, ou, à l'exemple de Malcolm Forbes, fondateur américain du magazine *Forbes*, puissants patrons de presse.

Leurs maisons rivalisaient de beauté et d'un raffinement que je n'avais même pas entraperçu à New York.

Je tombai très vite amoureuse de Tanger, presque plus que de Pierre.

Ce rythme de vie où les gens savouraient chaque instant, ce raffinement de la nonchalance, me séduisaient autant que la frénésie new-yorkaise.

Je découvrais un style qui m'était jusqu'alors méconnu. Ils ne couraient pas comme des poulets sans tête après le temps.

Yves Vidal était le président de Knoll à l'époque. Lui et son compagnon, Charles Sévigné, avaient acheté York Castle, qui était une forteresse médiévale en ruines. Cette dernière était perchée en haut d'une falaise à la pointe de la Casbah.

Ils la restaurèrent dans les règles de l'art, construisant une piscine dans la cour intérieure, entourée de végétation typiquement tangéroise : palmiers, cactus, bougainvilliers. Le décor de ce palais était un subtil mélange de mobilier Knoll et d'art marocain, un somptueux showroom pour la maison Knoll et un lieu d'habitation et de réception de rêve.

Ce fut un des premiers modèles du genre prouvant que le moderne et l'ancien se mariaient à merveille.

Ils y donnèrent des fêtes qui restent encore dans la mémoire des personnes qui eurent la chance d'y être invitées.

Régulièrement, au cours de la soirée, des gens tombaient dans la piscine au son des tambourins berbères.

Les dîners intimes et enchanteurs y trouvaient également leur place dans les divers petits salons qui couraient tout le long du patio.

Pierre aimait jouer au tennis, moi pas. Il avait pris l'habitude de se rendre sur les cours vers les 4 heures de l'après-midi. Très occasionnellement j'allais le voir, mais je m'y ennuyais très vite. Les plaisirs de la balle m'ont toujours échappé y compris, et surtout, quand nous avions des cours de tennis particuliers à La Quinta au Portugal. Je cessai donc de rendre visite à Pierre pendant qu'il tapait la balle et mis ce temps à profit pour visiter et m'imprégner de cette ville remplie de mystère.

J'aimais les rues étroites de la Médina et le brouhaha de la Casbah. Un jour, en me perdant dans ces ruelles, j'eus le sentiment étrange d'être suivie. Je n'y prêtai pas attention, mais cette impression ne me quitta pas jusqu'à mon retour au Minzah. Pierre revint de son tennis et moi je n'y pensai plus.

Le lendemain matin, plus précisément en fin de matinée, lorsque je quittai le bord de la piscine pour remonter dans ma chambre, je passai devant la réception et le concierge, Ali, me fit un signe discret. J'allai le voir. Il me prit à l'écart et me remit un billet en me conjurant de ne pas en parler.

Les règles de l'hôtel interdisaient au personnel de laisser monter ou entrer les Tangérois afin de ne pas déranger ou importuner leurs clients internationaux si ceux-ci n'étaient pas annoncés ou connus du personnel.

Je pris l'ascenseur et une fois arrivée dans ma chambre, je dépliai le billet si confidentiel.

Je ne m'étais pas trompée, j'avais bien été suivie la veille. Le billet était écrit par un certain Ahmed qui m'invitait tout simplement et de façon très directe à le retrouver le jour même à 5 heures de l'après-midi, au Café de Paris, la version locale du Flore.

Morte de curiosité, je mourais d'envie de m'y rendre, de mettre un visage sur la sensation que j'avais eu la veille.

Pierre vint me retrouver dans la chambre afin de se changer pour son cours de tennis. Je lui racontai l'anecdote et lui montrai le billet. Il trouva la situation cocasse et m'encouragea à me rendre à ce rendez-vous mystère. Nous redescendîmes ensemble, lui prit la direction du tennis, moi celle du Café de Paris.

À mon arrivée, l'inconnu vint à ma rencontre, se présenta : Ahmed. J'oubliais instantanément son nom de famille trop exotique, me souvins simplement d'Ahmed.

Il s'exprimait dans un français parfait et m'invita à m'asseoir à sa table. J'étais subjuguée par sa beauté. Un Berbère des montagnes du Rif de par son père, de sang touareg de par sa mère, m'expliqua-t-il.

Au cours de la conversation, je découvris qu'il était le conservateur du musée de Tanger, ce qui voulait tout dire et rien dire.

À l'époque, le musée était un ravissant palais dans lequel il y avait trois objets qui se couraient après et quelques beaux bijoux berbères.

Le tout impliquait qu'il était fonctionnaire de l'État, donc éduqué et cultivé, sous-entendu accepté et respecté dans la société tangéroise.

Il me demanda ce que je faisais à Tanger. Je lui répondis que j'étais là pour quinze jours, en voyage de noces avec mon mari.

Cela ne le troubla en rien, il continua avec une certaine subtilité à me faire son numéro de drague.

Moi par contre je sortis de ce thé à la menthe – décidément c'était une boisson qui me pourchassait depuis mon arrivée – quelque peu déboussolée et chamboulée.

Il aurait été idiot de ma part de ne pas admettre que j'avais succombé à son charme.

Je fis malgré tout une immense tentative pour refouler un sentiment de picotement des plus agréables qui commençait à m'envahir.

Je rentrai à l'hôtel retrouver Pierre qui trépignait d'impatience que je lui raconte mon rancard. Cela n'aida pas, et ne fit qu'augmenter mon trouble. Cela dit, je réussis à narrer mon aventure avec un certain brio, car sa réaction fut d'éclater de rire. J'en fus presque agacée.

Le soir même, nous étions invités à dîner chez Yves Vidal et là, PATATRAC, sur qui je tombe ? Ahmed.

Décidément, il ne manquait plus que ça pour me faire tourner la tête.

Le dîner était particulièrement beau. C'était une soirée berbère. Les femmes avaient revêtu de sublimes caftans aux couleurs chatoyantes, turquoise, rouge, fuchsia, jaune, rebrodés de fil d'or. Les plus belles et élégantes à mes yeux étaient en caftans noirs brodés de fils d'or ou d'argent.

Elles avaient sorti leurs plus jolis bijoux, pour les unes de magnifiques parures berbères, pour les autres de ravissants bijoux provenant de grands joailliers français.

Toutes ces dames avaient été faire une razzia chez Adolfo de Velasco, le grand couturier de Tanger et de Marrakech à l'époque.

Les hommes étaient revêtus soit de burnous à capuche blanche avec chemise blanche, pantalon noir ou blanc porté en dessous, soit de longues tuniques à col Mao, blanches, noires ou bleu marine. Quelques-uns étaient en caftan pour hommes dont les broderies étaient ton sur ton.

Les serveurs étaient en pantalons bouffants, des sarouels resserrés à la cheville, chemise blanche et veste courte, col Mao rebrodé crème, fez sur la tête. Ils circulaient parmi les invités avec des petits plateaux en argenterie marocaine regorgeant d'amuse-gueules, d'autres plateaux avec des flûtes de champagne et des verres de jus d'orange, tout ça au son des musiciens berbères.

Les tables pour le dîner avaient toutes des nappes de couleurs variées.

Chacune avait en centre de table un décor de fleurs fraîches assorties à la couleur de la nappe, c'étaient des tables pour huit personnes.

Pendant le cocktail qui précédait le dîner, les invités circulaient autour de la piscine, traversaient les salons reliés les uns aux autres, conversaient entre eux, retrouvaient d'autres convives. Ce fut mon cas, et je tombai sur une amie de longue date que je n'avais pas vue depuis une éternité.

Elle ne faisait pas partie de ma vie new-yorkaise, elle habitait Paris et était venue exprès, comme tant d'autres, pour cette fête. Nous n'avions pas totalement perdu le contact, nous nous appelions occasionnellement au téléphone. Son dernier coup de fil avait été pour me féliciter de mon mariage avec Pierre.

Dieu seul sait comment elle le sut, car personne n'était au courant. Seule explication : elle le trouvait superbe et tout à fait à son goût. Elle ne me l'avait jamais caché. Peut-être le suivait-elle à la trace ?

Elle s'appelait Paola Machado. Ses parents venaient souvent rendre visite à mon grand-père à La Quinta Patiño au Portugal. Sa mère avait une propriété voisine. Son mari était portugais, elle était brésilienne. Le couple faisait partie des habitués de l'été à La Quinta.

Nous tombâmes dans les bras l'une de l'autre, enchantées de nous retrouver. Nous étions d'ailleurs les deux seules femmes habillées à l'européenne. Elle était marrante, adorait faire les quatre cents coups, belle, et surtout très sexy.

Bien entendu, elle me demanda de lui présenter Pierre qu'elle avait à l'œil. Je m'exécutai avec plaisir. Nous partîmes donc à sa recherche, je l'avais perdu en route. On le retrouva au bord de la piscine en train de parler avec Charles Sévigné et d'autres invités.

Je fis les présentations et remarquai au bout de quelques échanges banals que tous les deux avaient les yeux qui pétillaient. Cela ne pouvait mieux tomber. De mon côté je n'avais qu'une seule envie, aller retrouver Ahmed.

Ce dernier était en grande conversation avec l'autre hôte de la soirée, Yves Vidal, et entouré de dames à qui Ahmed décrivait en détail le musée de Tanger et en quoi consistait son travail.

Je jouai le rôle de petit trublion et il ne me fallut pas longtemps pour éloigner Ahmed afin d'aller dans un coin tranquille.

À la fin de la soirée, Pierre et moi rentrâmes au Minzah. L'une pensant à Ahmed, l'autre à Paola...

Notre séjour touchait à sa fin, encore quelques balades pour moi dans la Médina, quelques échanges de balles pour Pierre sur le cours de tennis, et une très jolie soirée chez Adolfo de Velasco qui avait un petit palais mauresque aux proportions parfaites dans la Médina et un décor tout aussi raffiné que celui d'Yves Vidal à York Castle, mais strictement marocain.

David Herbert était une figure incontournable de Tanger. C'était un aristocrate anglais dans toute sa splendeur, comme on n'en fait plus.

Il avait quitté l'Angleterre pour s'installer à Tanger à la fin des années 1940 et y vécut quasiment une cinquantaine d'années. Il mourut en 1995 et fut enterré à la St. Andrew's Church de Tanger. Le Maroc, et Tanger en particulier, fut sa terre d'adoption.

Il avait fait le choix d'être libre : de vivre son homosexualité, sa soif d'aventures et de laisser libre cours à son excentricité. Il était le grand ami des écrivains tels que Paul Bowles, William Burroughs, ainsi que des « socialites », Nancy Mitford, Harold Nicholson, Cyril Connolly, Diana Cooper, Cecil Beaton, Malcolm Forbes, Ian Fleming, pour ne citer qu'eux.

Il n'était pas beau mais il avait cette élégance, cette excentricité que seule l'éducation aristocratique anglaise savait dégager. Il était de taille tout à fait respectable, le teint rose. Il aimait autant s'habiller à l'anglaise avec des couleurs criardes telles que le vert, le « shocking pink », le bleu ciel soutenu qui s'entrechoquaient, qu'à la tangéroise avec de longues tuniques blanches ou crème mais toujours avec un pantalon de couleur vive.

Il portait un fez vert sur la tête. Son animal domestique était parfaitement assorti à son fez, un perroquet vert pétard. Un autre de ses hobbies était de se déguiser, occasionnellement, en travesti.

Sa maison qui était située dans la montagne à Djamaa el Mokra était une maison typiquement tangéroise meublée d'exquis meubles anglais, tableaux de peintres anglais, couleurs des murs anglaises. De l'extérieur, la maison semblait vaste, et elle l'était, avec cette particularité : toutes les pièces intérieures étaient petites de proportion en enfilade sur deux étages, entourées d'un ravissant jardin à l'anglaise.

Il adorait recevoir, à déjeuner en particulier, c'était un « must » que d'y être invité. Si vous ne l'étiez pas il ne vous restait plus qu'à quitter Tanger !

On l'affubla d'un surnom qui lui allait comme un gant : « The Queen of Tangiers ». Il l'était dans ses choix sexuels : il n'aimait que les garçons ; il l'était dans son choix de vie : il régnait sur Tanger.

Sa conversation cultivée, bourrée d'anecdotes roulait aussi bien sur la vie tangéroise que sur l'aristocratie anglaise. Il avait ce fameux humour anglais que seuls quelques initiés et habitués comprenaient, qui mettait du piment et de la légèreté dans la conversation. J'eus la chance d'être accueillie par lui à bras ouverts. Il avait reconnu en moi cette même soif de liberté qui l'habitait.

Il resta tout au long de ma vie tangéroise un ami précieux.

La veille de notre départ de Tanger, avant de poursuivre notre voyage de noces à Venise, j'annonçai à Pierre que je l'accompagnerais la première semaine mais que la deuxième, je lui enverrais une surprise.

Il me sourit et nous partîmes main dans la main !

J'avais loué une maison à Venise grâce à un très grand ami, Jimmy Douglas, un Américain installé depuis des lustres à Paris, héritier des avions Douglas, une grande famille de WASP américains. Il était beau, excentrique, mécène pour les jeunes artistes. Il connaissait la terre entière sans être un mondain insupportable. Il plaisait autant aux hommes qu'aux femmes, il faut dire qu'il y avait de quoi, une de ses célèbres conquêtes était Barbara Hutton qui fut folle de lui.

Toujours est-il que, pour revenir à mon histoire, Jimmy était un ami intime de Giovanni Volpi, une grande famille d'aristocrates italiens, mais à mes yeux il était surtout le propriétaire de la plus belle villa de Venise. Elle avait cette particularité d'être à la Giudecca, avec un très grand jardin. Phénomène extrêmement rare à Venise. Les palais ou villas n'en n'ont pas d'habitude. La maison était spacieuse et donnait sur le Grand Canal, mais sur la rive qui, à l'époque, échappait totalement aux bains de foule.

Jimmy et moi décidâmes de la louer ensemble pour une durée de quinze jours. Nous y invitâmes des amis que nous avions en commun, mais je prévins Jimmy que je n'y resterais qu'une semaine et je le mis dans la confidence : Pierre y resterait pour la durée des quinze jours et un paquet cadeau allait lui être livré de ma part le lendemain de mon départ. Jimmy, évidemment, connaissait le contenu du paquet, il tint parfaitement le secret. L'idée l'amusait follement.

La semaine que je passai avec Pierre et notre bande de copains fut idyllique. On s'amusa comme des fous, ne sortant guère de la maison et de son jardin tellement on y était bien.

La maison s'élevait sur deux étages. Au rez-de-chaussée, salle de réception, salle à manger, cuisine, quartier des domestiques. Toutes les grandes pièces étaient pourvues de portes-fenêtres imposantes donnant sur le merveilleux jardin.

Le premier étage était réservé aux chambres. Il y en avait quatre, chacune pourvue d'une salle de bains en marbre, soit rose, soit gris. Au centre de l'étage il y avait un petit salon bibliothèque dans lequel on pouvait se prélasser avec plus de tranquillité qu'au rez-de-chaussée où il y avait des allées et venues continuelles d'amis de Venise.

Le décor de la maison était exquis, les meubles pour la plupart étaient vénitiens, les tableaux de maîtres italiens. Nous déjeunions à l'ombre de grands arbres dans le jardin. Les dîners étaient servis dans la salle à manger. De temps en temps, nous allions dans une petite trattoria voisine, toujours sur la Giudecca.

C'est avec regret que je quittai ce paradis au bout d'une semaine, mais j'étais dévorée par l'envie de vivre ce qui devint une passion avec Ahmed.

Je repartis pour Tanger retrouver Ahmed, Paola s'envola une semaine à Venise retrouver Pierre.

Je venais de lui demander le divorce et je lui offrais Paola en mariage.

Ils se marièrent et eurent une fille. Moi je découvris et vécus la passion à Tanger. Je me réinstallai au Minzah, ce qui s'avéra moins pratique que dans mon imagination.

Certes, c'était le même paradis que j'avais quitté une semaine auparavant, mais par égard pour sa réputation internationale les visiteurs de nuit tangérois n'avaient pas l'autorisation de monter et rester dans les chambres de leurs clients au-delà d'une certaine heure !

Peu importe, je n'y restais encore qu'une quinzaine de jours avant de retourner à New York début septembre. Ces quinze jours me suffirent pour prendre une décision quelque peu radicale.

Je rentrerais à New York, Pierre viendrait m'y retrouver. Nous divorcerions, je repartirais à Tanger.

Pierre vint effectivement me retrouver le 15 septembre. Ce fut le plus facile divorce que j'aie jamais eu, ainsi qu'une des plus jolies phrases qu'aucun homme ne m'ait jamais dite. Quand je confirmai à Pierre que je souhaitais divorcer, Pierre me regarda et me dit : « Diane, je t'aime, et aimer n'est pas posséder. Si tu souhaites le divorce, aucun problème, tout ce que je veux c'est ton bonheur et que tu sois heureuse. »

Nous nous rendîmes donc chez le même homme de loi du New Jersey qui nous avait unis pour qu'il prononce notre divorce d'un commun accord.

Un peu de paperasserie à remplir et je crois que notre divorce fut prononcé aussi vite que notre mariage : Un quart d'heure !

Je le souhaite à tous les hommes et femmes qui font ce choix. Je sais que c'est un rêve, mais le jeu en vaut la chandelle. L'homme que j'avais aimé devint un grand ami pour toujours.

Pierre reparti, je restai encore quelques jours. Je dis au revoir à mes tendres amis, quelques-uns me prirent pour une folle furieuse. Tous respectèrent mon choix. Je gardai l'appartement jusqu'à la fin de l'année tout en résiliant le bail au 31 décembre 1978.

Je donnai le contenu de cet appartement aux amis qui le souhaitaient, le reste, des œuvres de charité s'en chargeraient.

Je ne pris que quelques valises, le reste suivrait par la voie des eaux.

Il y eut finalement peu de choses. Je fermais mon épisode « New York », j'ouvris un nouveau chapitre « Tanger ».

J'oubliais de vous dire que je liquidais la maison de couture Diane de Beauvau. J'avais fait mes preuves, je passais à autre chose. C'est certainement ce que les personnes, y compris mes plus proches amis, eurent le plus de mal à comprendre. Mais aucun reproche ne me fut fait. Tous connaissaient ma soif d'aventure et de liberté.

À mon retour à Tanger, je me mis en quête de trouver une maison.

J'en trouvai une temporaire très facilement, avec l'aide d'Ahmed, dans le quartier de Marshan. Elle était meublée avec une belle vue sur la mer et surtout le propriétaire acceptait de la louer à court terme.

Je fermai les yeux sur les inconvénients, en particulier l'ameublement.

Je la pris pour trois mois, ce qui me donna le temps de chercher la maison qui allait abriter ma seule et unique passion. Je la trouvai au bout d'un mois et demi.

C'était le paradis. Elle était dans la vieille montagne, il y avait un jardin qui descendait jusqu'à la mer avec un ponton brinquebalant, juste là où la Méditerranée et l'Atlantique s'embrassaient.

Mon voisin le plus proche était l'Espagne et les jours de très beau temps, j'entr'apercevais la pointe du Portugal.

Les couchers de soleil étaient à se damner. Quant aux levers de soleil, je n'en vis pas beaucoup, mais les rares que je vécus vous emmenaient directement au Septième Ciel.

Je ne me préoccupai guère du décor. Il était planté par cette vue sans pareille et par cette maison unique.

D'immenses fenêtres donnaient tout autour sur l'extérieur. Elle était dans un état parfait et appartenait à une Française : quelques canapés blancs, de très bons lits, tables et chaises. Un fauteuil par-ci par-là et le tour était joué.

Mon décor à moi, c'était la passion que je vivais et, effectivement, la première année fut un rêve éveillé.

Je peuplai notre jardin de chiens abandonnés. Je finis par en avoir treize.

Je surnommai ma favorite Gitane, les douze autres avaient également chacun leur nom.

Notre voisin quasi mitoyen était Claudio Bravo, un peintre chilien, à l'époque méconnu. Il déploya toute sa gentillesse et son énergie à me vendre une de ses toiles. Je n'aimais pas sa peinture, je ne cédai donc jamais à la tentation. Mal m'en a pris, ou, tout au moins, je n'ai jamais eu le sens de l'argent. Aujourd'hui, en particulier au Japon, ses tableaux valent des fortunes. Nous restâmes néanmoins de très bons amis le temps de ma vie tangéroise.

Ma meilleure amie était Fatima El Sabah, elle s'avéra avec le temps la plus précieuse amie que j'aie jamais eue.

Plus les jours passaient, plus notre passion devint dévorante. Nous vivions de plus en plus cachés avec l'illusion de nous suffire à nous-mêmes.

Ce fut moi qui commis la première erreur. Je convainquis Ahmed de lâcher son travail de conservateur au musée de Tanger. Je ne supportais ni son absence qui ne durait que quelques heures, ni cette obligation qu'imposait son statut de fonctionnaire : il devait déposer sa demande de congé auprès de son ministère et devait ensuite attendre l'autorisation ou le refus dudit ministère. J'avais le sentiment d'être prisonnière, il finit donc par lâcher son travail, nous étions libres.

Il me fit visiter le Maroc, en particulier les montagnes du Rif qui étaient d'une grande beauté. Un jour, il m'emmena dans le village de son père. Nous fûmes accueillis par sa mère, son père était mort, je ne l'ai jamais connu. Quand je descendis de voiture, nous allâmes d'abord la voir.

C'étaient les présentations, elle ne parlait que le rifain et me faisait de grands sourires. Très vite je les laissai seuls, je ne comprenais rien. Je fis le tour du village et je fus saisie par ce sentiment étrange que je connaissais chaque ruelle, chaque maison, et me dirigeai droit vers le puits qui alimentait le village en eau.

J'avais le sentiment de reconnaître les visages que je croisais au cours de ma balade. Comme si j'y avais déjà vécu dans une autre vie. Nous fîmes le trajet de retour dans un silence de plomb. J'étais extrêmement troublée, ce n'était ni agréable ni désagréable, j'avais l'impression d'être habitée par des fantômes.

De retour à la maison, je pris la décision de trouver un professeur d'arabe classique avec l'aide du directeur de l'école américaine. Eh oui, il y en avait une à Tanger. Il me trouva un merveilleux professeur qui avait pris sa retraite. Il me le présenta et il prit l'habitude de venir deux heures par jour chez moi du lundi au vendredi m'enseigner les rudiments de cette belle langue.

J'y pris beaucoup de plaisir et je le fis avec sérieux. Au bout de six mois je baragouinais, mais suffisamment bien pour me faire entendre et surtout pour comprendre.

Je souhaitais donc, tout en continuant mes cours, apprendre la calligraphie arabe. Je trouvais l'écriture magnifique. Cet exercice s'avéra pour moi nettement plus compliqué mais j'y pris un immense plaisir bien que très mauvaise élève.

Un jour, en revenant d'un voyage éclair à Paris, je remis à mon cher professeur la croix du Mérite tellement il avait une patience d'ange.

Mon instinct me dictait qu'il fallait à tout prix que je préserve mes espaces de liberté.

Je sentais que je vivais les dangers d'une passion qui peut s'avérer fatale et vous rendre totalement prisonnière de l'autre.

Alors je m'échappais. Ahmed tentait de s'y opposer. Je restais inflexible et je partais pour Marrakech retrouver un merveilleux ami : Bill Willis, que j'avais rencontré à Paris grâce à Loulou de la Falaise chez qui j'avais habité quelque temps avant mon départ pour New York.

Bill était aux antipodes d'Ahmed. C'était un Américain tombé amoureux du Maroc et de Marrakech en particulier. Il en devint la lumière et l'icône. Son riad, Dar Noujoum, devint le lieu de toutes les références du bon goût et du renouveau de l'artisanat et de l'art marocain.

Il remit au goût du jour le tadelakt en en modernisant la technique qui était ancestrale au Maroc.

Il détourna les carrelages marocains et les utilisa pour faire les plus beaux dessins de dessus de table, de meubles d'appoint, de sols, ils n'étaient plus réservés aux salles de bains mais trouvaient leur place dans toutes les pièces d'une maison, de style marocain ou pas.

Il collaborait avec Yves Saint Laurent, et chose encore plus rare, Pierre Bergé avait une admiration totale pour lui, son talent et son imaginaire.

Son riad était la maison la plus belle et unique du Maroc. Peut-être avec celle de Boule de Breteuil dont les jardins étaient spectaculaires.

La maison elle-même était dans le plus grand respect du classicisme marrakchi.

J'allais donc chez Bill me ressourcer, me libérer de cette passion. Nous passions nos journées, nos nuits à boire de la bière et à manger de la confiture de Maajoune bourrée de hachich des montagnes du Rif !

Le temps n'existait pas avec Bill. Nous nous levions quand le sommeil nous quittait, nous nous couchions raides, défoncés et alcoolisés.

Nous ne sortions guère de son riad sauf quand Bill souhaitait rendre visite à ses artisans qui étaient également devenus ses amis. Les personnages les plus hétéroclites venaient nous voir. Beaucoup de Marocains, tout autant d'amis étrangers de passage ainsi que le Tout-Marrakech.

Souvent Bill fermait la porte aux visiteurs et nous restions seuls. Je l'écoutais pendant des heures m'expliquer sa vision du monde, de ses créations et des êtres humains. Je buvais ses paroles. Il m'apprenait tant de choses. Nous dormions à la belle étoile quand l'envie nous prenait, sur le toit de son riad qu'il avait transformé en jardin de cactus, et nous comptions les étoiles.

Un détail me bouleversait : son riad donnait sur un cimetière musulman que l'on apercevait de sa terrasse et je trouvais ce cimetière spectaculairement beau dans son dénuement.

Ces séjours magiques duraient huit, dix jours, et je retournais auprès de ma passion, ma soif de liberté assouvie.

Mon père m'appela au début de l'année 1979 pour m'annoncer que la reine mère d'Angleterre souhaitait venir passer un séjour à Haroué et les dates étaient fixées. Cette visite aurait lieu du 20 au 25 mai de cette année. Il comptait sur ma présence, bien entendu, seule.

Cette requête me remplit de joie, je n'avais pas vu mon père adoré depuis mon déménagement pour Tanger et à ce titre aucun autre membre de ma famille. Cette excentricité de ma part avait fortement déplu.

Je pris mon temps pour l'annoncer à Ahmed, je savais qu'il n'allait pas du tout apprécier d'en être exclu. Moi-même je trouvais ça un peu vache mais j'étais suffisamment lucide pour savoir et comprendre que ma relation tangéroise faisait « tache », de surcroît pour une visite officielle de la reine mère.

Je partis donc pour Paris où je séjournai trois jours afin de revoir mes amis les plus proches puis j'arrivai à

Haroué une semaine avant la reine mère, Papa souhaitant passer du temps avec moi.

J'étais heureuse de retrouver mon père, sa femme Laure, Haroué, mes racines... en quelque sorte redevenir l'enfant choyée par son père.

Trois jours avant l'arrivée de la reine mère, ce fut le grand branle-bas de combat : un avion privé de Sa Majesté, aux armoiries royales, atterrit sur le petit aéroport privé de Nancy Essey avec, à son bord, le chef du protocole, le majordome, la femme de chambre attitrée de la reine mère et son assistante.

Suivaient les aides de camp qui assuraient sa sécurité, sans oublier les 5 malles pour subvenir à ses besoins pendant son séjour.

L'une contenait les cadeaux qu'elle distribuerait à la fin de sa visite à mon père et à ma belle-mère, à Minnie et à moi ainsi qu'à tout le personnel du château.

Cela allait du cadre en argent massif armorié avec une photo d'elle en noir et blanc, à la boîte à pilules également en argent massif armoriée.

Une autre malle contenait sa vaisselle personnelle pour son petit déjeuner, son service à thé, sans oublier ses précieuses bouteilles de « Pink Gin » qu'elle buvait à 18 heures précises dans une tasse de thé !

Les deux autres, j'en ignore encore aujourd'hui leur contenu, cela devait vraisemblablement servir à son personnel.

Une malle consacrée à ses effets personnels et une mallette de fort jolie taille, sous très bonne garde, contenait ses bijoux.

Son chauffeur attitré arriva le même jour, conduisant une somptueuse Daimler noire au chiffre 2 sur la plaque d'immatriculation.

De notre côté, mon père avait fait venir l'avant-veille Bruno Roy, grand spécialiste de décor floral. Il fit des bouquets tous plus beaux les uns que les autres pour chaque pièce de réception et les chambres occupées par la reine mère et sa suite.

Papa eut un geste merveilleux : il fit venir ma Nanny Baker de Bexhill-on-Sea. Elle avait finalement, quatre ans plus tôt, quitté la maison pour s'installer avec sa meilleure amie dans cette petite ville balnéaire du Sussex, au sud-est de l'Angleterre, maison que mon père lui avait offert pour ses vingt-trois ans de loyaux services.

« Queen Mum » arrivait, mon père, Laure, ma sœur et moi, sur notre 31, l'attendions sur le tarmac d'Essey-Nancy, ainsi que Jean-Louis de Faucigny Lucinge qui était à l'initiative du séjour de la reine mère à Haroué.

Mon père avait beau avoir fait à Nanny Baker un grand discours sur l'arrivée de la reine mère, cela ne l'empêcha pas de lui faire une révérence dont elle eut du mal à se relever sans fondre en larmes. Elle produisit son effet car « Queen Mum » lui tapota l'épaule, lui glissa deux mots pour l'aider à se remettre de ses émotions.

Elle descendit de l'avion avec sa Lady-in-waiting qui était sa grande amie et qui n'était autre que la grand-mère de Diana Spencer, future épouse du prince Charles. Deux autres Ladies-in-waiting descendaient de l'avion, trois pas derrière.

Sa Majesté et Lady Spencer s'engouffrèrent dans la Daimler, les deux autres dames dans une voiture à leur disposition, nous dans la nôtre et le cortège s'ébranla.

Deux motards de la police nationale ouvraient le cortège, deux le fermaient.

Nous arrivâmes au château d'Haroué où tous les autres invités et personnels de maison attendaient au garde-à-vous sur le perron l'arrivée de la reine mère.

Il faut savoir que quand vous accueillez une Royauté vous n'êtes plus chez vous, votre maison devient sienne.

Les cinq jours passèrent comme par enchantement, elle était infatigable et curieuse de tout. Nous étions dès 8 heures du matin dans la bibliothèque du château pour attendre son arrivée et en aucun cas nous ne pouvions aller nous coucher avant qu'elle ne quitte la pièce où elle se trouvait, et elle était couche-tard...

Deux souvenirs en particulier me marquèrent.

Le premier, lorsque mon père lui fit faire le tour du château et de son parc. Il lui raconta que dans le bosquet un trésor avait été enfoui par l'un de ses ancêtres. Le lendemain quelle ne fut pas notre surprise quand le majordome lui remit un détecteur de trésor.

Sa Majesté avait donné l'ordre au chef du protocole de faire faire un aller et retour à Londres au pilote de son avion pour aller chez Harrod's acheter le détecteur en question.

Et nous voilà tous, la reine mère incluse, partant dans le bosquet faire une chasse au trésor ! Inutile de vous dire que le fameux trésor ne fut jamais trouvé, il devait être trop bien enfoui. Mais « Queen Mum » la première, ainsi que toute la famille, nous prîmes un grand plaisir à ce moment de détente totalement inattendu.

Le deuxième souvenir mémorable : mon père avait organisé à la demande royale une visite de Nancy et elle souhaitait déjeuner dans un restaurant très réputé de l'époque, Le Capucin Gourmand.

Cette visite, ainsi que le déjeuner, avait été organisée dans le plus grand secret, évidemment. Il semble que quelqu'un n'avait pas su tenir sa langue. Quand nous arrivâmes dans la rue qui menait au restaurant, une manifestation anti-royaliste nous y attendait.

Mon père, le chef du protocole et les autres furent saisis d'horreur et de panique. Sauf « Queen Mum » qui donna l'ordre que le cortège de voitures s'arrête.

Elle descendit sur le marchepied de sa Daimler, sourire aux lèvres, en tailleur bleu pâle et broche de diamant de la taille d'un œuf de poule, et salua de sa main royale la foule qui, pourtant, scandait des mots peu flatteurs à son égard. En l'espace d'à peine une minute le silence se fit et les mêmes manifestants se mirent à l'applaudir. Son charisme et son professionnalisme étaient tels qu'ils forçaient l'admiration et le respect.

Nous allâmes déjeuner au Capucin Gourmand qui se trouvait juste en face de ladite manifestation comme si cet incident n'avait jamais eu lieu, et il ne fut plus évoqué.

Le dernier jour, la reine mère distribua ses cadeaux, avec un mot gentil pour chacun. Nanny ne put s'empêcher de fondre en larmes à nouveau.

Mon père raccompagna « Queen Mum » sous escorte policière, toujours les motards, à l'aéroport d'Essey. Le soir même, mon père, Laure et moi nous nous écroulâmes de fatigue et de souvenirs impérissables.

Quant à Nanny, nous ne fûmes pas de trop à sécher ses larmes. Je repartis deux jours plus tard en m'arrêtant à Paris pour voir mon gynécologue. Une semaine avant de quitter Tanger, sur les conseils de ma grande amie Fatima el Sabah, j'avais été voir sa gynécologue à Tanger qui m'avait annoncé que j'étais enceinte. Je ne l'avais dit à personne, y compris à Ahmed. Je souhaitais avoir confirmation de cet état.

Les retrouvailles avec mon père à Haroué me comblèrent de joie, je l'aimais et j'avais souffert de ne pas le voir, de ne pas lui avoir parlé depuis mon déménagement à Tanger. Cela faisait quasiment un an. Lui-même me fit part de sa tristesse ainsi que de sa désapprobation sur mes choix : Ahmed, Tanger. Au fond de lui je pense qu'il avait peur pour moi. Le temps lui donna raison.

J'arrivai à Paris, le cœur léger malgré tout, et il fallait que je sache : étais-je enceinte ou pas ?

J'avais pris soin de prendre rendez-vous avec mon fidèle gynécologue de toujours. J'arrivai à son cabinet le jour dit avec un sentiment mitigé. Je mourais d'envie d'être enceinte et en même temps je redoutais de l'être. Oui, j'étais passionnément amoureuse mais n'était-ce pas un peu précipité ? Le gynécologue de Tanger m'avait remis un courrier que je lui donnai. Il le lut et ne put cacher son étonnement. L'année précédente, j'étais venue le voir pour lui faire part qu'un médecin de New York avait émis de grands doutes sur ma capacité d'avoir des enfants.

À force de maltraiter mon corps à coups de cocaïne, d'alcool et autres drogues, j'avais réussi à complètement dérégler mes règles !

Diagnostic que mon gynécologue traitant m'avait confirmé. Par coquetterie féminine, je lui avais demandé de me mettre un stérilet et devant mon insistance il avait accepté. Alors, oui, il était rempli de doutes.

Il m'ausculta, me fit faire quelques examens et une prise de sang. Les résultats tombèrent une semaine plus tard : j'étais bel et bien enceinte... toutes mes frayeurs disparurent, c'était l'enfant d'un amour passionné qui défiait toute logique.

Il fallait malgré tout résoudre le problème du stérilet qui pouvait sérieusement nuire au fœtus.

À ce stade-là je n'avais qu'une seule hâte, repartir à Tanger, retrouver Ahmed pour lui annoncer ce miracle. Je le laissai donc trouver la solution à ce problème qu'il me communiquerait par voie téléphonique. Ahmed vint me chercher à l'aéroport de Tanger et à peine installée dans la voiture sur le retour vers la maison, je lui annonçai la nouvelle.

Il me conduisit sur la route de la plage Dalia, lieu-dit de la grotte d'Hercule où nous laissâmes exploser notre bonheur.

À cette époque, les kilomètres de sable blanc étaient déserts et j'entamai une danse folle qu'Ahmed eut le plus grand mal à calmer, le pauvre. Il craignait pour « son » bébé.

Cette euphorie dura une bonne semaine et fut interrompue par le coup de fil de mon gynécologue parisien. Il avait contacté un de ses confrères spécialisé dans les situations difficiles et avait pris la liberté de me prendre un rendez-vous ainsi que de prévoir une petite intervention, il fallait à tout prix me faire enlever ce fichu stérilet.

Je me retrouvai dans un avion pour Zurich, lieu où ce spécialiste exerçait. Ahmed voulut m'accompagner. Je lui dis : « Non, il en est hors de question, c'est une affaire entre moi et mon corps. »

Je m'installai à l'hôtel Baur au Lac. Je pressentais que mon séjour n'allait pas être des plus agréables, il me fallait donc le confort.

Je me rendis à mon rendez-vous qui fut très clinique dans tous les sens du terme.

L'intervention se passa dans les meilleures conditions mais il fallait que je reste pendant une semaine sans bouger, carrément couchée.

Au bout de deux jours je quittai la clinique uniquement pour changer de lit, celui de ma chambre du Baur au Lac.

Une semaine de cauchemar. Chaque fois qu'il fallait que je me lève, ne serait-ce que pour aller dans la salle de bains, une angoisse me tordait le ventre, je guettais le moindre signe annonciateur que j'étais en train de perdre mon bébé et quand je ne m'angoissais pas, je m'ennuyais à mourir, incapable de me concentrer ou de me distraire sur quoi que ce soit.

À la fin de la semaine, le médecin me donna l'autorisation de rentrer chez moi. Ce qui devint Cookye s'était bien accroché à moi avec une détermination farouche de vivre.

Après cette frayeur momentanée, j'eus la grossesse la plus facile du monde. Au cours des sept mois et demi qui suivirent, je n'eus qu'une seule envie de femme enceinte.

Un jour Ahmed et moi nous nous baladions en voiture, dans notre 4L tout-terrain, et je vis une paysanne au bord de la route accompagnée d'une ânesse surchargée de fagots de bois suivie par ses deux ânons. Je demandai à Ahmed de s'arrêter, je voulais ces bébés ânes plus que tout au monde. Ahmed refusa, trouvant l'idée ridicule. Qu'à cela ne tienne, alors qu'il s'obstinait, je sautai de la voiture et courus vers la paysanne lui faire part de ma requête. Je voulais lui acheter les deux bébés ânes et les ramener chez moi.

J'eus gain de cause pour quelques dirhams et organisai leur acheminement jusqu'à la maison.

J'ai chéri ces deux ânons qui complétaient ma famille animale. À ce stade, j'en étais à treize chiens et deux ânes. Je les chérissais d'autant plus qu'ils avaient été la cause de la première dispute violente que j'eus avec Ahmed.

Je portais ma grossesse avec une joie et une légèreté intenses. Une fois par mois, j'allais à Paris consulter mon gynécologue, j'en profitais également pour voir des amis et, inconsciemment, prendre l'air.

J'avais commencé à remarquer que plus ma grossesse avançait dans le temps, plus le comportement d'Ahmed changeait. Cet esprit libre et très occidental commençait à se diluer pour laisser place à un esprit très machiste méditerranéen. Petit à petit, il avait fini par ne plus vouloir que mes amis viennent à la maison alors que jusque-là, j'avais mis un point d'honneur à ce que la maison soit ouverte et accueillante pour tous.

Les seuls bienvenus étaient ses amis qui s'enfermaient avec lui dans un des salons donnant sur le patio. Fatima el Sabah était encore acceptée, mais là aussi je sentais que c'était un peu contraint et forcé, elle était la nièce du cheikh du Koweit.

Il se mit à trouver un prétexte pour que je n'aille plus me promener seule dans Tanger, pire, il voulait m'accompagner ou me faire accompagner quand j'allais rendre visite à mes amis, occidentaux ou pas.

Au début de notre passion, Ahmed me présenta ses amis qui m'adoptèrent. En particulier Boubkir, dont le père avait un magasin d'antiquités, rue de la Liberté, rempli de trésors d'art marocain et islamique. Toute la jet-set internationale qui avait acheté une maison à Tanger, voire au Maroc, s'y précipitait. Aujourd'hui, c'est Boubkir qui a pris la relève.

Pendant deux mois, Jorge Donn et Maurice Béjart vinrent s'installer à la maison. Maurice travaillait sur un ballet avec Jorge comme danseur étoile.

Je mettais à fond la musique de Ravel, *Boléro*, Jorge dansait, je le regardais, émerveillée. De temps en temps il m'entraînait dans une danse qui me faisait voir des étoiles. Jorge devint plus tard le parrain de Yunès, mon fils. Quand Maurice Béjart venait à la maison, c'était le grand chambardement. Il déménageait tous les meubles, y compris ceux du salon, pour créer son propre univers.

Je devais être à mon sixième mois de grossesse quand je découvris par l'un des concierges de l'hôtel où je descendais à Paris, qu'Ahmed téléphonait non pas pour me parler mais pour surveiller mes faits et gestes.

J'eus la preuve que le concierge ne m'avait pas raconté de bobards.

Quand je descendis de l'avion qui me ramenait de Paris à Tanger lors de ce séjour, Ahmed m'attendait de l'autre côté des douanes, me prit dans ses bras, nous nous dirigeâmes vers la voiture, montâmes et je remarquai que, malgré ses efforts, son visage était fermé. Au lieu de prendre la route en direction de la maison, il me dit qu'il voulait me faire voir un point de vue magnifique qui surplombait une plage de Tanger.

J'eus beau lui dire que je me sentais fatiguée, qu'on pouvait remettre cette promenade au lendemain, il n'en démorda pas. Il me regarda et me dit qu'il n'était pas étonné que je sois fatiguée, sur un ton abrupt qui me mit en alerte, je sentais que quelque chose n'allait pas.

Il poursuivit sa route et, effectivement, nous arrivâmes à la destination de son choix, là-haut, sur la colline surplombant la mer. Mais au lieu d'arrêter la voiture pour me faire admirer la vue, il me regarda et accéléra comme un fou. Notre chute termina cinq, dix mètres plus bas dans le ravin, arrêtée par les arbustes et les broussailles. J'eus le réflexe de survie : sauter par la portière de la voiture, Ahmed en sortit éjecté, la voiture, une épave. Même si j'étais totalement sonnée et choquée, aucun mal ne me fut fait. Ahmed eut deux doigts cassés. Des personnes qui passaient sur la route en voiture avaient vu ce qu'ils prirent pour un accident. Ils s'arrêtèrent pour nous récupérer. Ce n'était pas encore l'époque des portables, ils nous engouffrèrent donc dans leur voiture, moi pour me déposer à la clinique de Tanger afin de me faire examiner, Ahmed au poste de police pour déclarer, j'imagine, l'accident.

C'était la deuxième fois que Cookye me faisait la démonstration de son bonheur d'être dans mon ventre. Il s'était encore bien accroché. Le médecin de la clinique confirma le diagnostic, je n'avais aucune blessure apparente, je serais tout simplement couverte de bleus. Par contre intérieurement une fissure, qui ne cessa de s'agrandir, s'ouvrit. Jamais cet incident ne fut mentionné, le mal était fait, j'étais sur mes gardes. Mais la passion demeurait !

Au cours de cette même année, le penchant pour l'alcool d'Ahmed devint d'abord une habitude puis un besoin. Je n'allais certainement pas lui lancer la pierre. J'étais bien la première à aimer tout ingrédient ou liquide qui vous faisait tourner la tête. Ce qui divergeait, c'était nos réactions quand nous étions soûls. D'après les dires de mes amis je devenais drôle, je mettais la musique à tue-tête et je dansais précisément tout mon soûl. Seul inconvénient à un niveau d'alcoolémie avancé, je me mettais à radoter... mais des histoires gaies.

Ahmed à l'inverse devenait agressif, voire violent, et cela commençait à affecter ces mêmes amis qui se mirent doucement mais sûrement à s'éloigner de nos soirées.

Un jour, Ahmed disparut pendant 48 heures. J'étais sans nouvelles et morte d'inquiétude. C'était en plein ramadan et je reçus une visite dont je me serais bien passée du chef de la Police. Il m'annonça qu'Ahmed était en garde à vue au commissariat de Tanger et me pria de l'accompagner.

Ma première réaction fut un immense soulagement, l'homme que j'aimais était en vie. Je partis donc avec le chef de la Police retrouver Ahmed pour le ramener à la maison. Avant de partir, je pris la précaution d'appeler Fatima pour la prévenir.

Au commissariat, il me fit parcourir un dédale de couloirs, d'escaliers avant de me retrouver en sous-sol devant la cellule où ils avaient mis Ahmed.

Il était dans un piteux état pas uniquement dû à l'alcool mais peut-être au traitement qu'il avait subi durant ces 48 heures.

Le chef de la Police m'invita à aller dans son bureau, apparemment il souhaitait négocier la libération d'Ahmed. Sa proposition était simple : je lui accordais quelques faveurs, Ahmed était libéré. Je refusais, Ahmed restait en prison. Les gendarmes ne l'avaient pas uniquement retrouvé ivre mort, ce qui en plein ramadan est un délit en soi pour tout musulman, mais également avec une arme, un pistolet.

Quelque chose clochait dans sa version. Je connaissais Ahmed, je refusais de croire au pistolet.

Ma réaction me surprit moi-même… il est vrai que je n'avais pas une tête à transpirer à grosses gouttes. Je me mis donc à gueuler comme un putois, à menacer d'aller au Consulat de France, de prévenir la princesse Lalla Aïcha, sœur du roi Hassan II, qui était une connaissance à moi. Bref, je refusai son chantage odieux.

J'appris ce jour-là une leçon qui me servit à plusieurs reprises dans ma vie : quand vous êtes face au chantage, aux menaces, il faut faire un coup de poker, gueuler plus fort qu'eux, en aucun cas montrer votre peur. Retourner la situation, ça marche presque à tous les coups !

Pour Ahmed ça a marché. Je sortis du commissariat avec lui et le ramenai à la maison. Le pauvre était tellement malheureux et honteux vis-à-vis de moi. Je lui pardonnai instantanément, je le consolai, le rassurai sur mon amour.

Je l'aimais, je l'avais récupéré. C'est tout ce qui comptait. Je n'ai également jamais su si le coup du « pistolet » était vrai. Après cette mésaventure, Ahmed ne toucha plus à une goutte d'alcool et le bonheur fut de retour à la maison.

Quelque temps avant, alors que ma grossesse commençait à être très visible et que j'étais à Paris pour voir mon gynécologue pour un examen de routine (ma grossesse se passait à merveille), je pris mon courage à deux mains pour annoncer la nouvelle à mon père.

Il fut dévasté et me dit qu'il ne souhaitait plus me voir. Je repartis le cœur brisé, en larmes. Comment était-ce possible qu'on ne se réjouisse pas du bonheur de l'autre, en l'occurrence de celui de sa fille ?

Il faut dire que j'avais frappé fort. Avec le recul, je crois que mon père ne souhaitait que le bonheur pour moi mais ne pouvait pas le concevoir auprès d'un

Marocain dont, en outre, la rumeur commençait à circuler qu'il était violent. C'en était trop pour lui.

Un mois plus tard, il m'appela pour me dire que la famille souhaitait me voir pour parler de la situation. En gros, la famille me convoquait à Paris.

Cela tombait bien, je ne souhaitais qu'une chose, la réconciliation.

Je fis coïncider cette « invitation » avec mon dernier rendez-vous médical, j'avais atteint le stade dans ma grossesse où, après ce voyage, je ne pouvais plus prendre l'avion.

Mon père, mon grand-père me donnèrent rendez-vous dans les bureaux de ce dernier place Vendôme à 15 heures. Ce jour devrait être marqué d'une croix noire, mais je ne me souviens plus de la date.

J'arrivai avec mon gros ventre. Mon père, Daddo, il me semble ma mère, mais je n'en suis pas sûre, m'attendaient en rang d'oignons. Il restait un fauteuil inoccupé devant eux. Ils me prièrent de m'asseoir. Ils avaient une proposition à me faire : j'oubliais tout de ma vie au Maroc, ce qui incluait Ahmed. Ils s'occuperaient de tout. Grâce au Ciel, pour moi, il était trop tard pour envisager un avortement.

À une condition : que je ne retourne plus à Tanger dès l'instant que je quittais le bureau de mon grand-père. Je n'avais même pas le droit à un au revoir auprès du père de mon enfant, celui qui était pour moi et dans ma naïveté la passion de ma vie.

Je me levai, fis le tour de la pièce qui servait de bureau à mon grand-père, me rassis, les regardai droit dans les yeux et leur dis que, contrairement au mobilier BVRB ou au bureau Cressent, je n'étais pas à vendre, me levai et partis dans un silence glacial.

Dans les 48 heures qui suivirent les vivres me furent coupés, je m'en foutais, ma liberté n'avait pas de prix.

De retour à Tanger, je reçus deux coups de fil. L'un de ma sœur, l'autre de Laure, toutes deux désolées de la situation, m'assurant de leur soutien et de leur affection. Cela m'aida, me redonna du baume au cœur.

Secrètement, j'étais d'une part effondrée, d'autre part ivre de rage. Puisqu'il en était ainsi, je me sentais totalement reniée, incomprise, j'irais jusqu'au bout.

Depuis un certain temps, Ahmed souhaitait que l'on se marie civilement sous la loi musulmane, devant un cadi. Pourquoi ne pas lui faire plaisir ? D'autant plus que j'étais enceinte et que je souhaitais que mon enfant soit de père reconnu, compliqué, voire impossible quand l'un est musulman et l'autre catholique.

Ni une ni deux, mon drame familial fit le bonheur d'Ahmed. J'allais l'épouser civilement.

Première étape, d'une simplicité enfantine, je me convertis à l'islam devant un imam, ayant pris soin de lire le Coran avant. La conversion prend cinq, dix minutes au plus, puis une enveloppe est remise à l'imam. Deuxième étape, passer devant le cadi qui vous nomme mari et femme. Je sortis de là mariée et organisai une grande fête à la maison avec l'aide de Fatima el Sabah, bien qu'elle m'eût conseillé la prudence.

Moi, j'avoue que ce mariage m'amusait follement, et s'il y a une chose que je déteste le plus au monde, c'est de ne pas aller jusqu'au bout des choses ! J'étais fière et heureuse d'assumer mes choix et inconsciemment ravie d'ajouter une expérience de plus à ma liste.

Mon bonheur fut de courte durée. Ahmed changea radicalement.

Devenue musulmane et de surcroît mariée impliquait, en tout cas dans son esprit, que je lui appartenais. Petit à petit, il me retira le droit de voir mes amis, d'aller chez nos amis seule. Il rendit même l'accès à notre maison difficile pour ma grande amie Fatima.

Malgré ces jours sombres, j'étais heureuse, magnifiquement heureuse : j'allais avoir un enfant ; j'avais défié ma famille, je vivais ma passion et quand le soleil brillait à ma porte, il éclaboussait mon monde.

Pendant les deux mois qui précédèrent mon accouchement, je me tins à carreaux. Je caressais Ahmed dans le sens du poil. Je faisais tout pour l'amadouer et le rassurer. Il s'était collé dans la tête qu'un jour je le quitterais et cette idée fixe déclenchait besoin d'alcool et violence.

Pour quelqu'un comme moi, qui avait fait le choix de vivre libre, l'effort fut surhumain. Je devais lutter en permanence contre le sentiment d'emprisonnement pour ne pas exploser. Le jeu en valait la chandelle. Si à aucun moment je n'eus peur pour ma vie, je vivais dans la terreur pour la vie de mon enfant.

J'étais dans l'attente d'un grand bonheur qui devait arriver, car ma Nanny Baker avait suivi chaque étape de ma grossesse comme de l'huile sur le feu. Elle m'appelait ou je l'appelais tous les deux jours. Et elle avait décidé, du haut de ses 83 ans, de venir assister à mon accouchement, et Dieu sait que j'avais besoin d'elle.

J'avais décidé que j'accoucherais à la maison. Fatima fut merveilleuse, elle s'occupa de toute la logistique : sages-femmes, gynécologue seraient également présents, ainsi qu'une ambulance qui attendrait dans la cour de ma maison si problème il y avait.

Nanny débarqua une semaine avant. Son arrivée illumina mon quotidien. Elle faillit déclencher un incident « diplomatique ». Elle avait des idées très arrêtées sur comment devait se dérouler l'accouchement de sa petite chérie, et cela n'allait pas tout à fait dans le sens des pratiques des sages-femmes tangéroises. Un statu quo fut trouvé. Elle assisterait à l'accouchement en me tenant la main.

Il eut quelques jours de retard, Cookye était si bien dans mon ventre. C'est ma chienne Gitane qui donna le signal. Une nuit, elle posa sa tête sur mon ventre rond et couina sans discontinuer. Le lendemain matin, le travail commença avec dix jours de retard. Cela dura trois heures. Dans ma tête, j'avais décidé qu'il était absolument impossible de souffrir, d'avoir la moindre complication le plus beau jour de ma vie, et cela marcha. Un petit machin de 52 cm, 3,6 kg, tout rouge, avec quelques poils dressés sur la tête sortit de mon ventre.

Une fois que les deux sages-femmes et le gynécologue eurent fini de nettoyer l'enfant, de s'occuper de moi et de le mettre dans mes bras, Nanny les ficha à la porte.

Une heure après avoir accouché, je fus obsédée par l'idée de prendre un bain. Rien ni personne ne pouvait m'arrêter, je le pris et me recouchai. Le soir même, une autre lubie me traversa l'esprit, je souhaitai sortir danser. Contre l'avis de Nanny et la fureur d'Ahmed, je me levai, m'habillai et commençai à descendre les escaliers. Mauvaise idée, je me cassai la figure en beauté. Ce caprice me coûta un mois alitée.

J'ai allaité Cookye pendant deux mois, j'en ai détesté chaque instant. J'avais le sentiment d'être une grosse vache à lait et c'est ce que j'étais. Je détestais également mon énorme poitrine, j'avais le sentiment d'être Mae West puissance mille. Tristement, Nanny repartit trois semaines après la venue au monde de Cookye. Ahmed commençait à montrer des signes d'exaspération dus à sa présence. Évidemment, elle jouait à fond son rôle : il fallait qu'Ahmed passe par elle pour toucher ou s'approcher de l'enfant et elle s'était transformée en chien de garde, couchant dans ma chambre. J'ai beaucoup pleuré son départ, elle m'avait momentanément rendu ma liberté.

Nanny fut remplacée par une nounou marocaine merveilleuse et Aïcha, ma femme de chambre, se mit en tête de dormir sur une paillasse devant la porte de ma chambre.

Cookye, de son vrai nom Yunès, prénom choisi par son père. Cookye, surnom choisi par moi la seconde où il sortit de mes entrailles, naquit le 15 janvier 1980.

Par rapport à la loi musulmane, Yunès vint au monde trois mois trop tôt pour être reconnu par son père. Cela ne faisait que cinq mois et demi que nous avions officialisé notre union.

Je ne déclarai au Consulat de France la naissance de Cookye que le 15 avril 1980. Résultat des courses, Yunès a deux dates d'anniversaire, la vraie le 15 janvier, la fausse, mais inscrite sur le registre et donc sur son passeport, est officiellement le 15 avril.

Un beau micmac pour démarrer sa vie ! Normal, ce n'était pas un enfant classique, c'était le mien.

Début mai, un beau matin, tout bascula, Ahmed péta un câble et mit en danger ma vie à tel point qu'Aïcha courut chez notre voisin le plus proche demander de l'aide.

Claudio Bravo prévint immédiatement Fatima qui débarqua avec deux gardes du corps musclés pour contenir la scène et me protéger.

Grâce à Fatima et à Lalla Aïcha, la sœur du roi, je fus exfiltrée de Tanger en état de choc, malheureusement avec seulement quelques effets que Fatima rassembla pour moi à la hâte, sans oublier ma brosse à dents. Impossible de récupérer Cookye. Je sus plus tard par elle que cette décision avait été prise afin d'éviter de le mettre en danger. Il me fallut une quinzaine de jours pour reprendre mes esprits et réaliser à ma grande horreur que Cookye n'était pas avec moi. Il me fallut plus d'un mois pour comprendre que Yunès ne viendrait pas me retrouver. Jusqu'alors, j'étais convaincue qu'Ahmed me le ferait parvenir tel un paquet cadeau. Je ne pouvais imaginer que l'homme que j'avais épousé n'était pas celui que je croyais. Comment un père peut-il faire ça à son enfant ? Encore plus à son bébé ?

Pendant ma grossesse, j'eus deux visites surprises qui vinrent me voir à Tanger. Elles auraient dû déclencher chez moi des signaux d'alarme à ne pas ignorer. Jacques de Bascher vint dans l'espoir de raisonner et calmer Ahmed. Il s'installa à l'hôtel El Minzah et repartit au bout d'une semaine avec un bras cassé par les bons soins d'Ahmed.

Tan Guidicelli lui succéda sans plus de succès, il se prit un énorme pain dans la gueule et repartit, couvert de bleus.

Les pauvres chéris, en voulant m'aider, n'avaient réussi qu'à exacerber la violence d'Ahmed.

Le bon Dieu, lui, m'avait gratifiée d'amis magnifiques. Voilà le prix de ma passion. Telle une tragédie grecque, elle se termina dans le drame.

Mon enfant me fut arraché pendant cinq ans, cinq années où je ne savais ni où il était, ni s'il était en vie. J'espérais de tout mon cœur qu'il était au Maroc avec son père.

Pendant ces cinq ans, pas un jour, pas une nuit je n'ai baissé les bras. J'allais le récupérer, quel qu'en soit le prix.

Je suis une fervente croyante en Dieu et en ma volonté. Je fus habitée par des obsessions. L'une d'elles : tous les jours où j'étais à Paris, je me rendais place Saint-Sulpice, je traversais la place, la rue Bonaparte, puis la rue du Vieux-Colombier, et remontais la rue Bonaparte jusqu'au boulevard Saint-Germain. Puis demi-tour, et je recommençais dans le sens inverse jusqu'à la place Saint-Sulpice et là, immanquablement, je croisais Cookye, jeune homme.

On se reconnaissait. Ça n'arrivait que sur ce trajet. Cela devint un mantra, cela me donna la force de soulever des montagnes.

Petit à petit, je pris conscience que l'homme que j'avais aimé passionnément, l'homme que j'avais épousé, l'homme avec qui j'avais un enfant, je ne le connaissais pas, mon père avait raison.

Très vite, ma rage et ma joie de vivre reprirent le dessus ainsi que mes bonnes vieilles habitudes : la cocaïne et le vin blanc, sans jamais perdre de vue mon seul et unique objectif, récupérer Cookye.

Après mes deux mois « d'exil » à Haroué, il était temps que je rentre à Paris. J'étais consciente d'une chose : la lutte pour récupérer Yunès serait féroce et longue.

Pendant que j'étais à la campagne, un tendre ami m'avait trouvé un appartement, juste ce qui me convenait. Il se situait rue Saint-André-des-Arts, dans un ancien hôtel particulier du XVIIIe siècle. Il donnait sur cour, j'étais épargnée du bruit de cette rue, fort jolie mais très touristique.

L'appartement était au deuxième étage, donnant sur une cour lumineuse et silencieuse. Taille idéale. Une chambre à coucher, un salon ravissant en arrondi, une cuisine à laquelle je jetais à peine un œil et, bien entendu une salle de bains fort agréable. Il avait une belle hauteur de plafond et, par-dessus tout, à la seconde où cet ami me le fit visiter, je m'y sentis bien.

Mes journées étaient consacrées à faire toutes les démarches possibles et imaginables pour récupérer Cookye et à errer autour de l'église Saint-Sulpice, ma promenade mystique. Les nuits étaient consacrées à me perdre auprès de mes bonnes vieilles habitudes qui revinrent au galop : la cocaïne et l'alcool. J'avais besoin que mon esprit parte en vrille.

Très rapidement, dû à ma consommation, j'eus mon Dealer avec un grand D attitré. Je pris l'habitude de le voir 2 voire 3 fois par semaine. Pas toujours facile à trouver, il avait déjà une certaine clientèle.

Au bout de trois mois, je me lassai de lui courir après et j'avais pris conscience, à travers les confidences qu'il me faisait, qu'il s'était pris d'affection pour moi et qu'il avait des problèmes d'ordre privé.

Je sautai sur l'occasion et lui proposai de s'installer chez moi. Il dormirait dans le salon, et aurait sa propre clef. Et moi, en contre-partie, je l'avais sous la main.

Solution idéale pour nous deux. Lui se débarrassait de sa vie, de sa copine, moi j'avais la coke à demeure. Le matin il me laissait un gramme, le soir il m'en laissait un autre. Nous avions décidé d'une planque. J'y trouvais la coke, lui y trouvait une enveloppe avec de l'argent dedans. Mes rares amis qui étaient au courant furent d'un côté horrifiés du risque que je prenais, mais d'un autre côté, reconnaissants car je leur facilitais la vie. Ils devinrent ses clients également, bien qu'aucune transaction n'eut jamais lieu chez moi, je m'y opposais fermement.

Entre mon Dealer et moi, l'entente était parfaite. Jamais la moindre magouille. Il se mit même à me protéger, à refuser de m'en vendre au-delà de notre accord initial. Souvent, quand nous nous retrouvions à la maison, il me ramenait un cadeau. Un de ses cadeaux me toucha particulièrement. Il savait que j'étais folle de chaussures. Un jour il revint, fier comme Bartabas, avec une paire de chaussures sur lesquelles il avait flashé. Elles venaient d'une boutique qui s'appelait Bocage. Il me les donna avec tant de cérémonial qu'on aurait pu croire qu'elles provenaient de chez Hermès. Elles étaient au demeurant fort jolies. Je les ai usées jusqu'à la corde. Dès que je les portais, il était fou de joie.

Une autre fois, il débarqua avec un énorme fauteuil en rotin dans lequel je pouvais me jeter allègrement. Il me ramenait parfums et rouges à lèvres. Ceci l'amena à me faire une confidence : il avait dégotté une planque pour y mettre sa réserve chez moi. Il voulait que je le sache mais refusa de me dire où cette planque en question se trouvait. L'idée ne m'enchanta qu'à moitié. Brutalement je me retrouvais complice, je ne faisais plus que seulement l'héberger.

J'eus quelques jours d'angoisse et, prise dans mon propre délire, je n'y pensai plus. Il avait toujours été si réglo avec moi. Et puis ce qui devait arriver arriva.

Le même ami qui m'avait trouvé l'appartement m'appela en pleine nuit, il devait être une heure, deux heures du matin… Il me prévint que mon Dealer venait de se faire prendre par la police, que je devais faire vite. J'avais devant moi, grosso modo, cinq heures pour tout nettoyer et ne laisser aucune trace. Il alla même jusqu'à me demander si j'avais besoin de son aide. Je refusai catégoriquement, on n'allait pas être deux à se faire prendre. J'étais sûre de pouvoir me débrouiller. En l'espace de quatre heures, je mis l'appartement sens dessus dessous. Jamais une chasse d'eau n'avait autant été tirée, je balançais tout dans les chiottes. Le problème : où était sa planque, où mettait-il ses réserves ?

J'avais scrupuleusement nettoyé chaque pièce mais je ne l'avais pas encore trouvée. Il ne me restait plus qu'une heure et TILT, la lumière fut !

Le seul endroit où je fichais rarement les pieds était la cuisine : les placards c'était trop évident, le frigo ça n'allait pas pour la coke, le four, trop risqué, si un jour je m'amusais à l'allumer. Restaient les plinthes du plancher. Bingo ! Je les arrachai sans ménagement et je finis par tomber dessus. Putain, le ballot était de taille !

Je pris un rail pour retrouver mon calme. Méthodiquement, je fis des allers-retours cuisine-toilettes. Je balayai, je lessivai même le sol de la cuisine.

Je n'eus pas le temps de prier, la sonnette de la porte se mit à retentir frénétiquement. Les flics ! Deux minutes pour reprendre un visage humain et je leur ouvris. Ils fouillèrent l'appartement de fond en comble. Ils ne trouvèrent rien. J'avais bien bossé. Il ne leur restait plus qu'une chose à faire : m'embarquer.

Je me retrouvai quai des Orfèvres... super clean... je n'avais pas peur.

Je savais que mon Dealer ne me balancerait jamais. Il avait un code de l'honneur. J'étais son amie, et moi, la Brigade des stups pouvait toujours courir.

Quelques semaines avant que les Stups ne viennent tambouriner à ma porte, mon Dealer avec un grand D m'avait fait une proposition des plus étranges : ses « Big Boss » souhaitaient me rencontrer. Mon sang se glaça. Je dis à D : « Tu es fou ! Tes boss ne m'intéressent pas. C'est hors de question ! Tu es mon ami, eux, j'en ai rien à foutre ! »

La suggestion s'arrêta là mais j'étais ivre de rage qu'il ait pu leur parler de moi. Je n'ai jamais aimé les Grands Gangsters, seuls les petits voyous m'amusaient à l'époque. J'avais vraisemblablement un instinct de survie hors norme.

Me voilà donc embarquée par les Stups dans une voiture grise avec un simple gyrophare bleu qui clignotait. Premier arrêt à l'hôpital de l'Hôtel-Dieu. C'est là qu'on faisait faire une prise de sang à tout individu suspecté de prendre des drogues. Je n'en menais pas large. J'avais pris un bon gros rail quelques heures avant leur arrivée chez moi. Encore aujourd'hui je ne comprends pas le mystère : par le miracle du Saint-Esprit, le test sortit négatif.

J'avais réussi à franchir la première étape. Ils me réenfournèrent dans la voiture direction quai des Orfèvres, section Brigade des stups. Encadrée par deux flics mais non menottée, ils m'installèrent sans ménagement dans un petit bureau glauque où m'attendaient deux inspecteurs. L'un assis derrière le bureau, l'autre debout faisant les cent pas. Ils m'ordonnèrent de me mettre sur une chaise et là le ballet des questions commença.

Le principe était simple. Ils me bombardaient tour à tour de questions, comme je l'ai déjà dit. L'idée, c'est de déstabiliser le « suspect ». Sauf qu'ils n'avaient rien contre moi, ils n'avaient rien trouvé chez moi et l'analyse de sang négatif était tout bénef pour moi.

À un moment donné j'en eus marre, je pivotai sur ma chaise et celui qui me prenait la tête de dos, je le regardai droit dans les yeux et lui annonçai que je ne répondrais plus aux questions de quelqu'un dont je ne voyais ni les yeux ni le visage. Dans ma lancée, j'ajoutai sur un ton très calme qu'ils perdaient leur temps, je n'étais pas une balance.

L'interrogatoire prit une bonne partie de la journée. Ils me firent mille et une propositions inimaginables.

Une fois qu'ils eurent compris, d'une part que je n'étais pas impressionnée, d'autre part que je ne parlerais pas, leur dernière proposition me stupéfia : « Si tu nous donnes des noms, tu ne manqueras pas de cocaïne. »

Je m'abstins de leur demander comment je serais approvisionnée bien que ma langue me brûlait !

En fin d'après-midi ils se lassèrent. Je leur demandai si je pouvais repartir. Illusion de ma part. Ils me mirent en garde à vue dans une cellule nauséabonde et j'y passai la nuit, assise. Je fis même une tentative de m'allonger sur l'unique banc en bois. Mauvaise idée, trop dur. Je réclamai une couverture. Ils me l'amenèrent. Mais là encore je la gardai enroulée autour de moi juste le temps de me réchauffer, puis la posai dans un coin tant son odeur m'était insupportable ! C'est vrai que je n'étais pas dans un hôtel cinq étoiles … Le lendemain matin vers 7 heures, un flic ouvrit ma « cage » et me ramena dans le bureau sinistre. Je poireautai une dizaine de minutes et l'un des inspecteurs de la veille rentra, m'annonça que je pouvais rentrer chez moi et me proposa de me raccompagner. Je dis poliment « NON » mais j'en restai sur le cul.

Je rentrai à pied. Jamais je n'avais trouvé que Paris sentait si bon, j'avais tant besoin de respirer l'air libre.

Une semaine plus tard, je reçus un courrier du syndic de mon immeuble me priant de quitter l'appartement. Ils me laissaient un mois pour évacuer les lieux. Ce qui venait de se passer dans ce bel hôtel particulier n'était pas fait pour plaire aux autres résidents. Je repris donc la route en me jurant de ne plus installer chez moi quelque dealer que ce soit même si je trouvais ça hyper-pratique.

Je sortis de cette aventure blanche comme neige, c'est le cas de le dire.

Sans casier judiciaire, ils n'avaient rien sur moi. Un détail me frappa, les deux inspecteurs qui m'avaient questionnée ressemblaient à s'y méprendre à deux voyous.

Je devins un pilier du 7, du Boy, du Bronx et du Colony, rue Sainte-Anne. Je ne ratais pas une occasion pour aller danser toute la nuit au Palace ou dîner au Kit Kat. Quand les Bains Douches ouvrirent, j'y eus mon coin VIP.

Je me fis une nouvelle amie, Manouche. J'allais très régulièrement déjeuner chez Lipp à l'époque où Monsieur Caze y régnait en maître des lieux. Nous l'appelions familièrement « le père Caze » et ce dernier avait instauré le déjeuner « table ouverte » pour Manouche. Alors, à force de la voir, je remarquai qu'elle détonnait quelque peu avec la clientèle de chez Lipp. Je demandai un jour à Monsieur Caze de me la présenter, chose qu'il fit de bonne grâce après m'avoir un peu briefée sur qui était Manouche.

Elle était la veuve d'un célèbre gangster corse, Paul Carbone, surnommé « Venture », qui était né en 1894 et mort en 1943. Il avait été le parrain du milieu corso-marseillais de 1920 à 1943. Son associé était François Spirito. Carbone et Manouche eurent un fils ensemble, Jean-Paul. Manouche elle-même avait été très belle et adulée.

Quand je la connus et devins son amie, ce n'était plus le cas. Elle était grosse, complètement ruinée, mais avec une de ces gueules que l'on croise rarement dans sa vie.

Elle était à la fois drôle, féroce et tendre. Allez savoir pourquoi, elle se colla dans la tête de me faire rencontrer son fils, Jean-Paul, qui vivait dans les années 1980 à New York mais qui venait assez régulièrement voir sa mère à Paris et gérer Dieu sait quelles affaires !

Un jour, elle m'appela et m'annonça que Jean-Paul était arrivé et que l'on déjeunerait tous les trois ensemble dès le lendemain, toujours chez Lipp. Je ne me fis pas prier à l'idée de le rencontrer : le fils d'un célèbre gangster m'émoustillait à l'extrême. Nous nous retrouvâmes à 1 heure, Manouche assise sur la banquette me gardait une place à côté d'elle, son fils en face. Elle était très volubile et empressée que son fils et moi nous nous aimions au premier regard. Je jouai son jeu mais, honnêtement, à la fin du déjeuner, je restai sur ma faim.

Autant Manouche, malgré sa gouaille et ses manières quelque peu limite, inspirait le respect et une forme d'admiration, autant le fils était tout ce que je détestais. Il parlait fort, il roulait des mécaniques, il se tenait mal à table, il était habillé… ça aurait pu être bien, mais ça sortait mal.

Pour un premier déjeuner, je le trouvais mille fois trop familier, en un mot vulgaire dans tous les sens du terme. J'avais hâte d'en terminer. Avant que je n'aie le temps de dire « ouf », au moment d'embrasser Manouche et de dire au revoir à son fils, la voilà qui lui donne mon numéro de téléphone !

Grâce au Ciel, au cours de la conversation j'appris qu'il ne serait à Paris que quelques jours avant de se rendre à Marseille puis de retourner à New York.

Le lendemain il m'appela, je trouvai un prétexte pour ne pas le voir, le surlendemain il récidiva et je lui mentis : je partais moi-même quelques jours. Il n'abandonna pas facilement mais se résigna en me disant qu'il me préviendrait à l'avance de son prochain passage à Paris pour qu'on ne se rate pas. Parfait, très bien, tout pour me débarrasser de ce pot de colle, convaincue de ne plus en entendre parler.

Je connaissais mal les hétéros. Ce n'est pas parce qu'on ne se voyait pas, qu'il était à New York ou que je me montrais désagréable et distante au téléphone qu'il lâcha prise.

Il arrêta de m'appeler pour mieux me bombarder de roses rouges. Il m'envoyait des bouquets tous les trois jours, toujours des roses rouges, toujours plus fournis, à se demander si le bouquet passerait par ma porte d'entrée. Bien entendu, je finis par être piquée par les roses et par son insistance.

Il revint à Paris deux mois plus tard, même Manouche commençait à être surprise de son empressement.

Il me fit la cour presque comme un gentleman. Mon refus de lui parler au téléphone et de le remercier pour les fleurs semblait lui avoir appris quelques bonnes manières. Il me fit une cour agréable et non plus acharnée.

J'acceptai de le voir, en tout bien tout honneur, deux fois lors de ce séjour. Son côté fils de grand gangster m'intriguait.

Une semaine après son départ, rebelote : un énorme bouquet me fut livré accompagné d'une invitation pour lui rendre visite à New York.

Le goût du risque étant chez moi incorrigible, j'acceptai après l'avoir bien fait lambiner.

Mon séjour devait durer quatre jours. Il envoya une voiture me chercher à l'aéroport JFK de New York et je fus accueillie par sa secrétaire-assistante à l'arrivée. Il s'était excusé au préalable de ne pouvoir venir me chercher, retenu par un rendez-vous.

La jeune femme m'accueillit chaleureusement, elle me parut charmante. Nous prîmes place dans la voiture direction New York, Upper East Side. L'appartement se situait dans un immeuble cossu, comme il y en avait tant dans ce quartier de Manhattan, et donnait sur Central Park, au 8e étage. Néanmoins je fus surprise par la taille de l'appartement, je me l'étais imaginé grand, il était plutôt de taille modeste : 2 chambres à coucher, 2 salles de bains, un salon/salle à manger, un coin bureau, le tout meublé à tort et à travers. Je ne peux pas vous le décrire tellement c'était passe-muraille.

Sa secrétaire me montra ma chambre, me proposa une boisson et me laissa m'installer, Jean-Paul lui-même serait de retour vers 19 heures et avait prévu que nous dînerions tranquillement chez lui.

Le dîner se passa sans encombre, sauf que je le sentais nerveux et plus mal à l'aise que moi. Je mis cela sur le compte qu'il devait se poser la question : « Était-ce une bonne idée de m'avoir invitée ? »

Vers 11 heures du soir je me retirai dans ma chambre en m'excusant de la fatigue due au jet lag. Le lendemain matin – j'ai toujours eu l'habitude de me lever tôt, quitte à me recoucher une fois mon café et mon jus de pamplemousse pris –, en voulant sortir de ma chambre, je me heurtai à une porte fermée à clef, la mienne.

Je tambourinai dessus sans succès, je trouvais cela étrange et fort désagréable. Impossible de passer par la fenêtre, j'étais au huitième étage et sans balcon du côté de ma chambre !

Je pris mon mal en patience et vers les 9 heures du matin la fameuse assistante vint m'ouvrir. Jean-Paul était assis dans le canapé du salon avec celui que j'avais pris pour le chauffeur.

Je m'avançai vers lui avec l'intention de lui faire remarquer que je n'appréciais pas que l'on prenne l'initiative de m'enfermer dans ma chambre de l'extérieur.

Je fus coupée dans mon élan et propulsée dans un coin du canapé. Il m'exposa avec le plus grand calme son projet : je devais lui remettre le numéro de téléphone de mon père pour qu'il l'appelle afin de lui demander une rançon contre ma libération. J'étais kidnappée.

Je ne le pris pas au sérieux, mal m'en a pris, je me suis retrouvée menottée et bâillonnée. Il m'exposa son plan d'une simplicité enfantine : tant que la rançon n'était pas payée, il me garderait prisonnière. Les négociations durèrent cinq jours, je n'en menais pas large. Un deal fut trouvé, la rançon serait payée – j'en ignorais le montant – à condition que le consul de France à New York confirme mon état de santé.

Mon père entre-temps avait appelé l'ambassadeur, François de Laboulaye, avec lequel il était ami, pour lui expliquer la situation. Ce dernier en avait averti le consul à New York.

Évidemment, Jean-Paul refusant le lieu de rendez-vous, sa secrétaire se porta volontaire. Je remarquai durant ces cinq jours qu'elle essayait de son mieux de calmer la situation et aussi de se montrer la plus gentille possible avec moi. Elle semblait désapprouver ce kidnapping.

Le jour J arriva enfin. Le soi-disant chauffeur nous accompagna en voiture au consulat tout en prenant la précaution de ne pas se garer devant. La secrétaire et moi descendîmes de la voiture. Le personnel du consulat semblait attendre mon arrivée. On nous fit d'abord pénétrer dans un petit salon, puis quelqu'un vint me chercher, le consul souhaitant me voir seule. L'assistante de Jean-Paul n'eut d'autre choix que de me laisser suivre l'aide de camp du consul. Bien entendu, je n'avais aucun papier sur moi, Jean-Paul m'avait confisqué argent, passeport, billet de retour. Je fus introduite dans le bureau et tout se passa très vite à partir de ce moment-là.

Je fus exfiltrée par une petite porte donnant à l'arrière du consulat, tout ça sous bonne garde : le consul lui-même et deux CRS détachés du consulat. On m'engouffra dans une voiture direction JFK. Je n'ai jamais passé aussi facilement les sécurités et les douanes.

Je fus conduite jusqu'au pied de l'avion en partance pour Paris, les deux CRS restèrent avec moi jusqu'au décollage. Un policier fit même le voyage avec moi. Arrivée à Paris, mon père m'attendait.

Quant à moi, l'envie de fricoter avec des voyous, y compris ceux qui avaient des pères célèbres, me passa aussi vite qu'elle m'était venue.

Mon père me prit avec lui à Haroué pendant un mois.

Pendant longtemps, je fus pétrie par la culpabilité d'avoir tant bouleversé mon père. C'était un homme magnifiquement bon et, tristement, avec un cœur en mauvais état. Il m'arrive de me poser la question : ne suis-je pas responsable de la disparition prématurée de mon père ?

Au bout d'un mois, je rentrai à Paris. Mes amis avaient eu vent de ma mésaventure new-yorkaise.

Thierry Berhman me proposa d'aller vivre avec lui. Depuis nos fiançailles annulées, nos sentiments s'étaient transformés en amitié amoureuse. Je m'installai avec lui quelque temps mais je voulais vivre seule. Je passais mes journées à errer par-ci, par-là, obsédée par le déchirement d'être privée de mon fils.

Je dînais au moins trois fois par semaine chez Luc Fournol, à l'époque journaliste et photographe chez *Jours de France*. Il avait repris la maison de sa mère, un ancien bordel au 9 rue Manuel. Ses dîners me changeaient les idées, les habitués étaient Lauretta, Annabel Buffet, Thierry Le Luron de qui je devins proche, Jean-Jacques Debout avec lequel j'eus une jolie rencontre. Il me jouait du piano. Luc avait une cuisinière, Thérèse, qui nous préparait une merveilleuse cuisine bourgeoise. Les murs de la salle à manger étaient couverts du sol au plafond de tableaux peints par Bernard Buffet que ce dernier lui avait laissés ou donnés.

À la fin du dîner, il y avait un rituel immanquable : le verre d'absinthe servi à l'ancienne. Luc mettait un sucre de canne dans une cuillère à cet usage. Elle était en argent et percée de trous irréguliers. Puis il versait l'absinthe dessus. On attendait que le sucre fonde, et plus la soirée avançait, moins on versait d'eau. J'aimais follement ces soirées qui perçaient la nuit. Je m'étais constitué une famille.

Une autre amie vola à mon secours : Macha Magaloff. Mon père sentait bien que je ne tournais plus rond du tout et parmi ses connaissances, il y avait Hubert de Givenchy. Il lui demanda de me trouver une occupation dans sa maison de couture. Grâce au snobisme d'Hubert, qui ne pouvait pas envisager de refuser cette faveur au prince de Beauvau, il m'offrit un travail et Dieu sait que je n'étais pas du tout sa « cup of tea ».

Bien trop libre et excentrique pour lui, mais princesse malgré tout.

Macha était la directrice des relations publiques internationales, ce qui était au-delà d'un travail à plein temps, c'était du 24 heures sur 24 et l'Institut de la mode à New York venait de conclure un accord avec la maison Givenchy pour faire une rétrospective sur les derniers trente ans de haute couture de la maison.

La responsabilité de cet événement tombait sous la houlette de Macha. Elle croulait sous le travail et avait besoin d'être assistée pour la préparation de ce grand show. L'assistante désignée fut moi. Nous avions un an pour sélectionner les robes, tailleurs et autres qui seraient présentés à New York.

Ce travail m'amusa beaucoup et m'intéressa. Malgré sa raideur, Hubert de Givenchy était un grand couturier bourré de talent. Je me retrouvai donc dans les pièces d'archives où étaient conservé un modèle de chaque vêtement créé pendant trente ans de défilés haute couture. Un déluge de créations. Une première sélection était faite par moi sous le regard approbateur ou désapprobateur de Macha, puis présentée à Hubert pour avoir son aval. S'il n'était pas d'accord, on repartait de zéro !

Le travail remplissait bien mes journées et même si Hubert de Givenchy me jetait des regards noirs à cause de mes arrivées tardives au bureau ou de mes tenues extravagantes, il finit par me porter une certaine affection. Mon originalité encourageait un regard neuf, une vision moderne sur les trente années passées. Macha réussit à m'intégrer dans le voyage à New York pour l'installation de l'exposition et m'imposa à la grande soirée d'ouverture donnée en l'honneur d'Hubert.

Je passai donc une semaine à New York que j'avais tant aimé et après mes journées de travail, en profitai pour retrouver mes amis de l'époque : Robert Mapplethorpe, Andy Warhol, Timothy Leary. J'eus même le plaisir de revoir Halston. Dans une de ces soirées de retrouvailles, trois jours avant le « Grand Soir », Eric Clapton et sa bande de musiciens vint nous rejoindre et je fis la connaissance de son bassiste, dont le nom m'échappe totalement aujourd'hui. Toujours est-il qu'il me trouva à son goût et réciproquement. Pendant trois jours, on se retrouva tous les soirs. Totalement inconsciente, je lui proposai de m'accompagner au dîner à l'Institut de la mode. Ce n'était pas son truc mais il accepta. Le dîner se passa bien, je jouais parfaitement mon rôle de jeune femme de bonne famille, mais lui comme moi nous guettions le moment de bondir de nos chaises pour filer à l'anglaise.

Le moment arriva et nous disparûmes. Il m'emmena chez lui où il venait de recevoir une livraison de crystal de cocaïne. Une occasion à ne pas manquer. Le crystal était très difficile à se procurer, c'était de la cocaïne pure sous forme de petits cristaux, comme son nom l'indique, et cela se consommait avec une pipe à eau.

L'effet était immédiat et explosif : « *You were high in the sky* » en un rien de temps. Résultat des courses, le lendemain je manquais à l'appel pour prendre l'avion de retour à Paris. Je disparus. Impossible de me trouver, j'étais dans les nimbes de la cocaïne et me foutais éperdument du jour, de l'heure ou de quoi que ce soit. La pauvre Macha s'en arrachait les cheveux et, au bout de trois jours, je réapparus comme une fleur, sauf que tout le monde était reparti et que moi j'étais sous la responsabilité de Macha. Sur sa demande pressante, je sautai dans l'avion, consciente du bordel que j'avais créé. J'arrivais à Paris au bureau de la Maison Givenchy et fus renvoyée sur-le-champ.

Cela n'empêcha pas Macha de demeurer amie avec moi. Encore aujourd'hui, c'est une de mes plus tendres amies, elle a toujours été à mes côtés et est même la marraine de mon fils.

Après mon expérience Givenchy, je pris conscience que j'étais bien trop indisciplinée et libre pour me mettre aux heures de bureau…

Je restai toutefois indirectement dans le milieu de la mode puisque je retrouvai Jacques de Bascher.

Jacques et moi nous nous mîmes à nous revoir assidument, surtout le soir, la nuit, où nous étions parfaitement sur la même longueur d'onde. On s'entraînait mutuellement à faire les quatre cents coups. Cette complicité, ce délire, nous amena doucement mais sûrement à tomber amoureux l'un de l'autre. Je me foutais complètement de son homosexualité, je dirais même que c'était un plus. J'ai toujours préféré les homosexuels aux hétéros qui m'ennuyaient à périr. En plus je me flattais de ne pas leur plaire, pas suffisamment soumise à leur goût. Trop libre, je leur faisais peur !

Karl Lagerfeld était heureux et amusé de nos retrouvailles, ce qui n'était pas le cas avant que je parte pour New York. Il me trouvait dangereuse à l'époque. Désormais, il appréciait ma différence.

Jacques alla voir Karl, mais ce jour-là c'était différent. Il allait lui dire qu'il souhaitait m'épouser. C'était une idée extravagante, je n'étais toujours pas divorcée du père de Yunès. Certes, sur les conseils de mon avocat, j'avais déposé une main courante au commissariat du 6e arrondissement dont je dépendais pour déclarer que je vivais séparée de mon mari depuis trois mois, et cela faisait déjà deux ans que cette main courante avait été déposée. Mais le divorce s'annonçait long et compliqué. Qu'à cela ne tienne, Jacques s'en moquait et Karl n'y attacha guère plus d'importance. Moi j'étais enchantée à l'idée d'être bigame. Karl aima beaucoup l'idée. Il souhaitait au-delà de tout le bonheur de Jacques. J'avais un joli nom et j'étais marrante. En outre, tous les deux étaient d'un immense soutien pour que je récupère Yunès. Jacques voulait un fils et j'en avais un, même si en 1982 le père de cet enfant ne m'avait toujours pas donné signe de vie malgré toutes mes tentatives.

Le lendemain Jacques, Karl et moi-même dînâmes ensemble et Karl nous donna officiellement sa bénédiction. Il allait, dans un premier temps, orchestrer les fiançailles. Elles auraient lieu à Rome. Seule la Ville éternelle pouvait se montrer digne de célébrer dans la plus grande tradition l'amour de sa vie avec une femme.

Avec la complicité des sœurs Fendi, nos fiançailles officielles seraient célébrées dans une ravissante église Via Condotti, la Chiesa della Santa Trinità degli Spagnoli, par un cardinal.

Ma bague de fiançailles était à la hauteur du goût exquis de Karl pour les bijoux anciens, de loin la plus jolie bague que j'aie jamais possédée. La robe devait suivre le mouvement !

Karl m'en dessina une faite sur mesure par la première main de Chanel, une pièce unique.

Une chemise à jabot en mousseline de soie mi-fille, de par ses détails au col et aux poignets en dentelle, mi-garçon avec une très fine cravate en velours noir.

La chemise se glissait par-dessus une robe, le bustier à bretelles en mousseline crème, le jupon en faille à rayures noires et crème. Longueur mi-genoux, droite, juste ce qu'il fallait pour deviner mes formes. À la taille, une large ceinture en velours noir.

Plus les essayages avançaient, plus Karl s'obstinait, à ma grande joie, à ce que la robe se dévoile petit à petit, grâce à une merveilleuse cape, légère comme une plume, en zibeline noire rasée, terminée par de petites franges également en zibeline de chez Fendi.

La cape fut de courte durée : en dégringolant les marches de la place d'Espagne, main dans la main avec Jacques nous trébuchâmes ; trop préoccupés à retrouver notre équilibre, ma cape s'envola, et le temps que j'en prenne conscience, elle fit le bonheur d'un ou d'une inconnue... qu'à cela ne tienne, la petite troupe composée d'Andrée Putman, Helmut Berger, Carla, Paola, Anna et Silvia Fendi, et deux ou trois autres intimes, continua la descente des marches pour s'engouffrer dans la Via Condotti où un petit attroupement commençait à se former, jusqu'à l'arrivée dans l'église que nous franchîmes avec le sérieux et l'émotion d'un jeune couple qui franchissait le pas du premier « Oui ».

Bien entendu, Jacques et moi n'avions pas résisté la veille à fêter à l'excès ce que nous considérions comme notre dernière nuit de célibat en éclusant les boîtes gay de Rome.

Cela nous valut d'être vertement sermonnés par Karl, dès potron-minet. Vu notre état de fébrilité, un incident arriva au cours de la cérémonie religieuse : quand vint le moment de prendre l'hostie que le Cardinal nous présenta, à Jacques et à moi, nous eûmes le plus grand mal à décoller notre langue de notre palais : plus de salive...

Nous y arrivâmes malgré tout à grand-peine et, dès la sortie de l'église, nous nous nous sommes précipités dans le premier café pour boire le plus grand verre d'eau de notre vie !

Nous logions, Karl, Jacques et moi au Hassler et Karl avait réservé tout le restaurant sur les toits de l'hôtel pour fêter nos fiançailles. Il faisait un temps magnifique, c'était fin septembre et le déjeuner se prolongea tard dans la soirée.

J'ai conservé la robe que Karl avait fait réaliser spécialement pour moi. C'est un précieux souvenir. J'ai rendu la bague de fiançailles quand elle n'avait plus lieu d'être.

Deux jours après la cérémonie, Karl, Jacques et moi sommes rentrés à Paris, Karl rue de l'Université, Jacques et moi place Saint-Sulpice où nous vécûmes ensemble le temps que dura notre bonheur de vie de « couple ». Détail amusant : nous occupions un très bel appartement dans l'immeuble où la boutique Saint Laurent avait pris ses quartiers.

La première année fut idyllique. La complicité entre Jacques, Karl et moi fonctionnait à merveille. Jacques conservait ses moments privilégiés avec Karl, moi je trouvais auprès de Karl une protection paternelle des plus indulgentes et j'apprenais tant de choses grâce à lui. Il était heureux de notre bonheur, il évoquait sans nous bousculer une date éventuelle pour notre mariage.

J'acceptais avec joie et amusement l'homosexualité de Jacques. Il était libre et je pensais l'être aussi, jusqu'au jour où il ne fut plus le seul à ramener une « friandise » à la maison. J'avais rencontré quelqu'un qui me plaisait lors de l'une de nos nombreuses virées nocturnes, qui connaissait ma vie de couple avec Jacques et qui l'acceptait. À mon grand étonnement Jacques fut furieux, le ficha à la porte et se montra extrêmement possessif et jaloux.

J'essayai de calmer la situation, de le raisonner : je respectais ses besoins, il devait respecter mes envies. Rien à faire. Je balançai à travers le salon ma si jolie bague de fiançailles et claquai la porte. Karl ne parvint ni à me raisonner ni à calmer Jacques.

Le mariage n'eut jamais lieu. Je crois que Karl en fut triste et moi, je pris la décision de continuer ma route.

Mon père mourut le 21 novembre 1982. Entre sa mort et l'absence de mon fils, mon cœur se déchira. Les rares chaînes qui restaient se brisèrent, plus rien ne me retint, je devins un électron libre.

Mon père est mort en sachant qu'il avait un petit-fils qu'il ne connaîtrait jamais. Tous les efforts que nous avions déployés, Papa, Laure et moi, pour le récupérer avaient tristement échoué.

Après la mort de mon père, retrouver mon fils devint obsessionnel.

Le soir, la nuit, je me perdais, entourée de mes amis, Thierry Berhman, Philippe Morillon, Arielle de Ravenel,

Loulou de la Falaise, Michel Klein et autres rencontres d'une nuit, dans la cocaïne et le vin blanc.

Le jour démarrait place Saint-Sulpice afin d'y croiser mon fils jeune homme : il disait : « Maman », je disais : « Cookye. » Cette vision me donna la force d'une tigresse.

Dans cette débauche nocturne, je fis la rencontre d'un être exceptionnel, Hubert Goldet. Il comptait parmi les plus grands collectionneurs privés d'art africain dans le monde.

Nous devînmes, la nuit aidant, inséparables. La nuit, quand il sentait que mes déhanchements se rapprochaient trop du vacillement, il me raccompagnait chez moi et me bordait. Le jour, quand le découragement prenait le dessus sur mon optimisme, pourtant indéfectible, il me prenait à bras-le-corps. Surtout, au-delà de tout, il ne doutait jamais de moi, de ma capacité à braver le « presque » impossible, et en grande partie grâce à lui, ce jour arriva.

Notre relation était bien au-delà d'une relation amoureuse. Il croyait en moi, je croyais en lui, il m'insufflait la force dont j'avais besoin.

Les embûches pour récupérer mon fils étaient de taille : mon divorce prit cinq ans à être prononcé et encore, il n'était qu'international. Vis-à-vis de la loi musulmane, je m'étais convertie, j'étais et suis restée mariée avec le père de Yunès dix-huit ans…

Le fichu « billet bleu » qui me signifiait que j'étais répudiée n'arrivait jamais chez moi.

Ce ne fut pas la pire des embûches.

À part Laure, je pris en pleine figure le fait que ma famille ne souhaitait pas que je le récupère. Il était le premier mâle des sœurs Beauvau et au-delà de tout, il était à moitié arabe : mauvais genre pour une famille d'aristos et de nantis.

Il y eut une réunion de famille à Haroué où j'annonçai dans le plus grand calme que je partais pour le Maroc récupérer Yunès.

Tous les prétextes pour m'en décourager furent invoqués. Tous de faux prétextes. Personne n'avait pris en compte que si je ne récupérais pas Yunès, j'en crèverais !

Je partis dans ma chambre pleurer toutes les larmes de mon corps. Je vécus cela comme la pire des trahisons. Cette trahison me donna des ailes et me confirma cet étrange sentiment qui ne m'avait pas quittée depuis mon plus jeune âge : à la clinique du Belvédère, on s'était bel et bien trompé de panier à ma naissance !

Gérard Bichaton, l'ami, le serviteur indéfectible de mon père, se rallia à moi in extremis, seul à comprendre que rien ne m'arrêterait. Je pris un bain pour me laver de tout ce que j'avais entendu, jetai trois chiffons dans une valise et partis pour Paris.

Je retrouvai Hubert le soir même. Il me prit dans ses bras, fier de ma décision. Le comportement de ma famille ne m'en fut que plus cruel.

Nous fîmes un pacte : dès que j'arrivais à Rabat accompagnée par Gérard Bichaton, je devais l'appeler tous les soirs, lui m'appellerait tous les matins à midi.

Gérard Bichaton se démena. Il mit une semaine pour localiser Ahmed, une semaine pour le convaincre de nous rencontrer.

Ahmed fit le choix du lieu et ce fut Rabat. Là encore, Gérard s'occupa de nos billets d'avion. Il considérait qu'il fallait qu'Ahmed se sente sous pression.

Officiellement, nous y allions pour une semaine afin de trouver une solution pour que je puisse repartir avec mon fils. Officieusement, nous nous accordions quinze jours. Je savais que Gérard repartirait, moi je ne voulais pas y penser, trop consciente que ma vie là-bas serait un enfer, mais elle le serait également n'importe où dans le monde sans Cookye.

Toujours est-il que Gérard réserva deux chambres dans un hôtel de son choix pour une semaine, l'une pour lui, l'autre pour moi. Il eut la délicatesse de me réserver une chambre double par superstition et dans l'espoir que Yunès y dormirait. Il prit également la précaution d'avertir l'ambassade de France de notre arrivée et de sa mission. Il avait tout bétonné.

À l'époque, l'aéroport de Rabat était encore de taille modeste : nous étions en 1985. À la descente de l'avion, nous rejoignîmes le terminal à pied. Je ne sais toujours pas aujourd'hui comment, mais à environ une quinzaine de mètres de l'entrée du terminal, un petit garçon de 5 ans, en short et sandalettes, se dirigea vers les passagers en provenance de Paris.

Il avait de longs cheveux châtains bouclés qui lui tombaient sur les épaules, des yeux marron foncé et les traits de son visage étaient si fins qu'on pouvait se demander si c'était un petit garçon ou une petite fille.

Il avait un air trop sérieux pour son âge. Il arpenta dans un sens et dans l'autre le macadam en se dirigeant vers notre groupe de passagers, fit demi-tour, recommença, s'arrêta devant Gérard et moi et tout d'un coup, sans prononcer le moindre mot, s'agrippa à l'une de mes jambes sans vouloir la lâcher. Je regardai Gérard, je regardai le petit garçon, je lui demandai ce qu'il cherchait, ce qu'il voulait, disant cette phrase stupide qu'il ne comprit de toute façon pas, je fus submergée, Yunès avait reconnu sa mère.

Les deux premiers jours furent idylliques. Ahmed avait décidé qu'il fallait que la mère et l'enfant se retrouvent, qu'ils se connaissent, se reconnaissent. Il nous ficha une paix royale. Cookye et moi pataugions dans le bassin adjacent à la piscine de l'hôtel, nous nous gavions de glaces et de pâtisseries locales, nous passions beaucoup de temps dans notre chambre à nous faire des câlins. Nous avions un besoin irrépressible de nous toucher sans cesse.

Une seule fois, le deuxième jour, nous sortîmes de l'enceinte de l'hôtel, Cookye, Gérard et moi lui acheter des vêtements. Il était arrivé avec un maigre sac rempli de vide.

Yunès m'apprit une chose merveilleuse et précieuse : le langage du corps, des mains, des yeux. Il ne parlait que le rifain, un dialecte, comme son nom l'indique, des montagnes du Rif.

Moi j'avais conservé précieusement pour le jour de nos retrouvailles un peu d'arabe. Cela se révéla totalement inutile. Il ne comprenait rien à ce que je disais. Cette barrière des langues ne fit que nous donner un pouvoir inouï pour nous comprendre et nous aimer de toutes nos forces. Le silence est d'or. Tous les jours, j'exprimais ma joie auprès d'Hubert Goldet.

Le troisième jour, Ahmed réapparut. Il semblait à la fois heureux que Yunès et moi soyions littéralement accrochés l'un à l'autre, mais surpris et malgré tout quelque peu agacé, exclu. C'est le malheureux Gérard Bichaton qui en fit les frais. Le moment des tractations était venu.

Certains jours, Ahmed repartait en nous faisant la promesse que nous rentrerions en France très bientôt, le lendemain tout s'écroulait. Les démons l'avaient saisi : je devais rester au Maroc avec Yunès et redevenir l'épouse musulmane.

Très vite, Gérard m'exclut des discussions sur l'avenir de Yunès, ma présence exacerbait la colère d'Ahmed. Il passa les jours et les nuits suivants à parler avec Ahmed. Il fit preuve d'une patience et d'une diplomatie hors normes. C'était un homme d'une bonté infinie avec un cœur immense.

Les moments de répit étaient rares : la journée semblait nous mener vers une solution heureuse, la nuit Ahmed remettait tout en question en déboulant, quelque peu ivre et survolté, dans la chambre de Gérard.

Gérard ne se départit jamais de son calme, par contre il prit la précaution d'organiser, avec la sécurité de l'hôtel, la venue d'un garde du corps pour protéger l'entrée de la chambre où Yunès et moi dormions la nuit.

Ce ne fut ni Gérard ni moi qui mîmes le feu aux poudres.

À la fin de la première semaine, un samedi matin, l'oncle et la tante de Yunès, le petit frère d'Ahmed et sa femme, firent irruption dans l'hôtel.

J'appris ce jour-là que ce n'était pas le père de Yunès qui s'était occupé de lui, qui l'avait élevé, mais son frère et sa belle-sœur, Ahmed se contentant de venir voir Yunès occasionnellement chez eux.

Ils voulurent, ce fameux samedi matin, prendre part aux tractations car ils s'opposaient farouchement à ce que Yunès reparte avec nous.

Ils en arrivèrent même à me balancer à travers la gueule à la fin du week-end que Yunès était leur fils et que je l'avais abandonné.

Je n'étais plus à cela près, j'ignorai cette insulte. À l'inverse d'Ahmed qui entra dans une colère noire.

Il ne faut jamais sous-estimer le droit d'aînesse, et le petit frère d'Ahmed venait d'insulter son grand frère. Dans cette terrible bagarre entre frères, Gérard et moi prîmes un certain temps à réaliser que, sans le vouloir, ils nous avaient ouvert la porte de sortie. Ahmed les fit éjecter de l'hôtel à grand bruit et s'enferma toute la nuit dans la chambre du malheureux Gérard.

Lundi matin, Gérard me convoqua, en me conjurant de rester calme, aimable. Je confiai Yunès à une brave femme de chambre et allai les retrouver dans un petit salon de l'hôtel.

Ahmed était d'accord pour que je reparte avec Yunès, à titre d'essai pendant six mois. Les dernières 48 heures, jusqu'à ce que l'avion décolle et sorte du territoire marocain, je retins mon souffle, terrorisée par l'éventualité d'un changement de dernière minute. N'était-ce pas le rythme infernal que nous avions vécu depuis notre arrivée ?

Le matin de notre départ, j'appelai Hubert pour lui annoncer l'extraordinaire nouvelle à laquelle je ne croyais qu'à moitié. Il me demanda ce que j'avais organisé pour Yunès en cas de retour en France.

La réponse fut simple : RIEN. Rongée par une superstition stupide je m'étais dit que, si j'organisais quoi que ce soit, ça tomberait à l'eau.

J'eus le malheur de dire à Hubert que j'avais prévu quelques jours à Paris, puis Haroué, nous étions début juillet. Il me traita de folle et me lâcha : « Je m'en occupe. »

Nous arrivâmes à Paris le 10 juillet 1985. Gérard resta deux jours avec nous et repartit vers sa chère Lorraine dormir chez lui.

Mon père, avant de mourir, avait expressément mandaté Gérard Bichaton pour récupérer et faire venir Yunès, son petit-fils, en France. Gérard avait eu carte blanche pour remplir sa mission.

Hubert, de son côté, en l'espace de 48 heures, avait loué la maison de Doris Brynner à Roussillon, du 15 juillet au 1er septembre. À juste titre il pensait qu'emmener un merveilleux petit garçon quelque peu sauvage à

Haroué, avec des membres de ma famille qui ne souhaitaient pas son retour, était la pire idée du siècle.

Il avait raison. L'arrivée de Cookye à Paris, puis dans le Midi, se fit dans la joie et la bonne humeur.

Cookye n'avait jamais vu une grande ville, tant de voitures, tant de bruit, il s'accrochait à moi tel un petit singe sur le ventre de sa mère. Il ne commença à se détendre qu'une fois arrivé dans le village de Roussillon.

La maison était merveilleuse, ni trop grande, ni trop petite, ni trop luxueuse, ni trop délabrée, dotée d'un magnifique jardin provençal avec une jolie piscine au pied de nos chambres. Une vraie maison familiale où il régnait une atmosphère de vacances.

Nous passâmes les premiers quinze jours seuls, Yunès, Hubert et moi. Nous faisions de grandes balades à pied, nous emmenions Yunès visiter les grottes de Roussillon. Il fut fasciné par la terre rouge de ces grottes. Il apprit à une vitesse grand V à ne plus avoir peur de l'eau et à sauter dans la piscine avec un grand « plouf » pour nous éclabousser.

Doucement mais sûrement, il apprit quelques mots, puis quelques phrases en français.

Il regarda avec horreur, la première fois, un couteau, une fourchette, une cuillère, eh oui, le couscous et les tajines dans son monde ça se mangeait avec les doigts.

Petit à petit, il s'apprivoisa, il s'aventura partout dans la maison et sur la propriété. Il revenait avec un visage émerveillé, des fleurs voire un escargot dans les mains. La maison avait un chien qui devint son meilleur ami.

Hubert invita des amis, moi pas, je n'avais nullement envie de partager Yunès ! Je fis une seule exception pour Philippe Morillon qui vint nous retrouver pour une semaine. Il avait été, durant ces cinq années où je vécus séparée de mon fils, toujours présent et d'un grand soutien. La moindre des choses c'était que je lui fasse partager mes premières joies avec Cookye.

Un des amis d'Hubert qui habitait la région arriva en deux chevaux : Yunès tomba raide dingue de cette voiture. Nous partîmes donc faire de grandes balades entassés dans ce véhicule. Hubert fit le choix, très sage, de rester au bord de la piscine, pour lire ou bavarder avec les amis restants.

Nous, on s'entassait joyeusement dans la deux chevaux et nous partions à l'aventure. Nîmes, le pont du Gard, Carcassonne, Apt.

Nous rentrions épuisés le soir, Yunès ouvrait de grands yeux émerveillés. Souvent, il s'endormait avant la fin du dîner que nous prenions religieusement en retrait de la piscine, aux lumières des chandelles.

Pour le week-end du 15 août, Hubert suggéra que Yunès rencontre sa tante, ma cousine germaine, Isabelle Goldsmith.

C'était une amie d'Hubert, ma cousine préférée, et elle avait suivi à travers Hubert l'épopée du retour de Yunès.

Elle arriva avec une montagne de valises remplies de cadeaux pour Cookye. À l'époque, elle vivait à Londres. Elle ramena donc des vêtements pour faire de Yunès un parfait petit Lord Fauntleroy. Il les regarda à peine. Par contre il adora les jouets, principalement de petites voitures et camions.

Il jeta son dévolu sur une voiture de police anglaise électrique. Cette dernière ne tarda pas à tomber dans la piscine.

Isabelle se montra très affectueuse vis-à-vis de Yunès et Yunès l'adora. Surtout quand elle l'invitait dans sa chambre à choisir une de ses tenues pour notre dîner fort simple et qu'elle le laissait la regarder se maquiller.

Les vacances touchaient à leur fin. La dernière semaine, nous la passâmes à nouveau seuls tous les trois. J'avais une liste de choses à prévoir pour le retour à Paris qu'Hubert prenait très à cœur que je fasse.

La scolarité de Yunès, le quotidien de Yunès, il fallait également que je trouve un appartement pour ma vie de mère avec Yunès.

Ce n'était pas urgent mais je souhaitais recommencer à zéro.

Bernard Faucon, originaire d'Apt, où il passait ses vacances d'été, vint régulièrement nous rendre visite. C'était un merveilleux photographe qui savait comme personne prendre des photos et mettre en scène les jeunes garçons jusqu'à l'adolescence. Il arrivait toujours avec une petite troupe de jeunes gens, tous plus jolis les uns que les autres.

Parmi eux, il y avait Pierre qui avait été l'un de ses premiers modèles et certainement son préféré. Pierre avait, en 1985, 18 ans. Il était donc trop vieux pour être encore photographié par Bernard mais ils étaient restés très proches.

Pierre était l'heureux propriétaire de la deux chevaux et vu l'excitation et le pouvoir que ce véhicule avait sur Yunès, très vite Hubert et moi lui proposâmes de s'installer un temps dans notre maison de vacances. Cela éviterait les allers et retours inutiles et Cookye adorait sa présence. Ils jouaient ensemble, il était comme un grand frère pour Yunès.

Pierre et moi eûmes une très jolie histoire d'amour d'été qui se prolongea jusqu'à la fin de l'année 1985. Une histoire sans histoires, sans engagement, tout en légèreté. Nous restâmes amis longtemps et puis s'en va.

Nous faisions d'énormes tablées à déjeuner : Hubert, Bernard Faucon et sa bande de jeunes amis, Philippe Morillon, Cookye et moi.

À l'époque, Bernard Faucon était considéré comme un grand artiste, fort respecté. Il était célébré dans de grands musées internationaux et fut un des photographes français les plus appréciés et reconnus au Japon. Grâce au ciel, dans les années 1980, le mouvement @MeToo n'existait pas. L'art était respecté et les esprits n'étaient pas mal tournés !

Le retour à Paris s'avéra un peu chaotique. J'avais un ravissant appartement de célibataire dans le Marais, rue de Thorigny, jouxtant ce qui devint plus tard le musée Picasso. Le Marais n'était pas encore envahi de touristes. L'atmosphère qui y régnait était plutôt celle d'un village un peu branché.

L'appartement était un peu petit, ce qui ne dérangea pas et n'empêcha en rien Yunès d'y être très heureux. Pendant les six premiers mois de sa vie parisienne, cette ambiance bohème lui convint parfaitement.

Par contre, j'eus un mal de chien à le faire inscrire dans une école. L'unique et seule preuve que j'avais que Yunès était bel et bien mon fils était que je l'avais fait inscrire sur mon passeport à sa naissance à Tanger par le consulat de France. Je n'avais pas son acte de naissance, je n'avais que mon acte de divorce, fort récent au demeurant.

L'école de quartier, qui était ma première idée pour qu'il s'intègre bien, le refusa. Je n'avais pas assez de preuves qu'il était mon fils, d'après eux… J'essuyai à la queue leu leu les refus, toujours pour les mêmes raisons. Il y eut même un établissement qui exigea l'autorisation écrite du père afin de l'inscrire !

De guerre lasse, et ne sachant plus où donner de la tête, une nuit une idée de génie me frappa : le Cours Hattemer dont j'étais une ancienne élève. Le lendemain matin, j'appelai le directeur de l'école qui se trouvait rue de Londres et, miracle !, il m'accorda un rendez-vous.

Je m'y rendis sans grand espoir et, contre toute attente, ils firent un travail formidable. Ils retrouvèrent trace de mon passage chez eux. Yunès fut accepté en tant que fils d'une de leurs anciennes élèves.

Ils ne me demandèrent aucun autre justificatif. Nous étions début octobre. Le Cours Hattemer me posa une seule condition : ils ne pourraient le prendre qu'au deuxième trimestre.

Je poussai malgré tout un immense cri de joie et un « Ouf ! » de soulagement tout aussi grand.

Il fallait encore que je le mette tant bien que mal un peu à niveau avant sa rentrée officielle en janvier. Le travail était de taille, son français s'améliorait mais n'était pas du niveau d'un petit garçon de 5 ans. Ne parlons même pas de lire et écrire…

Grâce à Philippe Morillon, je trouvai une nounou d'exception, son petit ami Olivier. Le dimanche suivant, Philippe et moi organisâmes un déjeuner pour que les deux intéressés se rencontrent. Le coup de foudre fut immédiat.

Olivier cherchait un travail, pourquoi pas s'occuper d'un petit garçon ?

Olivier s'avéra être au-delà d'une perle et Yunès avait besoin de la présence d'un « grand frère ». Il s'occupait de Yunès la journée, moi je reprenais mon nouveau rôle de mère le soir.

Un autre incident désagréable me frappa sur le thème : « Retour de Cookye en France ».

Plus le temps passait, plus Cookye voulait être « comme Maman ». Un jour, il m'annonça : « Je veux être comme toi, je veux être catholique. » Il devait avoir 6 ans et le mois d'août que nous passions à Haroué, je l'emmenais à la messe le dimanche, ceci déclencha cela.

Cookye voulait être baptisé. Qu'à cela ne tienne ! De surcroît j'étais, certes, étonnée par sa demande mais secrètement ravie.

J'allai donc tout naturellement en septembre voir le curé de ma paroisse de quartier à Paris. Cette église se situait dans le 9e arrondissement.

Entre-temps, nous avions déménagé dans le 9e, appartement plus grand, mieux équipé pour une mère, son enfant, « son » nounou. L'appartement se situait rue du Conservatoire, il était également et surtout plus proche du Cours Hattemer. Je dépendais donc de l'église Saint-Eugène-Sainte-Cécile, rue du Conservatoire. À l'époque en tout cas, église intégriste. Je pris rendez-vous avec le prêtre et me présentai.

Notre entretien dura cinq minutes. Je me fis expulser manu militari, Vade Retro Satanette ! Je m'étais convertie à la religion musulmane, pire encore, mon fils l'était.

J'essuyai le même refus dans la paroisse où j'avais fait ma première communion, ma profession de foi et que sais-je encore, l'église Saint-Honoré d'Eylau. Bravo pour la charité chrétienne ! N'y a-t-il pas pourtant dans l'Évangile un passage sur les brebis égarées ?

Je trouvai, pour réaliser le souhait de Yunès, refuge auprès du curé de campagne. Il fut génial et à la hauteur. Il me demanda de passer un été à Haroué. Au mois de juillet, cours de catéchisme express pour Yunès. Au mois d'août, baptême.

Je fis une jolie fête. Laure, ma sœur, tante Mena, tante Gaby d'Arenberg, tante Bébé de Ligne y assistèrent.

Le parrain de Cookye fut Gérard Bichaton, la marraine Macha Magaloff. Yunès était vêtu tout de piqué blanc. Un ensemble que Bonpoint lui avait confectionné. Chemise à manches courtes, pantalon blanc, socquettes en fil d'Écosse blanches, chaussures blanches que Yunès détesta.

J'ai une merveilleuse photo de Yunès et de Laure dans le jardin à la française d'Haroué.

Dernier souvenir du retour de Yunès qui agaça fortement un membre de ma famille et le mot est faible ! Mon père avait laissé une lettre à Laure, en codicille de son testament : le premier mâle auquel l'une de ses deux filles donnerait naissance reprendrait le nom. Que le nom Beauvau s'éteigne après la mort de ses deux filles était une véritable souffrance pour mon père. Il n'avait pas eu de fils.

Laure me montra cette lettre, m'annonça qu'elle souhaitait exaucer les vœux de mon père et qu'elle m'accompagnerait dans les démarches afin que Yunès devienne Yunès de Beauvau.

J'étais très liée avec une avocate, Anne-Marie Vialle, auprès de qui j'exposai l'affaire et qui nous reçut, Laure et moi, dans son cabinet.

Elle prit le dossier. Nous avions trois atouts majeurs. Yunès n'avait plus eu aucun contact avec son père depuis son retour en France. Il était à moitié arabe. C'était sous Mitterrand et les gouvernements socialistes étaient toujours plus conciliants avec ce genre de dossier que les gouvernements de droite. Et surtout, avec témoins à l'appui si besoin était, Yunès avait souffert de racisme.

Déjà, à l'époque, les Français n'aimaient pas les Arabes. Moi-même j'avais essuyé quelques insultes du style : « Avec le nom que vous portez comment avez-vous osé épouser un Arabe ? »

Anne-Marie géra le dossier d'une main de maître, en deux ans. Yunès devint officiellement, vis-à-vis de la loi, Yunès de Beauvau, et son visage s'illumina. Il eut son premier passeport qu'il ne cessa de brandir, fier comme un coq, dans sa petite tête il était devenu français à part entière.

Le dossier était clos et ma sœur ne me parla plus pendant au moins deux ans.

Je serai éternellement reconnaissante au Cours Hattemer d'avoir accueilli Yunès à son arrivée à Paris. Cela ne m'empêcha pas de le retirer de cet établissement en pleine année scolaire. Il y était très malheureux. On l'avait traité de « sale petit rebeu », tout le monde s'y était mis, des enseignants aux élèves, information confirmée par Olivier, « son » nounou.

Il recommença une nouvelle vie, une nouvelle scolarité au Collège Sévigné. Nous déménageâmes place Edmond Rostand, au 65, boulevard Saint-Michel, jusqu'à ce qu'il parte en pension à sa demande. Le choix se fixa sur l'Aiglon, à Villars-sur-Ollon, après que nous avons visité ensemble ce pensionnat.

Le mal avait été fait. Il n'aimait pas Paris. Un petit garçon de 6 ans est marqué à vie par les insultes racistes de ces cons d'adultes.

La scolarité de Yunès avançait cahin-caha. Certes, il était beaucoup plus heureux au Collège Sévigné, il se fit des amis, il fut même pendant un temps le chouchou de la maîtresse de sa classe. Ce n'est pas qu'il n'aimait pas l'école, il était tout simplement mauvais élève, il n'aimait pas étudier, il préférait rêver et faire des bêtises avec ses copains. Au-delà de tout, il aimait être avec moi et mes amis. Il préférait la compagnie des adultes à celle des enfants de son âge. Avec moi comme mère, il était servi !

J'inventai malgré tout une « carotte magique » : s'il travaillait bien il y avait un beau voyage à la clef. Inconsciemment, j'appliquais une des phrases préférées de mon père : « On n'apprend pas tout de la vie sur les bancs de l'école. »

Nous fîmes donc de beaux voyages. À l'âge de 7 ans, je l'emmenai au Kenya et en Tanzanie faire un safari-photo. Le voyage démarra sur des chapeaux de roues. Dans notre « lodge », quand je voulus faire couler mon bain, un énorme crapaud-buffle s'était installé dans la baignoire. J'aspergeai la salle de bains et la baignoire de Baygon que j'avais pris la précaution de mettre dans ma valise. À défaut d'arriver à bout du crapaud, Cookye et moi fûmes changés de « lodge » car je nous avais joyeusement asphyxiés avec le produit.

En dehors des animaux sauvages qu'il regardait avec passion et bombardait de photos, ce furent les Masaïs qu'il aima le plus. Il aurait donné tout l'or du monde pour qu'on habite avec eux.

Pour ses 10 ans, je l'emmenai à New York en Concorde. Air France faisait une promotion sur le

Paris-New York. Un enfant en dessous de 10 ans ne payait pas sa place. Il adora le vol tout en se conduisant comme un horrible enfant gâté. Il refusa le caviar auquel chaque passager avait droit pour réclamer du foie gras... je l'aurais tué, j'adore le caviar !

Nous passâmes dix jours à New York dont les deux premiers furent consacrés à monter et descendre les avenues de la ville en Yellow Cab. La seule chose qui fascinait Yunès, c'étaient les nids-de-poule... Je mis un holà à cette passion pour le moins saugrenue et lui fis découvrir la ville, ses monuments, ses musées et ses immeubles.

Il regretta malgré tout les nids-de-poule.

Au bout de dix jours, nous partîmes pour La Nouvelle-Orléans, invités chez un grand ami à moi, Mario Villa. Il était d'origine paraguayenne et s'était installé aux États-Unis dix ans plus tôt.

C'était un architecte et un créateur de mobilier en bronze de génie. Il nous fit découvrir La Nouvelle-Orléans, non pas comme des touristes mais comme des habitants. Il avait des amis merveilleux, des artistes en tous genres : peintres, musiciens, dessinateurs, tous des locaux.

Nous déambulions dans les rues de la ville en nous arrêtant chez les uns, chez les autres. Il nous emmenait dans des propriétés coloniales, des demeures de planteurs toutes plus splendides les unes que les autres. La majorité avait appartenu à de gros propriétaires de l'époque des exploitations de coton. Certains de ces domaines étaient encore aux mains des descendants. Mais ce que Cookye préféra de loin, c'était que l'on traîne nos basques dans le Quartier français avec tous ses cafés, ses bars, où le soir on y jouait du jazz.

Je découvris une boisson redoutable : le Hurricane, un mélange de rhum et de Coca-Cola. Cela se terminait avec trois quarts de rhum, un quart de Coca-Cola, tout cela servi dans des gobelets en carton dont la taille augmentait au même rythme que le rhum. Nous dansions comme des fous, d'un bar à l'autre, un verre en carton à la main, au son du jazz et des éclats de rire de Yunès.

Mario un soir eut une idée qui, à peine exprimée, fut exécutée : pourquoi n'irions-nous pas quelques jours à Cancún ?

Le surlendemain, nous voilà partis pour le Mexique. Cookye ne tenait plus en place. Jamais il n'avait vu de plage de sable aussi fin et blanc, le tout, malheureusement, déjà un peu gâché par des barres entières d'hôtels.

Mais nous avions les yeux rivés sur la mer, tout aussi belle que les plages, bleu turquoise le jour, bleu indigo la nuit.

Au bout de cinq jours, il fut temps de rentrer, Mario avait du travail, moi je pensais naïvement que nous retournerions à Paris. Cookye avait malgré tout l'école qui l'attendait. Eh bien, elle attendrait encore !

Yunès était tellement heureux et épanoui que je me suis dit qu'un peu d'anglais ne lui ferait pas de mal. Nous restâmes à La Nouvelle-Orléans six mois de plus.

Le retour fut compliqué : Cookye ne cessait de pleurer, il aurait aimé que l'on s'y installe. Un courrier alarmant m'attendait à Paris, en fait, deux.

Un du Collège Sévigné m'indiquant qu'ils avaient été dans l'obligation de prévenir le service du ministère de l'Éducation nationale que j'avais, sans prévenir, déscolarisé Yunès. L'autre du ministère de l'Éducation nationale me demandant des explications quant à cette déscolarisation. L'école est obligatoire en France.

En gros, et dans le non-dit, il était clair que, d'une part, j'étais une mauvaise mère, et que d'autre part, je devenais une hors-la-loi. Je tombai des nues, principalement parce que j'étais traitée de mauvaise mère.

Ce qui me sauva, ce fut un courrier que Mario m'obtint de la petite école française confirmant que Yunès avait été scolarisé pendant six mois à La Nouvelle-Orléans.

Mais le message était limpide : il fallait que je me tienne à carreaux, que je respecte les vacances scolaires en France, Yunès étant français et scolarisé à Paris. Moi qui avais en horreur les règles !

Cookye termina donc sa scolarité en France, l'hiver au fond de la classe, auprès des radiateurs où il s'endormait joyeusement. Le printemps et l'automne, toujours au fond de la classe où il rêvassait en regardant par la fenêtre.

Cela ne nous empêcha pas de partir skier à Noël et en février, de lui faire découvrir l'Italie à califourchon derrière moi sur ma Harley Davidson, ainsi que la Bretagne.

Je l'emmenais au Portugal sur les traces de mon enfance : Lisbonne, Estoril, Cascaïs. Nous passions une partie du mois de juillet à Haroué auquel il commençait à s'attacher. Par contre, il aimait beaucoup moins le fait qu'un jeune étudiant nous y accompagnait pour l'aider à faire ses devoirs de vacances et tenter de lui faire rattraper le retard scolaire qu'il avait accumulé pendant son année d'école.

Vers ses 8 ans, je l'envoyai pour quinze jours dans ce qu'on appelle un « Summer Camp ». Ce fut un désastre, il était situé dans la campagne d'Oxford. Le matin il était supposé étudier l'anglais, l'après-midi il apprenait à faire du cheval. Le cheval se passa fort bien, pour l'anglais, il fit trois pas en arrière. Dans la famille chez qui il était, le père était certes anglais, mais Cookye découvrit très vite que la mère était d'origine française. Donc Cookye passa quinze jours à parler français.

L'année suivante, il avait conservé des souvenirs merveilleux d'Amérique, il partit pour trois semaines dans un Summer Camp en Caroline du Nord : bingo, il adora !

J'allais lui rendre visite et j'avoue que moi-même j'aurais adoré redevenir une enfant. Il y alla trois années consécutives et son dernier Summer Camp fut au Canada.

De ces expériences il revint totalement bilingue et, à défaut d'aimer les études, il adorait le sport. Bien vite je me rendis compte qu'il préférait parler l'anglais plutôt que le français !

Nous étions heureux, il semblerait que j'aie un certain talent à conjuguer une vie de patachon, à laquelle je faisais participer Yunès, avec une vie disciplinée quand l'ordre était de rigueur. Cookye trouvait même que j'étais une mère stricte et sévère. Il n'avait pas tort. Quand on est bien élevé, tous les écarts sont mieux perçus, j'étais dans la position idéale pour le savoir.

Un soir, au début de l'année 1986, je reçus un coup de fil de la mère de Jacques de Bascher, Armelle de Bascher. Elle me dit avec les mots les plus simples que Jacques était hospitalisé à l'hôpital Bichat et qu'il me réclamait. Il avait le sida. Encore aujourd'hui, je suis horrifiée de ma première réaction. Je lui répondis que j'avais besoin de réfléchir et que je la rappellerais.

Inutile de dire qu'à peine avais-je raccroché avec la mère de Jacques, je passai une nuit blanche à prendre des rails de cocaïne et à me traiter de monstre. Grâce au ciel, le lendemain matin, les téléphones étant plus intelligents que je ne le pensais, je rappelai Armelle. Son numéro s'était enregistré dans mon téléphone.

Je ne m'excusai pas pour mon attitude, je lui demandai tout simplement quand est-ce que je pouvais rendre visite à Jacques. « Dès que vous le pouvez, Jacques vous réclame. Ce serait une merveilleuse surprise pour lui et il en a besoin. » Je m'y rendis l'après-midi même.

Il s'était fait tout beau, malgré les perfusions qui occupaient une grande place dans ses bras. Il avait réussi à se mettre une jolie chemise, à se parfumer et à se coiffer.

Cela ne m'empêcha pas d'avoir le plus grand mal à cacher mon émotion : il était méconnaissable. Ce n'était pourtant que le début de la maladie. Il avait perdu en un temps record au moins 20 kilos, il était tout creusé, tout émacié. Seuls ses yeux brillaient d'une rage de vivre que je lui connaissais si bien.

Sa voix était faible, proche d'un murmure où jaillissait, au fil de notre conversation, une immense colère mais aucun regret.

Il me dit tout. À 18 heures, on me ficha à la porte, je promis de revenir dès le lendemain. Je rentrai chez moi, sachant que ma vie venait de basculer. Il fallait que je trouve les mots justes pour l'expliquer à Cookye.

Cookye fut d'une maturité inouïe. Il me posa des questions sur le sida, je lui dis la vérité. Avec ses mots d'enfant, il m'encouragea à aider Jacques, à être à ses côtés : « Ne t'inquiète pas, Maman, je sais que tu m'aimes, fais ce que tu as à faire. » Je lui avais parlé de Jacques, de Jacques et moi. Cela lui paraissait donc normal. Les âmes des enfants sont si pures.

Pour la première fois de mon existence, ma vie était rythmée comme un métronome. Le matin, à l'aide d'un rail, je me levais tôt, prenais un semblant de petit déjeuner, Yunès venant me rejoindre sur mon lit avant que la Nanny ne l'emmène à l'école.

J'allais le chercher à l'école et nous déjeunions soit au McDo, dernier amour en date de Cookye, soit à la maison. La Nanny le ramenait au Collège Sévigné pour ses cours de l'après-midi.

Moi, je filais à l'hôpital Bichat où, plus d'une fois, le règlement étant le règlement, on me faisait bêtement poireauter jusqu'à l'heure dite des visites autorisées. Pourquoi faire attendre un visiteur ? Plus grave encore, un malade dont la seule issue était la mort ? Cela me mettait dans une rage folle. Tant de stupidité !

Il y eut de bons jours et de très mauvais jours.

Deux faits me frappèrent. Le premier : quand les infirmiers et les infirmières prirent conscience que je venais quotidiennement, ils voulurent m'obliger à porter masques, gants en caoutchouc et ce que j'appelle bonnet de douche en plastique pour ne pas être contaminée. Mais je m'en foutais, moi, d'être contaminée ! J'étais là pour Jacques ! Scandalisés par mon refus, ils m'obligèrent à passer par l'administration, à signer une montagne de paperasserie qui se résumait en une seule phrase : ils se dégageaient de toute responsabilité de ma personne en cas de contamination. Je signais et signais et signais des papiers que je ne me donnais même pas la peine de lire, et bien sûr, je n'ai jamais rien attrapé, même pas un malheureux rhume.

Le deuxième était bien plus grave, cela concernait Jacques. Plus le temps passait, plus il s'affaiblissait.

À sa demande, Karl avait œuvré pour qu'un kiné accepte de lui rendre visite, le masse, lui prévoit quelques exercices pour faire circuler le sang, et marcher aussi, ce qui devenait de plus en plus compliqué. Parfois, il n'en avait pas la force.

Ce jour-là, j'arrivai à 16 heures à l'hôpital, comme il me l'avait demandé. Il avait une surprise pour moi.

Je parcourus les dédales de couloirs pour arriver à 16 heures pétantes à la porte de sa chambre. Jacques m'attendait, de nouveau vêtu d'une chemise et d'un bas de pyjama, assis au bord de son lit en se tenant des deux mains aux rebords en métal. Je voyais que l'effort était extrême mais son excitation prit le dessus sur mon inquiétude.

Il me dit : « J'ai quelque chose à te montrer. » Il sonna l'infirmière qui le prit d'un côté, il me demanda de l'aide pour s'appuyer sur moi de l'autre. Il m'annonça qu'il avait fait des progrès grâce au kiné, qu'il pouvait marcher dans le couloir adjacent à sa chambre, et nous voilà partis.

Effectivement, compte tenu de sa situation, il avait fait d'énormes progrès, en passant devant le bureau des infirmières il interpella l'infirmière en chef, fier de lui faire voir ses exploits. Elles étaient trois dans le bureau, aucune ne leva la tête et l'infirmière qu'il avait appelée jeta : « Je suis trop occupée. »

Certes, la tension était omniprésente dans ce service où le sida était encore une maladie qui faisait peur. Mais quand je vis le petit visage de Jacques s'effondrer de tristesse devant cette indifférence, je fus submergée de colère. Tous ses efforts s'écroulaient en même temps que lui et, malgré le fait que l'infirmière et moi le soutenions, il s'effondra par terre.

Nous le raccompagnâmes dans sa chambre. Je tentai de le masser, de lui faire la conversation. Il me pria de le laisser seul. Son mutisme dura une semaine, son moral était en dessous de zéro, et par réaction sa santé, déjà précaire, se détériora.

Il y eut, bien sûr, des moments de grandes joies, des rémissions. Lors d'un de ces fameux moments, Jacques souhaita rentrer chez lui. Karl ainsi qu'Armelle en parlèrent au chef de service. C'était indispensable pour son moral.

Ils finirent par obtenir l'autorisation. Au préalable, Karl, Armelle et moi avions discuté de quel week-end il s'agirait. Quelqu'un devait rester en permanence auprès de Jacques, et cette personne ce serait moi.

Nous optâmes donc pour le week-end de l'Ascension en plein mois de mai. Cookye était invité dans le Midi chez son meilleur ami Matthieu, cela ne me posait donc aucun problème.

Jacques rayonnait de bonheur, son moral était remonté au zénith. Nous fîmes le voyage de l'hôpital à chez lui, rue de Rivoli, en ambulance. Deux infirmiers nous accompagnaient et m'aidèrent à installer Jacques chez lui ainsi que ses bonbonnes d'oxygène que j'avais appris à lui brancher si besoin était. Le virus avait élu domicile dans ses poumons.

Karl lui avait pris un appartement donnant sur les jardins des Tuileries avec un large balcon. Jacques et moi pouvions nous y installer pour profiter du soleil.

Les deux premiers jours se passèrent à merveille, je lui faisais la lecture, nous écoutions de la musique, il dormait beaucoup, nous nous parlions peu.

Il jouissait de chaque instant de liberté. Le troisième jour commença difficilement en raison de ses problèmes respiratoires, je commençai donc à lui brancher son oxygène. Cela fonctionna un temps mais sa respiration était hoquetante et je commençais à m'inquiéter.

J'appelai donc l'hôpital pour qu'on me passe le service des maladies infectieuses. Je demandai à parler au médecin, mais tombai sur un disque me demandant de rappeler le lundi. Je rappelai l'hôpital qui me dit très aimablement qu'ils ne pouvaient rien faire, le médecin avait pris son week-end, que je rappelle ou que je ramène Jacques lundi, jour de son retour prévu.

Jacques pendant ce temps s'étouffait.

Dans la panique qui me gagna je me souvins qu'Hubert Goldet, eh oui… toujours lui… m'avait dit de l'appeler, il était à Paris, si j'avais le moindre problème. Je lui expliquai le plus précisément possible la situation.

Il me dit de raccrocher immédiatement et qu'il me rappellerait dans les cinq minutes. Ce n'est pas lui qui me rappela, c'est Jacques Leibowitch, grand chercheur qui en plus avait fait partie de l'équipe de scientifiques sur l'identification du virus du sida. Son laboratoire et son équipe étaient à l'hôpital Raymond Poincaré de Garches.

Il me demanda au téléphone l'adresse exacte de Jacques, me prodigua des consignes à appliquer et me dit qu'il serait là dans les dix minutes et qu'il envoyait tout de suite les pompiers.

Pour faire une longue histoire courte, les pompiers arrivèrent au bout de trois minutes, juste au moment où je sentais que Jacques était en train de rendre l'âme.

Jacques Leibowitch les suivait de très près. Je montai dans l'ambulance des pompiers avec Jacques. Jacques Leibowitch appela Hubert pour lui confirmer qu'il prenait la situation en main et moi je prévins immédiatement Karl.

Nous partîmes toutes sirènes hurlantes pour l'hôpital de Garches, le même que celui des grands blessés de la route et, surtout en ce qui me concernait, rejoindre Jacques Leibowitch et son équipe.

Hubert Goldet me prouva pour la énième fois qu'il était mon ange gardien et Jacques Leibowitch offrit à Jacques de Bascher quelques années supplémentaires.

Nous ne remîmes jamais les pieds à l'hôpital Bichat. Une fois Jacques installé et pris en main par les médecins du service sidéen, je rappelai Karl qui était déjà en route pour revenir à Paris.

L'année suivante, nous refîmes encore deux tentatives de sorties en période de rémission. Toutes deux au Mée, maison de campagne que Karl avait achetée près de Fontainebleau, à Melun pour être précis, afin de ne jamais être trop éloigné de Jacques et dans l'espoir que ce dernier pourrait s'y installer un jour.

Le premier week-end de sortie avait un but précis. Yunès souhaitait rencontrer Jacques et inversement. Je fus maudite par des personnes bien-pensantes et peureuses pour avoir fait passer un week-end à mon fils avec un damné. Je n'écoutai personne, résultat, le week-end se passa à merveille. Cookye voulait mettre un visage sur la personne dont je m'occupais tant. Le connaître le rassura énormément. De surcroit, Yunès s'entendait à merveille avec Karl.

Dès ce moment-là Cookye, Karl et moi passions quasiment tous les week-ends au Mée. Il arriva même que Yunès et Karl le passent seuls ensemble quand Armelle, Anne ou Élisabeth, les sœurs de Jacques, ne pouvaient pas être auprès de lui et que j'étais de service.

La deuxième sortie en rémission de Jacques, toujours au Mée, se passa moins bien. Autant l'idée d'être coincé à Garches le démoralisait, autant de ne pas y être le paniquait. Nous écourtâmes donc le week-end. Il demanda et refusa d'en ressortir malgré les efforts de Karl, même quand il avait de courts instants de rémission. Il se sentait en sécurité à Garches et au plus profond de lui, il en avait marre de lutter.

Les souffrances de Jacques prirent fin le 3 septembre 1989. Il mourut dans les bras de Karl et moi, à sa demande.

Karl organisa une très belle messe d'enterrement dans la petite église du Mée. L'église était habillée de fleurs blanches. Pas de cercueil, Jacques souhaitait être incinéré. Les cendres furent partagées en deux. Une urne pour Armelle, une urne pour Karl. La messe était chantée. Seuls y assistaient Armelle et les sœurs de Jacques, Karl et moi, quelques intimes de Karl et Jacques. La date de l'enterrement n'était pas divulguée. Karl et moi restâmes très proches. L'année qui suivit la mort de Jacques, on ne pouvait pas se passer l'un de l'autre, nous avions le sentiment de maintenir Jacques en vie, jusqu'au moment où nous nous rendîmes compte que ce n'était qu'illusion. Pour Karl, j'étais le miroir de Jacques et inversement, je regardais Karl et invariablement, l'espace d'un éclair, je voyais Jacques. L'intensité de notre amitié étant fondée sur la mort, il fallait qu'on retrouve nos esprits. Je ne suis pas convaincue de cette décision, mais il valait mieux qu'on prenne de la distance en s'aimant que d'entretenir une relation macabre. Depuis ce jour, chaque fois que Karl et moi nous nous voyions, nous tombions dans les bras l'un de l'autre sans jamais évoquer Jacques mais le cours de nos vies respectives. On s'envoyait des petits clins d'œil sous forme de courriers. Et, comme celle de Jacques, la mort de Karl me fut très douloureuse.

Pendant longtemps, Karl avait été un pilier pour Yunès et moi. Nous formions une famille et tout d'un coup, je me retrouvais seule.

Nous avions passé cinq années de vie quasi commune avec Karl, à passer mes après-midi avec Jacques, à repartir avec Karl qui venait immanquablement tous les jours voir Jacques, le distraire en lui racontant ses journées, lui apporter amour et chaleur. Moi j'offrais mon sourire et ma rage de vivre. J'allais dire bonjour et passer un moment (quand Jacques dormait) avec chaque malade du sida. À apprendre auprès du médecin chef et des infirmiers et infirmières – des êtres d'exception – à s'oublier soi-même et à se donner à ceux qui ont besoin de vous, à apprivoiser la mort pour qu'ils n'aient plus peur. Les cinq années ont été, et le seront toujours, mes cinq années de vie les plus heureuses.

Il ne faut surtout pas croire que ces cinq années n'étaient qu'allers et retours dans les hôpitaux et tristesse. Bien au contraire, il y eut de grands moments de plaisir, de distractions et d'amusements que Karl et moi faisions partager à Jacques en les lui racontant dans les moindres détails. Jacques était exigeant, il voulait tout savoir, c'était sa façon à lui de les vivre avec nous et d'oublier sa maladie.

Karl et moi prîmes l'habitude, à peine nous étions-nous quittés, de nous écrire des lettres. Karl y joignait souvent de merveilleux croquis dessinés de sa main. Certains se référaient aux collections en cours sur lesquelles il travaillait, d'autres, dessinés sur le vif, mettaient en images la vie que nous partagions : moi, endormie dans la Bentley, accoudée à une table au Flore, essayant une robe Chanel, une fourrure Fendi, il y avait même des dessins de mes expressions diverses et variées quand il venait nous retrouver Jacques et moi à Garches.

Souvent, avant ou après que je n'aille à Garches, Karl avait mis à ma disposition une voiture avec chauffeur du matin au soir. Nous allions faire des razzias de livres à La Hune, librairie qui à l'époque se situait boulevard Saint-Germain, à l'angle de la rue Saint-Benoît, à l'emplacement exact où se trouve la boutique Louis Vuitton aujourd'hui. Une librairie est peut-être le seul endroit où Karl n'est pas un homme pressé !

Nous prenions le temps de parcourir chaque rayonnage de livres, en s'arrêtant plus longuement au rayon littérature, art, architecture, dessins, photos. En fait, tout intéressait Karl, éveillait sa curiosité.

Nous en ressortions avec une montagne de livres pour l'immédiat. Le reste, il le faisait livrer chez lui en 4 ou 5 exemplaires pour ses diverses demeures et cadeaux pour les amis. Cela ne s'arrêtait pas là.

Nous traversions la Rive droite direction Galignani, rue de Rivoli. Bertrand, le vendeur n° 1 chez Galignani, nous attendait de pied ferme. Il avait préparé une première sélection pour Karl. Cela n'empêchait pas Karl de fureter partout à la recherche du « trésor ».

Nous allions aussi faire du shopping. À l'époque, Karl s'était épris des créateurs japonais, Comme des Garçons, Yohji Yamamoto, en particulier.

Il prenait des chemises pour lui et en sélectionnait pour moi, toujours des chemises pour homme.

Un jour il décréta que je devais avoir des chemises faites sur mesure. Nous voilà donc partis chez Hilditch & Key : douze blanches toutes à cols différents, à boutons de manchettes et couronne fermée brodée. Douze de couleur, choisies par ses soins, à col haut et poignets boutonnés. Il aimait que je les porte avec de larges cravates qu'il avait trouvées chez l'un de ses créateurs favoris japonais, accessoirisées d'une épingle à cravate. Il m'avait donné la collection d'épingles à cravate de Jacques, j'avais l'embarras du choix !

Régulièrement, il me faisait passer par la boutique Chanel rue Cambon pour que j'y fasse mon choix. Il aimait que je sois habillée en Chanel et la façon dont je mélangeais vestes, jupes, pantalons ou manteaux l'amusait follement.

Je ne mettais jamais le total look. Puis il m'accompagnait à la boutique Karl Lagerfeld qui se trouvait rue du Faubourg Saint-Honoré à l'angle de la rue Boissy d'Anglas. Aujourd'hui, vous y trouvez une boutique Cartier. Là, il faisait lui-même la sélection et j'essayais. Je jouais au mannequin. Moment surréaliste pour moi, lui qui était entouré pour ses défilés par les plus beaux mannequins du monde.

Il n'oubliait pas Cookye. Certains mercredis, il me demandait de passer prendre Yunès à la sortie de l'école pour le retrouver rue de l'Université où nous déjeunions. Puis direction Bonpoint, où il apprit à Yunès à aimer les petits costumes existants ou qu'il faisait faire pour lui.

Le point d'orgue de ces mercredis après-midi était le Nain Bleu, encore un lieu qui a disparu aujourd'hui. Ce dernier se trouvait 406 rue Saint-Honoré. Le Nain Bleu s'étalait sur trois étages et là, Karl et moi cessions d'exister et attendions patiemment que Yunès fasse son choix. Souvent, il croulait sous la sélection et les malheureuses vendeuses trottinaient derrière, lui rayonnait. J'étais loin d'être ravie par ce trop-plein mais je me faisais régulièrement avoir par la joie qui explosait sur le visage de Cookye. De surcroît, j'avais Karl qui m'engueulait d'un sec : « C'est l'après-midi de Yunès. »

Nous avions également nos escapades, toutes liées au travail de Karl ou à ses maisons. Il m'emmenait souvent avec lui. Il est vrai que nous avions inconsciemment besoin d'un break, chose à l'époque que nous n'aurions jamais admis.

Nous allions souvent à La Vigie, maison qui se situait à Roquebrune et qu'il louait à la principauté de Monaco. Il y faisait des travaux pharaoniques avec l'aide de Patrick Hourcade.

La maison était vaste et surplombait la mer, entourée d'un très joli jardin, un parc qui tombait à pic sur la Méditerranée. Cette demeure était également une excuse pour courir les antiquaires spécialisés dans le XVIIIe siècle.

C'est auprès de Karl que j'ai laissé exploser mon goût hétéroclite. Il mélangeait à merveille le mobilier XVIIIe français, un peu de mobilier russe et André Dubreuil, grand artiste contemporain, pour ne citer que lui. Il aimait Starck également, et cela marchait du feu de Dieu…

Nous faisions aussi un nombre conséquent d'escapades romaines, toujours liées aux sœurs Fendi. Immanquablement j'en repartais avec un manteau, une veste ou une écharpe d'une fourrure exquise. Tout cela, bien entendu, choisi par Karl.

À chaque déplacement que Karl et moi faisions, Karl ramenait systématiquement un cadeau à Jacques pour illuminer son visage, faire pétiller un court instant son regard.

Les allers-retours express qui m'enchantèrent le plus furent à Hambourg, quand il m'emmena voir la Villa Jako située dans la banlieue de Blankenese, villa qu'il finit par acheter en mémoire de Jacques.

Jacques avait eu un coup de foudre pour cette maison et pour cause, elle était étonnante. Elle surplombait

Hambourg et, à la pointe de son parc, elle avait une vue imprenable sur l'entrée du port de Hambourg où Karl fit installer un petit salon d'extérieur où je m'asseyais la nuit des heures durant à regarder entrer et sortir ces immenses tankers illuminés par des milliers de loupiotes.

Ceux qui rentraient dans le port me fascinaient en particulier. Ces monstres qui paraissaient atteindre des centaines de mètres de long étaient dirigés vers leurs emplacements par de minuscules « Tug Boats » qui étaient maîtres de la situation. Voilà comment mon amour pour les Tug Boats m'est venu : la force du tout petit contre le géant.

Karl n'a jamais habité cette maison. Le temps qu'elle dura elle fut plutôt un mausolée en mémoire de Jacques.

Pour revenir à la Villa Jako, Karl demanda à Andrée Putman de collaborer avec lui pour les décors intérieurs. Pour la restauration de la maison, il fit appel à un conservateur très réputé en Allemagne, sa spécialité étant les villas hambourgeoises, Renate Kamps.

La Villa Jako était néo-classique. On y pénétrait par une lourde porte qui cachait bien ses secrets. Cette lourde porte nous menait directement sur un atrium. Au bout de cet atrium, Andrée Putman y fit le salon de réception, le salon de lecture-bibliothèque, pièce indispensable dans toute maison de Karl. Les chambres et salles de bains attenantes se situaient au premier étage où une coursive surplombait tout l'atrium.

À l'opposé de la porte d'entrée, il y avait une magnifique ouverture qui nous menait vers la pointe en pente, là où j'adorais m'installer en rêvassant que j'étais devenue un marin qui se perdait dans les hautes mers ou dans les dédales de containers de ces immenses tankers.

Je n'y dormis que deux fois.

Quelques années plus tard, Karl m'annonça qu'il se séparait de cette maison. Peut-être un souvenir, une nostalgie devenus trop lourds à porter.

Curieusement, malgré mes très courts séjours, je regrette encore aujourd'hui la Villa Jako. L'âme de Jacques y flottait. J'aimerais un jour y retourner. Je suis intimement convaincue que j'y retrouverais Jacques et Karl réunis.

Quand j'étais à Paris ou que Karl s'y trouvait, il me faisait livrer de merveilleux « paniers » de roses anciennes confectionnés par le fleuriste Moulié-Savart. Des paniers dans un dégradé allant du rose le plus vif, en passant par le rose thé, pour terminer par un rose si pâle qu'il en devenait presque blanc. Karl aïmait également les paniers, toujours de roses anciennes multicolores, jamais de roses jaunes, il trouvait que cela faisait concierge. Quant aux paniers de roses blanches, ils étaient exclus, cela faisait « jeunes mariés » ou « nunuche ».

Chaque livraison était accompagnée d'une missive écrite de sa main. Comment faisait-il pour qu'elle soit jointe au panier ? Mystère…

Il me racontait ses journées à l'aide de croquis. Tous les croquis que Karl m'a dessinés sont précieusement conservés dans des cartons à dessins qui me suivent à chaque déménagement que je fais.

Il me fit partager également une autre de ses passions : les bijoux anciens. Il était fin connaisseur et s'évertua avec succès à me la transmettre. Certaines artistes, certaines créatrices n'avaient pas de secrets pour lui : Jeanne Toussaint, Suzanne Belperron. La première créa de magnifiques bijoux pour Cartier, l'autre pour Boivin.

Lors de nos escapades-distractions, il m'emmenait avec lui chez les joailliers strictement spécialisés en bijoux anciens susceptibles d'avoir des créations de l'une ou de l'autre.

Il était extrêmement discret pour ses achats personnels, il ne les fit jamais devant moi, par contre il prenait beaucoup de plaisir à m'en faire essayer, et moi, cela va sans dire, j'étais ravie.

Et, tout d'un coup, du jour au lendemain, je me mis à recevoir des boîtes « magiques » livrées par son fidèle serviteur Brahim qui faisait office de chauffeur et d'homme de confiance. Elles étaient toujours accompagnées d'un petit mot invariablement laconique : « Qu'en penses-tu ? », « Ces boucles d'oreilles illuminent ton visage », « Mets une robe noire à col montant, ce collier fera le reste... » « Cette trembleuse pour cette veste (qu'il me décrivait ou dessinait) fera merveille quand tu danseras, elle dansera avec toi... »

Bref, je finis couverte de diamants que je portais, à sa grande joie, jour et nuit. Je ressemblais à un sapin de Noël tout illuminé.

Le plus beau bijou qu'il m'offrit, il me le donna à la demande de Jacques lors du dernier week-end que ce dernier passa au Mée. C'était une fleur de lys commandée par le duc de Guise, une pièce de musée, qu'il avait offerte à Jacques auparavant et Jacques voulait qu'elle me revienne.

Karl est incontestablement la personne la plus généreuse au sens noble du terme que j'aie jamais rencontrée. Il me couvrait de cadeaux autant pour se faire plaisir que pour me faire plaisir. Mais le plus beau présent furent ces cinq années passées auprès de lui à me faire partager son savoir, ses connaissances dans tous les domaines qui le passionnaient, et il y en avait tant. Son amitié et sa tendresse, ça ce sont réellement des cadeaux inestimables.

Je mis longtemps à me remettre de la disparition de Jacques. Il était clair que l'année qui suivit sa mort, Karl et moi nous étions dans le déni, nous faisions comme si de rien n'était, comme si nous allions tout naturellement le retrouver. J'étais pourtant heureuse de sa mort, nous avions exaucé ses vœux, et surtout, par-dessus tout, mis fin aux souffrances atroces qu'il vivait.

Je parlais avec lui, j'étais convaincue qu'il venait me rendre visite, en particulier chez moi, dans l'appartement que j'occupais au Boul' Mich'.

Deux incidents me firent prendre conscience de mon égoïsme.

Le premier, un jour, ou plutôt une nuit, alors que je tournais en rond, je me mis à feuilleter mes carnets d'adresses et le choc fut brutal : 80 % des personnes, des amis qui y figuraient étaient tous morts, tous disparus et tous pour la même raison, le sida.

J'allumai un feu dans la cheminée de la chambre, y jetai mes carnets d'adresses et regardai les cendres monter vers le ciel. J'avais le sentiment, à défaut de me libérer, de leur rendre leur liberté.

Le deuxième choc fut lorsque je pris conscience, par cet acte, que les amis qui me restaient s'inquiétaient pour moi. Il est vrai que j'avais des comportements étranges, mais jusqu'à ce feu dans la cheminée, je refusais de l'admettre : je parlais avec « mes morts ».

Une amie en particulier trouva la solution. Ce n'était pourtant pas une amie proche, c'était la mère d'un des meilleurs copains de mon fils, Bertrand, qui était également au Collège Sévigné.

Elle avait une moto cross Yamaha sur laquelle elle m'emmenait souvent faire un tour. J'adorais. En particulier quand nous allions sur le périphérique, je penchais mon visage sur le côté, je prenais le vent de plein fouet, ma tête se vidait et je retrouvais ma liberté.

J'avais évidemment replongé à pieds joints dans la cocaïne et le vin blanc à une vitesse vertigineuse.

Elle me proposa de prendre des cours de moto et de passer mon permis. Elle connaissait une école et elle était convaincue que je l'aimerais. Elle me proposa de m'y emmener et de me présenter aux moniteurs de l'école Zebra. Elle essuya plusieurs refus de ma part, et comme elle insistait sans relâche, je finis par accepter. Un peu à contrecœur. Je n'avais nullement l'intention d'arrêter la coke et le vin blanc et je savais que si je me lançais là-dedans, à moins d'avoir envie de me tuer et j'aimais trop la vie pour ça, adieu cocaïne et autres substances diaboliques !

La moto-école se trouvait à côté du Père-Lachaise, tous les moniteurs roulaient en Harley Davidson et les cours avaient lieu sur le circuit Carole. Il ne m'en fallut pas plus pour être enthousiaste.

Je pris malgré tout une semaine, peut-être deux, pour être certaine que c'était ce dont j'avais besoin.

Puis Catherine, la mère de Bertrand, m'y accompagna pour que je m'y inscrive.

Le principe était simple : rendez-vous tous les matins à l'école à 7h30, on partait en minibus direction Bobigny, circuit Carole. On rentrait tous les soirs à 16h30 en minibus, déposés à nouveau devant l'école de conduite Zebra.

Je décidais de faire ce stage début février, dans un froid glacial. Mais il fallait que le défi soit de taille pour que je m'accroche.

À la fin du stage de trois semaines, je décidai de le prolonger encore de trois semaines. C'était un nouvel univers, un nouveau monde, c'était ma désintoxication.

Au bout des dernières semaines, les moniteurs ne me donnèrent plus le choix : « Tu es à niveau, on t'inscrit pour passer ton permis. »

Tous savaient qu'entre les deux stages je n'avais pas hésité à aller chez Harley Davidson, boulevard Beaumarchais, voir les motos.

Au bout de la troisième visite, j'avais craqué et acheté une Harley 1340 que j'avais faite customiser : toute noire et chrome. J'avais fait changer le réservoir pour le remplacer par un modèle nommé « cercueil ». Il ressemblait vraiment à un cercueil, mes morts apparemment flottaient autour de moi.

Le guidon y est passé aussi. J'avais choisi un guidon « chopper » à longue fourche, habillé de franges de cuir qui tombaient à 20 centimètres du sol, les feux de clignotants, le phare, furent également remplacés par des modèles « fusée ». Je fis mettre une selle qu'on pourrait qualifier de « grand confort », accompagnée, juste derrière, d'un petit siège passager pour mon fils. Nous allions partir Cookye et moi à la découverte du monde en Harley Davidson...

Le tout prit trois semaines à être réalisé, pile poil pour le jour où j'aurai mon permis.

Dans ma tête il était hors de question que je le rate, la moto déjà acquise fut un facteur déterminant. Je le passai effectivement et l'obtins du premier coup.

Le jour où j'obtins mon permis, je fus adoptée. Des somptueux paniers de fleurs de Moulié-Savart et des tenues Chanel, je passai aux combinaisons de cuir ou shorts Pucci l'été – toujours avec des bottes de moto aux pieds. Cela me permettait de donner des coups de tatanes dans les portières de voitures et de bus qui me serraient de trop près. On n'aimait pas trop les femmes à moto à l'époque, de surcroît sur une moto aussi voyante et les lèvres maquillées d'un rouge pétard. Un petit bol shocking pink non homologué, vissé sur la tête, et des gants noirs à franges complétaient mes tenues.

Je devins petit à petit la mascotte des moniteurs de l'école Zebra. Ils me présentèrent à d'autres amis à eux, ils faisaient tous ou presque partie d'un club nommé le Club des Gaulois. J'y fus accueillie en tant qu'invitée. Un rituel s'instaura.

Une fois par semaine, ils débarquaient tous chez moi. La Bentley de Karl fut remplacée au pied de l'immeuble par une collection de Harley Davidson qui ne passaient pas inaperçues.

Les gens de l'immeuble eurent un peu de mal à s'adapter à mes nouveaux amis qu'ils croisaient dans l'escalier, mais ils finirent par s'y faire. Tant que je demeurais excentrique, ils acceptaient.

Il faut dire que certains débarquaient avec des animaux domestiques peu courants pour le quartier, en particulier deux motards. L'un avait une tarentule surnommée Marylin, l'autre un rat surnommé Chouchou. Même Cookye les prit au début en grippe, changement trop brutal pour un petit garçon, mais ils conquirent son cœur en l'invitant à faire un tour sur leurs motos.

La première fois qu'ils vinrent à la maison, ils comparèrent mon appartement à Versailles. Je compris très vite qu'ils n'étaient pas des habitués de mon quartier et que pour la majorité ils habitaient une chambre de bonne ou un deux pièces maximum dans les banlieues parisiennes. Je fus d'autant plus touchée de la façon dont ils me considéraient comme l'une des leurs, à un détail près, ils ne me présentèrent jamais leurs femmes ou compagnes. Mon adoption auprès d'eux atteint son apogée le jour où je compris que je pouvais laisser ma moto garée n'importe où dans Paris ou sa banlieue ; le mot d'ordre était passé : « On ne touche pas à la moto de la Princesse. » Un cadeau de grande valeur… à l'époque on volait les Harley Davidson à une vitesse éclair.

Aujourd'hui nous nous sommes perdus de vue, mais je ne les oublierai jamais.

C'étaient des êtres magnifiques, avec le cœur gros comme une maison… Ils sont venus me voir quand je suis tombée malade et que j'ai été hospitalisée. Le jour où j'ai réalisé que je n'aurais plus la force physique de tenir ma moto, je l'ai donnée à l'un deux. Ces mecs qui roulaient des mécaniques étaient capables de pleurer d'émotion. Ils m'ont sauvée d'une descente aux enfers le temps que dura notre amitié et puis je disparus.

Celui auquel j'ai donné la moto a pendant longtemps pris de mes nouvelles, toujours accompagné d'une photo de la moto que je lui avais offerte, toujours aussi rutilante.

Avec eux, j'ai appris à aider les jeunes de banlieue qui avaient plongé soit dans la drogue, soit dans des casses, ou avaient été entraînés dans des gangs. Mes copains faisaient partie d'une association des banlieues Nord et ils s'y rendaient une fois par semaine pour s'occuper des jeunes paumés. Ça donne à réfléchir… En tout cas qu'ils prennent le temps, eux qui pourtant n'avaient pas grand-chose, qu'ils l'offrent aux autres… Cela force l'admiration…

Je disais que nous allions partir à la découverte du monde Cookye et moi en Harley Davidson. Nous fîmes de merveilleux voyages, mais ces derniers ne dépassèrent pas les frontières de l'Europe.

La première destination fut l'Italie, Cookye installé sur le siège passager derrière moi. Nous partîmes de Paris à deux motos, mon compagnon de route, Ronald Najjar, avec sa grosse Honda Gold Wing, Cookye et moi. Nous fîmes plusieurs arrêts : Saint-Rémy-de-Provence, Cannes, pour finalement arriver à la frontière de Vintimille, direction Gênes.

Notre destination finale : la Toscane, que nous parcourûmes sous toutes les coutures en prenant notre temps, beaucoup de temps. À chaque arrêt dans un village, nous évitions les grandes villes en dehors de Florence, Yunès se déclarait gardien de ma moto.

Il prit son rôle très au sérieux, notre arrivée provoquait un petit attroupement et pour Cookye un succès garanti.

Mais je compris deux choses. D'abord, il fallait que j'abandonne mon rouge à lèvres rouge pétard, car je finissais avec les lèvres noires habillées de moucherons. Cela provoquait les éclats de rire de Ronald et de Cookye, pour ma part une désolation absolue.

La deuxième conséquence de ce premier voyage me fit réaliser qu'à mon retour à Paris je devais prendre d'urgence des cours de mécano : ma moto déboulonnait, en particulier quand je poussais la vitesse sur les autoroutes. Résultat des courses : le guidon, les repose-pieds, les roues se mettaient à trembler dangereusement. Il fallait que je les resserre d'urgence autrement j'allais finir dans le décor.

Arrivée à Paris, je demandai à mes copains Gaulois s'ils connaissaient un garagiste auquel je pourrais m'adresser. L'un deux m'accompagna dans un petit garage qui ne payait pas de mine, derrière le boulevard Richard-Lenoir. Par contre, le mécanicien était un génie doté de doigts en or. Au bout de trois mois non seulement ma Harley n'avait plus de secrets pour moi, mais en plus je savais entièrement la démonter et la remonter. J'avais les mains dans le cambouis et j'adorais ça. Tous mes autres voyages ont été incroyablement facilités par mon garagiste. En retour, je lui prêtais ma moto qu'il me rendait toujours nickel-chrome. Elle brillait tellement que même dans la nuit on ne pouvait pas la rater !

Nous avions déménagé place Edmond Rostand, au 65 boulevard Saint-Michel. Ce choix n'était pas un hasard. Je voulais que notre appartement ait vue sur cette place. Seule place à l'époque où la fontaine ne cessait de fonctionner. L'hiver l'eau y gelait et la nuit elle était éclairée de spots rouges, bleus, blancs, et cela en faisait la seule pièce d'eau dans Paris dont l'eau ne cessait de couler, rendant le décor psychédélique.

Deux ans après la mort de Jacques, je continuais à ressembler à un sapin de Noël. Je ne sortais jamais, même pour aller au marché du coin, sans un certain nombre de bijoux que Karl m'avait donnés ou que Jacques m'avait légués ou transmis.

Des amis sages m'avaient mise en garde : « Diane, tu vas finir par attirer l'attention de personnes mal intentionnées. » Je fis la sourde oreille. Ces bijoux à mes yeux étaient mes grigris, les boucliers de mes jours heureux. Si je ne les portais pas, je trahissais la mémoire de Jacques et l'amitié de Karl.

Un jour, tristement, la vie donna raison à mes amis. Je me préparais avec nonchalance pour me rendre au défilé de haute couture Chanel automne/hiver. J'étais tranquillement dans ma salle de bains quand on sonna à la porte d'entrée. Convaincue que c'était le livreur de Moulié-Savart, Karl continuant à m'inonder de paniers de fleurs, je criais de la salle de bains à la nounou de Yunès de bien vouloir ouvrir la porte.

Ce n'était pas le livreur mais deux individus qui, la seconde où la porte fut ouverte, se couvrirent le visage de cagoules noires et sortirent deux flingues.

J'entendis le hurlement strident de la malheureuse jeune nounou et me précipitai hors de la salle de bains. L'un des ravisseurs braquait déjà son arme sur elle, l'autre, telle une fusée, pointa son pistolet sur moi. Ils nous bousculèrent toutes les deux dans ma chambre et, en un éclair, nous nous trouvâmes saucissonnées aux pieds en bronze de mon lit. Ils placèrent sur la bouche de la nounou un gros scotch. Moi, je fus épargnée, et pour cause : ils avaient des questions à me poser. Mon chien, un cocker roux nommé Nounours, aboyait à vous crever les tympans et essayait de les attaquer. Les questions fusaient comme une mitraillette. Où étaient mes bijoux ? Si je ne leur indiquais pas ils commenceraient par abattre mon chien afin de le faire taire. Je leur dis tout de suite que je coopérerais mais pour cela il fallait qu'ils me libèrent. Il se concertèrent et pendant ce temps j'essayai désespérément de calmer Nounours sans y parvenir. Ils finirent par me libérer, mais ils abattirent Nounours. Je pris conscience qu'ils avaient des silencieux et que leurs flingues étaient des vrais. J'avais cru au départ que c'étaient des jouets qui imitaient bien les pistolets.

Le fait qu'ils aient abattu mon chien me mit dans une rage froide, et c'était ce qu'il me fallait. Dès qu'ils me libérèrent, je les regardai dans les yeux, seule partie apparente de leurs visages, et je leur claquai à la gueule que s'ils avaient besoin de ma collaboration, je ne le ferais qu'habillée. J'étais en peignoir.

Ils me laissèrent aller dans ma salle de bains où se trouvait mes placards en me disant de laisser la porte entr'ouverte. Je m'habillai en un éclair, je connaissais par cœur le contenu des armoires. J'y pris une robe noire qui se fermait sur le devant par un zip. Cette robe noire je ne la choisis pas au hasard, j'avais autour du cou un magnifique collier en perles de diamant de Jeanne Toussaint, le bijou préféré de Karl. Grâce au col officier, je planquai le collier à même ma peau.

Je ressortis de la salle de bains et collaborai.

Ils n'étaient intéressés que par les bijoux. Je réussis à en sauvegarder deux, le fameux collier et une Cartier Pacha en or, bracelet en peau de porc, que Jacques m'avait donnée lors de ma seconde visite à Bichat. Il disait qu'elle était devenue trop lourde pour lui et en plus qu'il n'avait plus besoin d'avoir l'heure. De surcroît, le pauvre chéri avait les bras couverts de perfusions.

Il y a des anges qui vous protègent. La veille, cette montre, qui avait tant de signification pour moi, je l'avais déposée chez Cartier pour une révision complète et un changement de bracelet à l'identique.

Ces imbéciles de voyous prenaient tout leur temps alors que je leur remettais tout ce qu'ils me demandaient.

Ils avaient malgré tout menacé de faire du mal à ma nounou. Ils prirent un malin plaisir à saccager ma chambre mais le plus horrible pour moi ce fut quand ils s'attaquèrent à la chambre de Yunès qu'ils mirent sens dessus dessous. Ils finirent par trouver ses premiers petits bijoux, médailles et colliers de baptême, deux montres, une donnée par son parrain, l'autre par moi pour sa première communion. Ce geste était totalement gratuit, ces bijoux d'enfant n'avaient pas grande valeur, mais ils les empochèrent malgré tout.

Encore aujourd'hui, je ne sais pas d'où m'est venu le courage de les menacer. Je leur expliquai calmement et froidement que si la nounou n'allait pas chercher Yunès à l'école à l'heure dite, au bout de dix minutes de retard, l'école m'appellerait. Cela n'eut aucun effet sur eux, ils avaient arraché les fils du téléphone.

Je continuai malgré tout : « Au bout d'une demi-heure de retard, ils appelleraient la police. »

Tout ceci était en partie vrai. Peu de temps avant nous avions eu une visite surprise du père de Yunès qui avait mal tourné. Ils finirent donc par partir avec leur butin.

La première chose que je fis fut de libérer la nounou. La deuxième fut de prévenir la maman de Matthieu, le meilleur copain de Yunès. J'avais dévalé les escaliers pour pouvoir téléphoner de chez la concierge.

Dès que la mère de Matthieu m'assura qu'elle récupérerait Yunès et le garderait chez elle le temps qu'il fallait, j'appelai la police pour leur signaler ce qui venait de se passer chez moi.

En attendant qu'ils débarquent, je rangeai frénétiquement la chambre de Yunès avec la nounou qui avait insisté pour m'aider, moi qui pensais qu'elle allait prendre ses jambes à son cou. Non, elle fut remarquable, une sainte.

La police arriva enfin. Quand ils virent les dégâts, Nounours mort, plus ma déclaration, ils me dirent poliment que cela ne relevait pas de leur service, qu'ils allaient demander à la BRB de venir. C'était la répression du grand banditisme. Deux policiers restèrent avec moi jusqu'à leur arrivée.

La BRB prit le dossier en charge. Un commissaire arriva avec son équipe. Je dus leur répéter tout ce que j'avais dit à la police.

Les flics m'engueulèrent pour mes rangements intempestifs à cause du manque d'empreintes, je leur répondis qu'ils portaient tous les deux des gants en cuir noir d'une qualité qui m'avait surprise pour des cambrioleurs.

Ils restèrent tout l'après-midi. J'étais à bout de nerfs mais le commissaire était charmant et se montra extrêmement patient et compréhensif de mon état.

Après leur départ, je continuai à tout ranger, en commençant par prendre un très long bain, me frottant au savon à m'en écorcher la peau. J'avais subi le saccage de la chambre de mon fils comme un viol.

Je proposai à la nounou d'aller chez un ami ou une amie, j'avais besoin d'être seule et la mère de Matthieu avait accepté de garder Yunès pour la nuit, voire plus s'il le fallait, en prétextant que j'avais dû m'absenter d'urgence.

Grâce au commissaire, les Télécoms étaient venus dans l'après-midi rétablir ma ligne téléphonique. J'appelai donc Yunès et lui fis un mensonge pieux : j'avais été obligée de partir pour Haroué, qu'il ne s'inquiète pas.

Le commissaire revint le matin suivant et, au fil du temps, nous devînmes amis.

Assez rapidement, il me demanda de venir faire des identifications derrière une glace sans tain. Cela ne donna évidemment rien, ils étaient cagoulés. Je demandai à ne plus me rendre à ces convocations, il accepta. Pour le remercier je lui fis parvenir des bouteilles de mirabelle d'Haroué. Ma belle-mère avait hérité à la mort de mon père du titre et des privilèges de bouilleur de cru, titre honorifique qui ne se transmettait jamais à une femme. Ce fut une exception accordée par le conseil général à la mémoire de mon père. Nous pouvions donc continuer à produire notre propre mirabelle, alcool qui faisait la fierté de la Lorraine.

Mon commissaire faisait de la moto sur son temps libre, je l'accompagnai plusieurs fois. Sa gentillesse et ses attentions vis-à-vis de moi m'aidèrent énormément à reprendre pied.

Les commissaires-priseurs ainsi que *La Gazette Drouot* se montrèrent également très amicaux.

Dès qu'ils repéraient un bijou qui correspondait à l'un des miens, ils me prévenaient, en particulier quand une très belle fleur de lys apparut sur le marché. Cela dura cinq ans.

Au bout de deux ans, le commissaire de la BRB me prévint qu'il garderait toujours un œil ouvert mais que le dossier allait être fermé. Il était lui-même convaincu que mon cambriolage avait été commandité et que mes bijoux avaient disparu dans un pays lointain, entre les mains d'un collectionneur de bijoux anciens, ou pire avaient été démontés et les diamants vendus individuellement. La seule entité à mal se conduire fut mon assurance. J'étais couverte pour le vol et le cambriolage, mais ils me donnèrent des clopinettes, j'aurais préféré ne rien recevoir, c'était une insulte.

Nombre de mes amis me conjurèrent de déménager. J'ai toujours refusé. Je savais au fond de moi que le seul moyen que j'avais de surmonter cette aventure fort désagréable était de l'affronter, surtout pas la fuite en avant. Je balayai ce mauvais souvenir et l'amour de la vie et de ma liberté furent vainqueurs.

Le commissaire et moi-même entretînmes une amitié solide qui dura ce qu'elle devait durer.

Cette attaque à main armée me rendit, avec le temps, grand service : je n'attachai plus aucune importance aux choses matérielles, un pas de plus pour me sentir totalement libre.

Je m'étais liée d'une profonde amitié avec Anne-Marie Vialle, la même qui avait accompli un travail remarquable en tant qu'avocate pour que Yunès puisse porter mon nom officiellement, qu'il soit inscrit sur son passeport.

C'est donc tout naturellement qu'un jour de septembre 1992, elle m'appela pour m'inviter à dîner chez elle. Très précisément le 20 septembre, le jour du référendum de Maastricht.

J'acceptai avec plaisir tout en me demandant ce que j'allais bien « foutre » dans un dîner où il n'y avait que des « grosses têtes ».

Anne-Marie avait des amis passionnants qui avaient plutôt tendance à sortir des grandes écoles : HEC, ENA, Polytechnique ; les uns travaillant à la Cour des comptes, les autres dans des ministères divers et variés. Et moi dans ce groupe, fidèle à mes habitudes, j'étais bien la seule à ne rien faire, trop occupée à vivre pleinement mes expériences poussées à l'extrême.

Le dîner était à 20h30, j'arrivai avec le quart d'heure de politesse de retard. Beaucoup des amis d'Anne-Marie étaient déjà là et m'accueillirent avec plaisir et amusement, j'en connaissais la plupart.

Un retardataire pointa son nez vers 21 heures : Richard Descoing. Il connaissait bien entendu tout le monde sauf moi.

Une fois les présentations faites, il retourna vers son groupe d'amis.

Après le dîner, il vint s'asseoir à côté de moi, et me demanda tout à trac ce que je faisais là. Réponse : je suis une amie d'Anne-Marie.

Nous conversâmes un moment, et avec la même franchise qu'il m'avait demandé ce que je foutais là, il me demanda si je ne voulais pas aller boire un verre ailleurs avec lui. Je n'hésitai pas une seconde, l'homme m'intriguait. Nous partîmes donc en catimini, grimpâmes dans son Austin mini et il m'annonça qu'il m'emmenait au Queen, boîte de nuit située sur les Champs-Élysées, réputée pour sa taille (elle était énorme) et sa musique techno. On y trouvait principalement des jolis garçons et de la drogue.

L'idée m'enchanta, la soirée prenait un autre tournant.

Arrivée au Queen, je perdis Richard, dix minutes, un quart d'heure plus tard il vint me retrouver là où il m'avait plantée, juchée sur un tabouret au bar, en train de siroter une vodka tonic. Il m'invita à danser sur de la techno, tout en me glissant à l'oreille « j'ai quelque chose pour toi ». Il me tendit un petit buvard bleu, me dit de le mettre sur ma langue et en fit autant, c'était de l'ecstasy.

J'avais bien entendu connaissance de cette drogue mais n'en avais jamais pris. Mon truc, c'était la cocaïne. L'effet ne se fit pas attendre, nous rentrâmes assez rapidement, l'alcool et la musique aidant, dans une forme de transe.

Vers 2 heures du matin, quand nous quittâmes le Queen, nous en étions au moins à notre 3e buvard ! Il m'emmena dans sa garçonnière rue des Canettes.

J'en ressortis vers les 8 heures du matin la tête à l'envers. Cette drogue avait, entre autres, le pouvoir de décupler vos envies, vos besoins sexuels. Nous ne nous en étions pas privés.

Heureusement, je n'habitais pas loin. Je titubais, incapable d'atteindre mon domicile en marchant droit, tout en étant totalement grisée par cette soirée pleine d'inattendus, les uns meilleurs que les autres : j'avais succombé aux charmes multiples de Richard. Je pris la journée pour m'en remettre et une évidence s'imposa à moi : je voulais le revoir.

J'appelai donc Anne-Marie pour la remercier de la soirée, du dîner et, bien entendu, pour en savoir plus sur Richard Descoing. Je crois que nous eûmes toutes les deux un choc.

Anne-Marie m'annonça que Richard n'était pas exactement connu pour aimer les dames, il était en couple depuis un certain nombre d'années avec Guillaume Pepy. Il travaillait au ministère de l'Éducation nationale, Jack Lang en était le ministre, et Richard faisait partie de son cabinet en tant que proche collaborateur. Qu'il soit homosexuel et en couple ne me dérangeait pas du tout. Je trouvais cela plutôt cocasse.

Qu'il travaille au ministère de l'Éducation nationale me surprit davantage. Comment faisait-il pour allier travail et défonce jusqu'à des heures indues ? Mystère total ou force de la nature ?

Deux jours s'écoulèrent sans nouvelles et il me rappela. Pouvions-nous nous revoir ? On se retrouva le soir même. Notre histoire dura deux ans, entre amour intense et frayeurs, car nous poussions jusqu'à l'extrême l'expérimentation de jusqu'où pouvaient aller nos corps, nos esprits. Nous pouvions rester enfermés rue des Canettes 48 heures sans mettre pied sur terre.

J'allais l'écouter à l'Assemblée nationale quand il y avait des sessions de nuit, comme nous pouvions aller tout bêtement au cinéma à 20 heures.

Quand nous n'étions pas ensemble, Richard m'écrivait, me décrivait ses journées, m'envoyait des poèmes. Nous avions notre chanson: *Ne tirez pas sur l'ambulance* de Françoise Hardy, il faut dire que le titre était à propos.

Et puis un jour, Guillaume Pepy demanda à me voir. Richard n'allait pas bien, il était même carrément dépressif. Si moi je prenais des drogues pour m'amuser et vivre à 100000 à l'heure, Richard c'était plutôt par autodestruction.

Très courtoisement, Guillaume me dit que, de ce fait, je représentais un danger car j'encourageais ses excès. Il n'avait pas tort.

À nous deux, je crois que nous avions le record de prises d'ecstasy, Richard en particulier: 20 buvards dans la même soirée!

Il me demanda très simplement de ne plus revoir Richard si je tenais réellement à lui. Ce fut douloureux, même très douloureux, mais Guillaume avait raison. Quand on aime quelqu'un on doit s'oublier soi-même.

Guillaume pouvait sauver Richard, moi non.

Il me ramena avec beaucoup de gentillesse les affaires que j'avais laissées rue des Canettes. Je ne répondis plus aux appels, ni aux lettres de Richard. Je disparus de sa vie.

Guillaume, le temps que Richard se rétablisse, me donna régulièrement de ses nouvelles.

Aujourd'hui, Richard n'est plus. Je prie pour qu'il ait trouvé la paix avec lui-même. Et dans mon cœur, il a une place indélébile. Deux années merveilleuses avec un être d'exception.

L'année avant que je ne rencontre Richard, Anne-Marie était venue me voir dans une maison à Dinard que j'avais louée pour l'été. Elle ne s'attendait certainement pas à ce dénouement mais ne me lâcha pas d'une semelle. Merci Anne-Marie de ton amitié et de ta fidélité.

Cela faisait un an et demi que Cookye était parti à l'Aiglon en Suisse. Il y était merveilleusement heureux. Il s'y était fait des amis, la combinaison études et sport lui convenait à merveille, il avait fait d'énormes progrès, il commençait même à aimer étudier !

Il s'était surtout libéré du poids d'être un petit rebeu. Là-bas, les enfants étaient de toutes les nationalités : pas de racisme. Malgré son épanouissement il me manquait terriblement et n'était pas très doué pour me téléphoner. J'avais le sentiment que l'on me l'avait arraché pour la deuxième fois. Les règles étaient strictes. Les parents pouvaient rendre visite ou faire venir leurs enfants une fois par trimestre pour un week-end de quatre jours. Yunès préférait que j'aille le voir, occasion que je ne ratais jamais. C'était comme des « week-ends d'amoureux ».

On skiait ensemble l'hiver, nous trouvions d'autres distractions au printemps ou en automne.

Malgré cela, dès que je rentrais à Paris, je ressentais un immense vide.

Alors, tout naturellement, je me mis à voir de plus en plus de jeunes portés sur les arts, les uns en cours de prépa pour entrer chez Camondo ou aux Beaux-Arts, les autres à l'École nationale des arts décoratifs.

Ces jeunes qui avaient entre 18 et 20 ans souffraient de conflits ou tout simplement d'un manque de communication avec leurs parents. Ils se sentaient incompris, voire rejetés.

Je leur ouvris la porte de chez moi où ils venaient régulièrement après leurs cours. Je ne portais pas de jugement, j'avais l'avantage d'avoir plus ou moins l'âge de leurs mères sans l'être.

J'étais libre, ils étaient à l'aise, ils se défoulaient en ma présence, je les écoutais. Bref, un jour l'un d'eux me demanda de venir le récupérer à son école, la prépa en design et architecture rue de Seine, pour que l'on déjeune ensemble. Il voulait me présenter son meilleur copain. Je m'y rendis avec plaisir. J'adorais rencontrer la jeunesse. En échange de mon écoute, ils m'offraient leur regard des années 1990.

Son meilleur copain s'appelait Jean-Louis Deniot. Je les embarquai déjeuner à la Palette, lieu de prédilection d'une certaine jeunesse, de surcroît à quelques mètres de leur école.

L'entente avec Jean-Louis fut immédiate, à tel point que l'on ne vit pas l'heure passer. Ils durent galoper à la fin du déjeuner pour arriver à temps avant que la porte de leur école ne se ferme sur les retardataires.

Au cours du déjeuner, Jean-Louis et moi avions échangé nos numéros de téléphone. Quelques jours passèrent, il me rappela et me demanda s'il pouvait passer chez moi à la sortie de ses cours en fin d'après-midi.

Réponse : oui. Cela devint une habitude. À 19 heures il devait me quitter car il était jeune homme au pair chez les Fabius. Cela formait un triangle parfait : rue de Seine, Boul' Mich' (chez moi), Panthéon chez les Fabius.

Il s'occupait des deux jeunes fils du couple Fabius. Au bout de quelques semaines, un mois, un mois et demi, cette contrainte horaire commença à sérieusement nous agacer.

Je lui suggérai tout naturellement de quitter son job chez les Fabius et de venir s'installer chez moi. La mère Fabius fut furieuse. Elle s'y opposa. La solution fut simple à trouver. Il l'avait prévenue de son départ, eh bien je l'aiderais à déménager ses affaires en l'absence de cette dernière. Nous mîmes notre plan à exécution quelques jours plus tard. Encore aujourd'hui, je m'en souviens comme si c'était hier. Nous dévalâmes la rue Soufflot en faisant des allers et retours Panthéon-Boul' Mich', ses affaires fourrées dans des sacs-poubelle noirs. Les gens nous regardaient bizarrement, à un moment donné j'ai crié : « Basta ! Taxi ! »

On s'en foutait, on était heureux. Il avait 18 ans, j'en avais 37, à peine plus jeune que sa mère ! On n'y accorda jamais la moindre importance.

La chambre qui avait été celle de la nounou de Yunès fut transformée par Jean-Louis en atelier de travail, c'était son lieu, son domaine. Il était passionné d'architecture, de décoration.

Il faisait des maquettes si minutieuses, si parfaites qu'elles méritaient d'être exposées. Ses dessins, ses créations étaient de la même qualité. Petit à petit, c'est tout mon appartement qui devint son atelier.

Les corniches XIXe furent transformées en faux marbres peints par sa main et mon entrée, qui n'était qu'un lieu de passage, un grand espace vide, en salle à manger.

La cuisine qui ne ressemblait à rien (je n'aimais déjà pas à l'époque faire la cuisine), en lieu de convivialité où lui et ses copains adoraient traîner tout en me concoctant des plats délicieux et originaux. Un vrai décor. Il passa son examen de fin de prépa. L'objectif suivant devint Camondo. J'avais semé cette graine dans son esprit et elle poussa très vite. Il y entra l'année suivante en réussissant l'examen d'entrée haut la main. À partir de ce moment-là, il y eut un défilé permanent chez moi. À la sortie des cours de Camondo, ses copains et lui débarquaient pour poursuivre leurs créations, leurs idées qui donnaient lieu à des conversations endiablées qui s'achevaient souvent tard dans la nuit.

Toujours à l'heure le lendemain devant les portes de Camondo, boulevard Raspail.

J'étais enchantée. Ils me faisaient part de leurs idées, de leurs travaux. J'avais le sentiment d'avoir mis à leur disposition un lieu unique, expérimental.

Là encore il sortit brillamment de Camondo, diplôme en main.

Nous baignions dans le bonheur. Il m'offrait sa jeunesse, moi les expériences de ma vie. Et il apprenait très vite. Je lui présentais Andrée Putman, Henri Samuel, grand décorateur de l'époque, qui fut sa plus belle rencontre, Alexandre Pradère, spécialiste du mobilier XVIIIe, mondialement connu pour son savoir encyclopédique en matière de mobilier, particulièrement de l'ébéniste Cressent. Une érudition époustouflante et drôle à la fois.

Même les rares membres de ma famille que je voyais l'adorèrent la seconde où ils le rencontrèrent. Ma sœur Minnie et ma belle-mère, Laure de Beauvau-Craon.

Il faut dire qu'entre son talent et sa beauté, Jean-Louis était totalement irrésistible. Curieusement, notre différence d'âge passait inaperçue, nous avions réussi une symbiose parfaite.

Serge Proutchenko et Alexandre Pradère, qui étaient tous deux les piliers, les fondations de la famille que je m'étais créée, ma vraie famille, devinrent les protecteurs, les garants de notre amour.

Ils avaient loué un merveilleux château à l'année en Normandie. Nous y allions souvent avec eux les week-ends. L'été, on s'y installait. Alexandre prodiguait avec une immense générosité sa culture, ses conseils. Jean-Louis buvait ses paroles et progressait à pas de géant.

Ce que nous vivions était bien au-delà d'un conte de fées, nous étions protégés, bénis des anges et de Dieu.

Jean-Louis n'était pas beau, il était tout simplement magnifique. Il n'en était pas conscient, et cela ne faisait que rajouter à sa splendeur !

Il était grand, 1,88 mètre, une démarche élancée, des cheveux blond vénitien, avec un léger reflet roux, qu'il portait mi-longs. Une véritable tignasse. Quand on plongeait son regard dans ses yeux bleu profond, on s'y perdait comme dans un lac. Sa bouche était d'une sensualité telle que, quand il souriait, on voulait tout bouffer.

Son élégance était naturelle, un rien l'habillait. Il était étonnamment soigné pour un jeune homme de 18 ans, jamais affecté. Son allure était parfaite. Les gens se retournaient dans la rue sur son passage. Il ne semblait pas s'en rendre compte. Au cours de nos sept ans d'amour et de bonheur, une chose ne cessait de m'étonner, notre différence d'âge semblait passer aussi inaperçue que notre différence de taille. Moi j'avais le sentiment d'être lilliputienne du haut de mon mètre 65, mais l'aura du bonheur que nous projetions semblait balayer toutes les incongruités de la situation.

Pendant les deux premières années de notre vie à deux, Jean-Louis ne sut jamais que je prenais de la cocaïne. Il était hors de question que je l'entraîne sur ce terrain, que je l'abîme.

Je l'emmenai pour la première fois à New York. Pour un féru d'architecture, cela me sembla une évidence qu'il découvre cette ville.

Nous nous installâmes pendant cinq jours à l'Hôtel Pierre, lieu de prédilection de mon grand-père Antenor.

Pendant ces cinq jours, nous arpentâmes à pied la ville de long en large et en travers. Les immeubles, les musées, les magasins, mais également New York by night: les bars, restaurants, boîtes de nuit. Grâce à son regard neuf, il me fit également redécouvrir New York.

Une atmosphère, des détails auxquels je n'avais jamais prêté attention lorsque j'y vivais me sautèrent aux yeux grâce à lui.

Je pensais lui faire découvrir une ville, ce fut l'inverse qui se produisit. Lui en revint ébloui, moi avec le sentiment d'avoir été aveugle pendant quatre ans et demi. Il m'avait ouvert les yeux.

Nous allâmes au Sénégal avec Cookye. J'avais une obsession, je voulais voir la forêt de baobabs et l'île de Gorée.

Jean-Louis et Cookye me rendirent folle. Nous décidâmes tous les trois de se faire mettre des dreadlocks, et Jean-Louis attrapa des coups de soleil tellement violents sur le front qu'il avait un mal de tête permanent. Cookye, lui, n'écouta pas les conseils que je lui prodiguais concernant la nourriture. Il dut rester couché trois jours!

Les baobabs ne les impressionnèrent pas. J'eus mon petit succès à l'île de Gorée puisqu'au moment où j'annonçai au guide qui nous faisait visiter l'île qu'un de mes ancêtres, le maréchal de Beauvau, en avait été le gouverneur, les foudres me tombèrent dessus. Nous étions une famille d'assassins. Évidemment, à l'époque du maréchal de Beauvau c'était l'île aux esclaves. Cela ne m'empêcha pas de trouver que la maison du gouverneur qui tenait encore debout était magnifique, elle était du XVIIIe siècle. Elle paraissait même totalement incongrue, plantée au milieu des cases qui servaient de lieux d'habitation pour les locaux.

Au bout de quinze jours, Cookye et Jean-Louis étaient ravis de rentrer à Paris. Ils n'avaient visiblement pas la même passion et curiosité que moi pour les pays d'Afrique noire.

Nous terminâmes l'été à Haroué avant que Yunès ne reprenne ses cours à l'Aiglon, Jean-Louis à Camondo.

Yunès et Jean-Louis s'adorèrent.

Cookye avait trouvé un grand frère et Jean-Louis le lui rendait au centuple.

Jean-Louis prit possession au deuxième étage d'une tour à Haroué.

Il la transforma en atelier de travail. Il y fit des décors, il y réalisa toutes sortes de créations qui lui traversaient l'esprit. Il était toujours le premier à proposer son aide s'il y avait quoi que ce soit à faire dans la maison.

Cela tombait bien, il y avait tout le temps quelque chose à faire !

Jean-Louis fut et restera toujours mon grand amour. Encore aujourd'hui, des années plus tard, il y a entre lui et moi un sentiment indestructible. Dès que je vais à Paris, il est la première personne que je préviens et que je vois. Notre amour s'avère être éternel, quel que soit le chemin que l'un ou l'autre ait choisi de prendre.

Quand Jean-Louis réussit son diplôme à Camondo, je savais que je devais le laisser voler de ses propres ailes.

Dès notre première rencontre, j'avais pris une décision : nous avions dix-neuf ans de différence, il était hors de question que je devienne un boulet dans sa vie. J'accomplis donc au moment venu tout ce qu'il fallait faire pour qu'il poursuive son chemin.

Notre séparation fut au-delà du douloureux. Cela ne dura qu'un temps. Le temps de réaliser que dans l'absolu on ne se quitterait jamais.

Aujourd'hui, Jean-Louis Deniot est parmi les cinq plus grands architectes décorateurs du monde. Il est ma fierté, je suis son « pied à l'étrier ».

Le plus amusant, c'est que c'est moi qui lui ai présenté la personne avec laquelle il vit aujourd'hui, le jour où je savais que pour son avenir nous devions nous quitter. Cela fait aujourd'hui vingt et un ans qu'ils sont ensemble, c'est ce que j'appelle en toute modestie une réussite.

Pendant les sept ans de vie commune et de bonheur que Jean-Louis et moi vécûmes ensemble, je n'eus qu'une seule obsession, le protéger de mes démons, la cocaïne et l'alcool, j'en connaissais les plaisirs mais aussi les vices.

Jean-Louis de son côté m'apporta l'équilibre et l'amour dont j'avais tant besoin.

Cela ne nous empêcha en rien de mener une vie de patachons, sortir, rire, danser, voir des êtres merveilleux et d'autres plus douteux.

Nous vivions à plus soif chaque instant de bonheur que nous partagions jour et nuit.

Cela ne l'empêcha pas de s'inquiéter pour moi, il voyait bien que j'étais sur une pente glissante : toujours un peu plus de cocaïne, toujours un peu plus d'alcool. Je savais qu'il en souffrait. Un jour, il m'annonça tout à trac qu'il était prêt à me donner sa vie pour sauver la mienne ou partir avec moi. Grâce au Ciel, comme je l'ai dit précédemment, je choisis de lui donner son envol.

Il n'en demeure pas moins que ce fut et restera le plus bel amour de ma vie et que cet amour, nous l'entretenons encore aujourd'hui et l'entretiendrons jusqu'à notre dernier souffle et au-delà.

Très vite après notre séparation, inconsciemment, je me laissai glisser dans les enfers de l'addiction.

La cocaïne, ma foi, j'en avais fait le tour, plus aucune découverte ne m'attendait sur le sujet. J'en avais tout simplement marre. Je pris la décision audacieuse d'arrêter toute seule. Ce ne fut pas facile. Les premières semaines m'amenèrent les souffrances du manque. Je pris soin de m'isoler. Je devais vivre cela sans personne, et à force de volonté et de détermination, j'y suis arrivée.

Le jour où j'ai sniffé mon dernier rail et posé ma paille, j'ai été saisie d'une gigantesque délivrance. Je n'étais plus dépendante, je n'étais plus prisonnière, je retrouvais ma liberté. Une immense victoire.

Pour l'alcool, ce fut une autre paire de manches. Je pris conscience très rapidement que je dépendais entièrement de lui, j'étais son esclave, sentiment que je n'ai pas supporté.

Je pris une décision radicale, je ferais le grand plongeon, j'irais au fond de la piscine. Ça passerait ou ça casserait. Je ne pouvais tout simplement plus continuer à vivre dans la souffrance du besoin permanent.

J'étais arrivée au stade où la première chose que je faisais le matin était de prendre au goulot une gigantesque lampée de whisky pour retrouver le peu d'esprit qui me restait, arrêter les tremblements et nausées, et ainsi de suite pendant toute la journée jusqu'à ce que je sois assommée par l'alcool. Alors, je m'endormais artificiellement quelques heures.

Je ne mangeais plus, mon estomac ne retenait plus aucun aliment. Je maigrissais à vue d'œil et finis par arriver à 32 kilos tout habillée.

Je n'étais plus qu'un squelette alcoolique. Un élan de survie me poussa, sur les conseils de mon médecin, le docteur Raguin, à saisir la dernière solution qui lui restait : un kinésithérapeute, qui venait tous les matins me faire faire le peu d'exercices que je pouvais réaliser afin de préserver le minimum de muscles nécessaires pour pouvoir mettre, malgré tout, un pied devant l'autre.

J'attendais avec impatience, aussi invraisemblable que cela puisse paraître, l'arrivée du kiné à 8 heures du matin. Ces séances étaient le seul fil qui me retenait à la vie, j'avais même remis à mon kiné un double des clefs de mon appartement.

La malheureuse femme de chambre, qui me fut d'une fidélité exemplaire, ne parvenait plus ni à me contrôler ni à me faire réagir.

Le seul qui en avait le pouvoir c'était lui, car sa présence me ramenait pendant une demi-heure, une heure, à la vie.

Jusqu'au jour où même lui n'y parvint plus. Le 7 novembre 2001, mon corps lâcha.

Il arriva comme d'habitude à 8 heures du matin et me trouva inerte. Malgré tous ses efforts, il ne parvint pas à me faire émerger de mon inconscience.

Homme de précaution, il m'avait demandé les coordonnées de mon médecin. Dans la panique, il appela le SAMU que j'attends encore aujourd'hui... Les esprits lui revenant, il appela mon médecin, le docteur Raguin, qui lui dit : « Appelez immédiatement les pompiers, dites-leur que c'est urgent. » La seule chose dont je me souviens avec une lucidité hors norme, quand ils me mirent sur le brancard et durent descendre les deux étages à pied, le brancard ne rentrant pas dans l'ascenseur, fut le regard de ma concierge que je croisai, des larmes coulant sur son visage. Installée dans l'ambulance des pompiers, je fus prise d'un autre sursaut, mon côté théâtral sans doute, et je leur demandai qu'ils mettent le « pimpon ». Chose qu'ils firent de bonne grâce car, de toute évidence, vu mon état, c'était prévu ! Puis je sombrai à nouveau. Pour combien de temps, je ne le sus que bien plus tard.

Lorsque ce sont les pompiers qui vous récupèrent, vous êtes dirigé vers l'hôpital dont votre lieu d'habitation dépend.

En ce qui me concernait, habitant boulevard Saint-Michel dans le 5e arrondissement, c'était Cochin. Aujourd'hui encore, je l'appelle l'hôpital « Cochon », je n'arriverai jamais à dire Cochin.

Je ne sais pas combien de temps j'y suis restée. Tout ce que je sais c'est que quand je repris mes esprits, je me découvris entravée, pieds et poings liés, attachée aux barreaux de mon lit d'hôpital.

Je m'entendis dire par le médecin puis par l'infirmière quand je demandai à être libérée de mes liens que j'étais un danger pour moi-même et pour les autres.

Comment est-ce que quelqu'un qui était dans un semi-coma depuis 10 jours pouvait être un danger ?

Cela dépassait l'entendement. Je hurlai jusqu'à en perdre la voix que je voulais voir mon médecin qui me suivait depuis des années, le docteur Raguin.

Mes hurlements et ma détermination ont dû finir par leur faire peur. Quarante-huit heures plus tard, il était à mon chevet.

Un regard me suffit pour comprendre que j'étais dans un très sale état, qu'il désapprouvait le traitement qu'on était en train de me faire subir.

Même un animal, grâce au Ciel, on ne lui faisait pas subir cela.

Il eut malgré tout un mal de chien à me faire transférer dans l'hôpital où il était chef de service des maladies infectieuses, l'hôpital de la Croix Saint-Simon.

Il parvint à ses fins à deux conditions : il acceptait de signer les papiers de décharge me concernant, et il ferait venir une ambulance de son hôpital et serait présent pour mon transfert.

Je ne regrette qu'une seule chose : ne pas avoir eu la force physique de leur faire un bras d'honneur.

Une fois arrivée à l'hôpital de la Croix Saint-Simon qui se situe dans le 20e arrondissement, je fus prise en charge par les infirmières sous la bonne garde du docteur Raguin. Je fus installée dans une chambre seule avec une petite salle de bains dont je ne pus me servir pendant le premier mois, à l'étage du service des maladies infectieuses.

Les infirmières m'installèrent dans le lit et sur les ordres de mon médecin, on me plongea dans un coma artificiel pendant une semaine.

Cette semaine fut de loin ma semaine la plus tranquille.

Au lendemain de ma sortie de coma, la valse des examens commença : biopsie du foie, IRM de l'estomac, scanner du cerveau, coloscopie et j'en passe.

Après les résultats du scanner de mon cerveau on me fit une ponction lombaire, moyen le plus sûr pour savoir si mon cerveau était atteint.

J'appris plus tard que, suite aux examens que j'avais subis, le diagnostic tomba : on ne saurait que dans les dix, quinze jours à venir si je survivrais.

La lourde tâche d'en avertir ma famille, mon fils, ma mère, ma belle-mère, revint à ma sœur Minnie.

Le plus difficile, le plus pénible était évidemment de le dire à Cookye.

Elle sut trouver les mots justes et lui prodiguer l'affection dont il devait être entouré. La tâche était d'autant plus délicate qu'aucune visite n'était permise, même pour la famille proche.

Malgré le brouillard dans lequel j'étais et la confusion de mon esprit, je reste convaincue aujourd'hui d'avoir entendu le chuchotement des médecins et internes dans ma chambre qui ne donnaient pas cher de ma survie. Était-ce la réalité ou mon imaginaire ?

Toujours est-il que je vis le fameux « tunnel » : je m'enfonçais dans du coton lumineux. Je me sentais d'une légèreté extrême et des plus agréables, je n'opposais aucune résistance. Et, à un moment donné, le « tunnel » se divisa en deux chemins : l'un à droite, l'autre vers la gauche. Je me laissais flotter, ne sachant pas quelle direction prendre. Tout d'un coup, avec une douceur extrême, je sentis la main de mon père. Je ne le vis pas mais je sus que c'était lui. Il me prit par la main et me guida, je me laissai porter par lui et il me ramena vers la vie. J'ouvris les yeux. Le docteur Raguin était penché au-dessus de moi et m'observait.

Ce fut le premier regard que je vis, un regard rempli de bonté et de soulagement.

Une infirmière me fit la toilette et petit à petit le docteur se mit à me parler. Je compris que je venais de gagner la première manche, mais que la route serait longue, très longue, qu'il veillerait sur moi à chaque instant, à chaque étape que je réussirais à franchir.

J'étais bardée, bras droit, bras gauche, d'une multitude de perfusions. Au bout de trois semaines, on commença à m'en retirer quelques-unes lorsqu'un autre problème surgit : je faisais de l'ascite.

Je ressemblais à une baleine échouée sur la banquise. Ce fut le surnom que je me donnai tout au long de mon hospitalisation.

J'avais le sentiment que j'allais accoucher de centuplés, tellement mon ventre était énorme. L'ascite, c'est quand votre corps n'arrive plus à éliminer certains liquides. Cela devient donc une accumulation de liquide dans le péritoine provoquée par une cirrhose sévère.

Le seul moyen de se débarrasser de ce liquide est de vous perforer un tout petit trou dans l'estomac, puis y brancher des tubes en caoutchouc reliés à de gros bocaux en verre qui entouraient joyeusement mon lit.

Ces bocaux se remplissaient du liquide qui libère votre estomac, votre corps. Dès que ces bocaux sont remplis, on les emmène pour les remplacer par d'autres qui se remplissent et ainsi de suite. J'appelais cela la « Valse des Bocaux ».

Je trouvais ça fort désagréable malgré le fait que cela me soulageait énormément, au moins pendant un temps. Mais évidemment cela m'immobilisait totalement dans mon lit. Ce va-et-vient de bocaux vides puis remplis par mon corps me sembla durer une éternité, ce fut en réalité trois semaines.

Arriva malgré tout le jour où je n'eus plus qu'un petit bocal. Comparativement aux mastodontes que j'avais eus jusque-là, quel soulagement ! Soulagement qui ne dura pas longtemps. Vint se rajouter à mon état quelque peu piteux une jaunisse.

Cela ne fit ni la joie du docteur Raguin ni la mienne. Mais, très objectivement, par rapport à ce que je venais de traverser, c'était plus spectaculaire que très embêtant. Mon cher docteur sut très bien gérer ce nouvel intrus.

Je restai malgré tout d'une couleur jaune pisseux, y compris le fond de l'œil, un certain temps.

Ce que je vécus le plus mal c'est que je ne pouvais toujours pas me servir de ma salle de bains, et il s'avérait que j'étais d'une pudeur extrême. J'avais le plus grand mal à accepter que les infirmières me fassent ma toilette. Je voulais la faire toute seule. Le comble, c'était le bassin. Mais au bout du compte, ma volonté et ma rage de vivre prirent le dessus et je me laissai faire.

Première victoire au bout d'un mois, quand le docteur Raguin m'annonça que je pourrais aller à la douche accompagnée par une infirmière, car hors de question que je me balade toute seule avec mon goutte-à-goutte à roulettes. Mon enthousiasme fut donc de courte durée car, malheureusement, tout ceci était assez minuté, pas question de traîner dans la douche, j'étais trop faible et pouvais me casser la gueule à tout instant.

J'eus droit à mes premières visites : une tous les deux jours, puis une par jour, pas plus de quinze ou vingt minutes.

La première personne à venir me voir fut Minnie. La pauvre, elle était bien plus émue et impressionnée de mon état que moi. Elle fit tout pour me le cacher et moi j'étais si heureuse de la voir. Un pas de plus vers la vie. D'un commun accord, nous décidâmes qu'il ne fallait pas infliger à mon fils ce spectacle et, à vrai dire, j'étais encore trop faible pour faire « buona figura », ne serait-ce qu'une demi-seconde.

Puis vinrent un par un la famille que je m'étais créée : Serge Proutchenko, fidèle des plus fidèles, traversait tout Paris (il habitait dans le 6e arrondissement) pour me déposer un baiser. Alexandre Pradère m'appelait tous les deux jours pour me faire savoir qu'il était là, à mes côtés. Les conversations téléphoniques, comme les visites, étaient sporadiques. J'étais en réalité épuisée. Philippe Morillon, mon plus vieil ami, m'apportait sa chaleur, son soutien, ainsi qu'Étienne Dumont, merveilleux ami rencontré grâce à Serge et Alexandre lors d'un week-end chez eux en Normandie. Chaque visite me comblait de bonheur mais je mettais 24 heures pour m'en remettre tellement mon corps et ma tête étaient en état d'épuisement.

J'eus également des visites que je qualifierais d'étranges. Des personnes que je voyais peu en temps normal ressentaient le besoin de venir me dire « au revoir », à moi qui me battais pour la vie. Je ne leur en veux pas mais je reste perplexe devant leur motivation.

Laure, ma belle-mère, me rendit régulièrement visite en faisant très attention à ne pas me fatiguer.

Antoinette Sellières, dont le grand-père était le fondateur de la Croix Saint-Simon, me rendait visite avec amitié en même temps qu'elle s'assurait que je ne manquais de rien.

Après les résultats de mon scanner du cerveau, le docteur Raguin prit la décision de me faire une ponction tous les quinze jours-trois semaines.

Ce n'était pas un examen agréable mais du moment qu'il était totalement fiable, je me prêtais au jeu. Je ne voulais pas devenir folle.

À vrai dire, je trouvais que les premières ponctions lombaires auxquelles j'eus droit étaient fort désagréables et douloureuses. Mais quand mon médecin me faisait part des résultats de ces ponctions, j'éprouvais un immense soulagement.

Quelque part, au fond de moi, je me foutais éperdument que mon corps ait des séquelles, mais ma tête, non. C'était la seule terreur que je vivais, à tel point que quand ce cher docteur m'annonça que je n'avais plus besoin de faire de ponctions, je fus très contrariée et prise d'une marotte totalement absurde. Je laissai passer un peu de temps et je me mis à en réclamer. J'en obtins par force de persuasion deux autres.

Je commençais à aller mieux, je me battais de toutes mes forces et mon rétablissement ressemblait plus à un miracle auprès du corps médical qu'à une réalité.

Mes médecins ne voulaient en aucun cas que je baisse les bras. La récompense fut donc ces deux ponctions, l'état de mon cerveau était devenu obsessionnel pour moi.

Je préférais crever plutôt que de perdre la tête !

À un moment donné, je demandai au docteur Raguin de restreindre à nouveau mes visites. D'un côté celles-ci me remplissaient de joie mais de l'autre elles m'épuisaient. Je voulais concentrer toutes mes forces pour la bataille que je menais. La dernière visite que j'eus, avant d'y mettre le holà, fut celle de ma mère.

Elle mit un mois pour venir, resta dix minutes, m'offrit une somptueuse robe de chambre en cachemire. Elle n'était ni bouleversée ni affectée de mon état, elle faisait son devoir.

Je pense que cela déclencha mon ras-le-bol des visites.

Quelque temps plus tard, vint le moment où on m'autorisa à faire le tour du pâté de maisons entourant l'hôpital afin que je prenne l'air, accompagnée, bien entendu. C'était certes une victoire mais en même temps je me pris en pleine gueule l'état de ma faiblesse. Je n'arrivais pas à marcher, je titubais, je m'effondrais.

C'est fou ce que les hôpitaux la nuit sont bruyants. Des bruits certes, pour la plupart imaginaires, mais des bruits atroces.

Et pour tout arranger, autant les infirmières de jour étaient gentilles et attentionnées, autant celle qui m'avait été assignée la nuit était odieuse et brutale. En un mot, méchante. Elle me surveillait comme le lait sur le feu. Elle m'avait surprise plusieurs fois me baladant dans les couloirs du service direction les douches afin de pouvoir m'y laver seule, en toute intimité. C'était interdit mais à mes yeux c'était mon seul luxe. Pour tout arranger, elle me surprit aussi en train de fumer au rebord de la fenêtre coulissante de ma chambre. L'envie de fumer pour moi était un signe capital que je reprenais vie, pour elle c'était le signe de trop que je bravais tous les interdits !

Elle alla se plaindre de moi auprès du docteur Raguin, j'allai me plaindre d'elle auprès de ce cher docteur.

Un compromis fut trouvé : qu'elle me foute la paix, sauf si je sonnais pour avoir de l'aide. Le docteur Raguin était non seulement un médecin d'exception mais aussi un homme bon.

Vu l'état dans lequel j'étais arrivée dans son service, on me donnait plus morte que vive. Cela l'amena à fermer les yeux sur mes incartades. J'étais à ses yeux une miraculée, une amoureuse de la vie.

Fin février était en train de pointer son nez. Il fallait que je passe à la vitesse supérieure. Nous en avions déjà beaucoup parlé tous les deux. Il était hors de question que je reprenne une vie normale et que je rentre à la maison.

Autant sur le plan médical il considérait que j'étais hors de danger, autant je pesais encore mes malheureux 32 kilos. Je n'avais plus de muscles, j'avais un mal fou à manger, je perdais l'équilibre.

Il fallait me reconstruire le corps. Il sélectionna plusieurs maisons de repos, de rééducation. Il en privilégiait une en particulier qui se situait à Louveciennes. Il connaissait très bien le médecin en chef qui en était le directeur, le docteur Girard. Je faisais une confiance aveugle à mon docteur, ne m'avait-il pas sauvé la vie ?

Ce fut donc celle-là qui fut retenue. La clinique du Val-de-Seine, 1 rue du Cœur-Volant à Louveciennes.

Je passai le 31 décembre 2001 à la Croix Saint-Simon. Le docteur Raguin vint me souhaiter la bonne année avant d'aller retrouver sa famille. Il m'annonça qu'à partir du 2 janvier 2002, je pourrais me remettre à manger du « solide ». Jusque-là j'étais nourrie par perfusion. Il me demanda ce qui pourrait me faire plaisir comme premier repas, léger, bien entendu. Sans hésitation je répondis « des huîtres plates, non laiteuses », j'en rêvais.

Encore aujourd'hui ce fut pour moi mon plus beau nouvel an.

Seule, pas besoin de trouver de faux prétextes pour refuser des invitations ou embrasser des gens que vous n'aviez pas envie d'embrasser, pire encore des personnes que vous ne connaissiez pas. J'ai toujours détesté le nouvel an et tout ce que cela représentait, principalement faire semblant.

J'étais loin d'imaginer la belle surprise qui m'attendait le 2 janvier. Le docteur Raguin vint me voir le matin pour m'ausculter et me dit qu'il repasserait vers midi. À midi pétant, il revint accompagné d'une aide-soignante qui portait un plateau : 3 huîtres, un demi-citron.

Il m'observa dévorer d'abord des yeux ce cadeau qui me remplit d'émotion, puis les déguster avec lenteur et précaution. Ce que je ressentais est indescriptible tellement je jouissais de ce plaisir simple qui représentait un pas de géant. J'étais en train de dévorer la vie à pleines dents.

Karl apprit par un mystérieux informateur fin janvier que les fleurs étaient autorisées dans ma chambre. Après la mort de Jacques il eut une phobie des hôpitaux, il ne pouvait les approcher ni de près ni de loin. Alors il m'envoya de magnifiques paniers de roses anciennes, livrés par Moulié-Savart et toujours accompagnés d'une lettre, d'un dessin, d'une pensée.

Quand je quittais la Croix Saint-Simon pour Louveciennes, ma chambre ressemblait davantage à celle d'une jeune mariée qu'à une chambre d'hôpital. Elle était envahie de paniers de roses qui l'embaumaient. Plus aucune trace d'odeur d'hôpital.

Quand je partis, j'offris aux infirmières du service qui s'étaient tant occupées de moi les paniers de roses restants.

Le grand jour du départ arriva, ce fut fin février. Une ambulance était prévue pour mon transport. J'étais d'une part très excitée, car j'entamais une marche forcée vers la guérison, et d'autre part prise d'une immense émotion de quitter l'hôpital de la Croix Saint-Simon, le docteur Raguin, les infirmières. Après tout, cela avait été ma maison pendant trois mois et demi. Ils m'avaient soignée, veillée, tout simplement sauvé la vie.

Je partais vers l'inconnu. Bien que le docteur Raguin m'ait décrit en détail le lieu et ce que j'allais y accomplir, psychologiquement j'étais encore d'une grande fragilité.

Le « voyage » en ambulance se passa fort bien. Je fus accueillie à la clinique du Val-de-Seine par le directeur lui-même, le docteur Éric Girard, très bel homme avec un regard qui respirait la bonté.

Il m'accompagna à ma chambre, me présenta aux infirmières et infirmiers de l'étage auquel je me trouvais, le deuxième. Il me laissa entre les mains de l'infirmière qui allait principalement s'occuper de moi et me dit qu'il reviendrait me voir dans une petite heure.

Le bâtiment était très accueillant, mi-XIXe, mi-clinique moderne, et était entouré d'un parc.

L'atmosphère y était souriante, rassurante. Ma chambre donnait sur le parc. Elle était lumineuse avec de grandes fenêtres coulissantes. Je fus surprise par sa taille, elle était vaste. J'avais une salle de bains attenante et, à ma grande joie, munie d'une baignoire. Dans la chambre il y avait une penderie et une commode. Hormis le lit qui était un lit d'hôpital, j'avais presque le sentiment d'être dans une chambre d'hôtel.

L'infirmière, après m'en avoir fait faire le tour, s'assura que je n'avais besoin de rien et me laissa m'installer.

Je défis mon maigre bagage. À la Croix Saint-Simon je n'avais eu besoin de rien. Je résoudrais le problème vestimentaire auprès de ma femme de ménage le moment venu.

Mon séjour était prévu pour trois semaines, je fis de la prolongation, et in fine, il dura le double : six semaines.

C'est le docteur Girard lui-même qui y mit le holà. Il fallait que je me propulse dans la « vraie vie ».

Comme il me l'avait annoncé, il revint une heure plus tard dans ma chambre. Le docteur Raguin lui avait transmis mon dossier. Et visiblement ils avaient discuté de mon « cas ». Il m'informa du programme qui m'était réservé : d'une part, je restais sous surveillance médicale, j'avais encore un traitement à suivre, mais plus de perfusions. D'autre part, je serais suivie par deux kinésithérapeutes, l'un pour me réapprendre à marcher, l'autre pour me faire faire des exercices de musculation dans la salle de sport avec des machines adaptées à chaque patient.

C'était un établissement d'une assez petite infrastructure, une cinquantaine de patients. Les uns se remettaient d'accidents de voiture, d'accidents sportifs, les autres de problèmes cardiaques et vasculaires. J'appris très vite que j'étais la benjamine de cette maison de repos, de rééducation.

Le docteur Girard me fit faire la visite des lieux à la vitesse d'un escargot qui recule. J'avais beaucoup de mal à me tenir sur mes jambes.

Il me montra la salle de sport, la salle de restauration, me présenta aux deux kinés qui allaient s'occuper de moi et enfin me ramena dans la chambre pour me laisser me reposer. Les repas que l'on pouvait prendre soit en chambre soit au « restaurant » étaient entre 12 heures et 14 heures pour le déjeuner, 19 heures pour le dîner. Ah, j'oubliais, il y avait bien entendu la télévision dans ma chambre et une bibliothèque où on pouvait aller choisir des livres que l'on avait le droit de prendre avec soi. Il fallait, une fois lus, les remettre à la bibliothèque ou à la personne en charge de ce lieu.

Chaque jour qui passait, j'avais le sentiment de me rapprocher du Paradis.

J'eus malgré tout un choc violent dès le deuxième jour. Cela faisait une éternité que je ne m'étais pas regardée dans un miroir. Et là, dans la salle de bains, au-dessus du lavabo, il y en avait un.

La tentation fut trop grande, et je ne reconnus absolument pas la personne qui se reflétait dans ce miroir. C'était pourtant moi, mais, malgré tous mes efforts, la personne que j'y voyais n'était pas moi.

Je fus prise d'une immense panique qui s'acheva dans un hurlement. L'infirmière accourut dans ma chambre et à l'expression qu'elle vit sur mon visage, elle appela immédiatement le docteur Girard.

Ce dernier eut le plus grand mal à me calmer. Il finit par y arriver tant bien que mal. Cela prit une semaine pour que j'admette finalement que cette étrangère que je voyais dans le miroir était bien moi. Et encore, je ne sais pas si j'étais totalement convaincue.

Le deuxième choc eut lieu également le lendemain de mon arrivée.

Vers 9 heures du matin, le kinésithérapeute chargé de me réapprendre à marcher arriva dans ma chambre avec un déambulateur. Il me proposa de sortir et de parcourir le corridor de long en large jusqu'à ce qu'il me dise d'arrêter.

Je parvins à faire deux allers et retours. J'étais heureuse de mon exploit et devant mon enthousiasme il me demanda si je souhaitais tenter quelques marches, les descendre puis les remonter. Et là, choc devant la réalité de la situation. J'arrivai en chancelant, mais il me tenait, à en descendre 5. Demi-tour, il fallait que je les remonte et là, cela me fut tout simplement impossible. Je n'arrivais pas à faire monter mon pied d'une marche à l'autre.

Avec une infinie gentillesse, il essaya de me convaincre que ce n'était pas grave, ce n'était que la première fois que j'essayais. Avec le temps, j'y arriverais.

Le seul effet que cela produisit sur moi fut que je fondis en larmes et le malheureux dut me porter jusqu'à ma chambre d'où je refusai de sortir pendant 48 heures.

Entre ne pas me reconnaître et ne pas pouvoir marcher, une seule chose me sauta aux yeux. Mon corps allait peut-être mieux mais ma tête était malade.

Le docteur Girard passa beaucoup de temps avec moi pendant ces 48 heures. Avec sa douceur et son savoir-faire nous arrivâmes à cette conclusion : chaque chose en son temps. On allait d'abord continuer à s'occuper de mon corps afin que je retrouve mon autonomie, et puis, si je le souhaitais, conseil vivement encouragé, il en parlerait au docteur Raguin, afin que je voie un psy.

Cette idée m'enthousiasma ! À quoi cela sert-il d'avoir un corps sans tête ? RIEN.

Cette décision s'avéra être un immense soulagement pour moi. J'étais libérée et donc je plaçai toute mon énergie dans mon corps.

Le docteur Raguin avait dit au docteur Girard que j'étais une battante, une gagnante, eh bien je crois que je ne les ai pas déçus.

À mon kiné du matin j'en redemandais, quant à celui de l'après-midi, il avait un mal de chien à m'arracher des machines pour me remuscler.

Très vite, j'eus l'autorisation de sortir dans le parc, d'abord accompagnée, puis toute seule.

J'adorais être seule malgré les troubles de mon esprit. Mon imaginaire ne cessait de me faire voyager. Au point, petit à petit, que j'aimais bien cette nouvelle personne en moi que je ne connaissais pas.

Je me mis même à avoir des envies de visites, et cela fut accueilli avec joie par le corps médical : mes amis ne se firent pas attendre.

Paris-Louveciennes, ce n'est pas loin, mais ce n'était pas non plus la porte à côté.

Je reçus entre autres de très belles et émouvantes visites.

La première, qui me fit exploser de bonheur, fut orchestrée par Minnie. Elle fit venir mon fils de Londres et l'invita à rester chez elle à Paris et le prépara à retrouver sa mère.

Ils vinrent me voir un mercredi (ce jour est gravé dans ma mémoire). Bien sûr, j'étais folle de joie mais en même temps très nerveuse. J'avais changé, j'étais maigre comme un clou, instable sur mes jambes et les yeux encore un peu éteints. Je voulais me faire belle pour lui, mission difficile à accomplir. Ils arrivèrent en début d'après-midi et dès que je vis mon fils, toutes mes appréhensions s'envolèrent.

L'amour que nous éprouvions l'un pour l'autre prit le dessus. Il voulut tout voir : ma chambre, la salle de rééducation où il put jeter un œil.

Même le docteur Girard qui savait par moi que mon fils venait passa lui dire bonjour ainsi qu'à ma sœur. L'atmosphère se détendait, lui aussi était nerveux, inquiet.

Nous fîmes une belle balade dans le parc. Ma sœur, lui et moi, bras dessus dessous. Cookye voulut voir la cafétéria où nous prîmes un Coca-Cola, la salle à manger des pensionnaires. Le verdict tomba, il était rassuré. Il me posa mille et une questions auxquelles je répondis en sautant certains détails. Il revint me voir avant de repartir pour Londres, l'esprit serein.

Nous allions très vite nous retrouver dans un autre décor, faire un voyage ensemble. Cette idée le ravit, sa maman reprendrait une vie normale. Il refit malgré tout un aller-retour pour me rendre visite.

Eh oui, le séjour à Louveciennes s'était prolongé. Le temps était trop long pour lui. Il revint donc m'embrasser et passer l'après-midi avec moi.

La seconde visite complètement inattendue et qui m'émut profondément fut celle d'un maître d'hôtel de la brasserie Le Balzar où avant mon « collapse » j'étais une grande habituée.

Il avait pris des nouvelles de moi à travers mes amis qui m'accompagnaient souvent déjeuner au Balzar. Il fit le trajet Paris-Louveciennes en mobylette, sur son porte-bagages il avait installé un petit cageot de 12 huîtres plates dans de la glace pilée, et, bien entendu, il n'avait pas oublié les citrons ni la sauce aux échalotes. Il fit le trajet uniquement pour me déposer les huîtres, dont il savait qu'elles devaient impérativement être « non laiteuses » ! Je dus le convaincre de prendre un café avec moi à la cafétéria car il ne voulait ni m'importuner ni me fatiguer. Cette attention m'émut aux larmes et c'est certainement les meilleures huîtres que j'aie jamais dégustées de ma vie.

Les gens les plus inattendus vous font les plus belles surprises.

Laure, ma belle-mère, vint me voir à plusieurs reprises. J'étais arrivée au point où on me laissait sortir en dehors de l'enceinte de la clinique. Notre première promenade fut pour le château de Marly qui se trouvait à quelques kilomètres de la clinique.

C'était la première fois de ma vie que je m'y rendais. Cela avait été un magnifique château édifié sous le règne de Louis XIV par l'architecte Louis Hardouin-Mansart. Il n'en reste que quelques beaux vestiges, le bâtiment ayant été détruit sous l'Empire.

Elle revint me voir quinze jours plus tard et cette fois notre sortie fut plus audacieuse : le parc du château de Versailles.

J'obtins la permission de sortir un peu plus tôt qu'aux heures autorisées (14 heures). Laure voulait m'emmener déjeuner dans une brasserie qu'elle affectionnait beaucoup juste à côté du château, la brasserie du Théâtre Montansier où elle se rendait souvent avec mon père. Elle adorait bouffer, pendant ce temps moi, je picorais.

Après quoi nous fîmes effectivement une promenade dans le parc du château, malheureusement écourtée. J'avais surestimé mes forces et la pauvre Laure dut me ramener à la clinique.

J'étais heureuse de notre sortie mais dans un état d'épuisement qui m'amena à rester couchée 24 heures. Ça a toujours été mon « grand défaut » : surestimer mes forces. Cela n'empêcha pas Laure de revenir me voir souvent, mais on faisait des sorties plus modestes.

Mes tendres amis, la famille que je m'étais créée, vinrent également me voir. Je reprenais vie, ils voulaient y assister. Je leur avais fait assez de frayeurs pour leur en donner le droit. Serge et Alexandre en tête, Étienne

Dumont, Philippe Morillon, et Minnie, qui venait régulièrement.

Le docteur Girard et les kinés trouvaient que je faisais des progrès mais que j'avais tendance à brûler les étapes. Ils avaient plus que raison. Les trois semaines supplémentaires se transformèrent en quatre et quand j'arrivai au bout des quatre semaines, je réalisai que je n'étais pas du tout prête à me confronter au monde extérieur.

J'obtins à force de persuasion deux semaines supplémentaires. Sans m'en rendre compte j'avais glissé dans le bonheur et la facilité d'être prise complètement en charge.

Je redoutais de quitter ce cocon. Mais au bout de six semaines, avec une profonde gentillesse accompagnée d'une grande fermeté, le docteur Girard m'expliqua que c'était contre-productif, il fallait que je me jette à l'eau. Il me foutait à la porte.

Je ne serais pas seule. Rentrer chez moi, oui, mais avec une aide-soignante, gouvernante à demeure.

Il me donna les associations et les agences à contacter et je finis par trouver la perle : Ginette. Elle vint d'abord me voir à la clinique. Elle ressemblait à s'y tromper à Hattie McDaniel, la « nounou » de Scarlett O'Hara dans *Autant en emporte le vent*.

Un visage tout rond qui respirait la bonté. Réflexion faite, tout son être était en rondeurs. Je l'interviewai, elle en fit autant et me fit savoir qu'elle me donnerait sa réponse sous 48 heures. Ma sortie, malgré tout, dépendait d'elle.

Au bout de 24 heures, elle me fit savoir qu'elle acceptait le job. À la fin de la même semaine, je sortais.

Retransfert de la clinique du Val-de-Seine au 65 boulevard Saint-Michel où Ginette m'attendait.

Une nouvelle vie allait commencer. Nous étions début mars 2002. Oups, j'allais oublier. Pendant mon séjour à Louveciennes, je fis la connaissance d'un homme délicieux. Il était de la génération de mon père. Moi j'avais plus ou moins l'âge de son fils, un fils que je connaissais bien : Charles Norietas.

Nous devînmes de grands complices. Lui était là pour se remettre de son deuxième ou troisième accident cardiaque. Il me rappelait mon père, je lui rappelais son fils. Il prit pour habitude de m'inviter à déjeuner deux fois par semaine dans la salle de restaurant de la clinique.

Il me parlait de ses souvenirs de jeunesse, moi de mes frasques. Nous formions un couple totalement improbable. Cette amitié décupla mes forces pour aller de l'avant. Je voulais que, chaque fois que nous nous retrouvions à déjeuner, il soit fier de moi.

De son côté, ma présence lui donna aussi l'envie de se battre, de reprendre goût à la vie.

Je lui dois beaucoup, il fut le soleil de mon séjour et moi je lui offrais des relents de jeunesse. Les rencontres du hasard sont remplies de mystère et de magie.

Chaque fois que je discutais, que nous avions une conversation, Monsieur Norietas et moi-même, même élégance, même douceur et bonté dans le regard – la ressemblance s'arrêtait là –, j'avais le sentiment de dialoguer avec mon père. Le même père qui, à l'hôpital de la Croix Saint-Simon, m'avait pris la main dans le long « tunnel » et m'avait indiqué la bonne direction, tourner à gauche et rejoindre la lumière.

D'ailleurs, plus je dialoguais avec lui et reprenais vie, plus il me souriait et plus je le sentais heureux et en paix.

C'est en sortant de la clinique du Val-de-Seine que je pris conscience que quelle que soit l'épreuve, même très douloureuse, que vous traversez, elle vous fait grandir, vous transforme. À vous de la rendre positive et c'est ce que je fis. Elle me rendit humble. Elle m'apporta la joie et me fit prendre conscience à quel point la vie était précieuse et magnifique.

Me voilà de retour à la maison. La première semaine, Ginette et moi prîmes le temps de nous connaître. Je revis également le docteur Raguin qui me surnomma la « petite Miraculée ».

Il fut d'ailleurs le seul à croire en moi. Il sentait, il savait que j'avais tourné la page. L'alcool et la drogue, c'était définitivement terminé pour moi.

J'avais vécu le meilleur de ces addictions et le pire. Cela avait failli me coûter cette vie que j'aimais tant. Une partie de ma famille voulait et exerçait une pression insupportable pour que je m'inscrive aux Alcooliques Anonymes. Raguin était contre et soutint mon idée d'aller voir un psychiatre et faire une psychanalyse.

Je commençai par aller à une séance des Alcooliques Anonymes. Il y en avait une près de chez moi dans la crypte d'une de mes églises parisiennes préférées,

Saint-Sulpice. Je choisis d'y aller un mercredi matin à 11 heures.

J'arrivais dans la crypte dont l'entrée se trouvait rue Saint-Sulpice. On descendait quelques marches, des chaises étaient installées en demi-cercle. Je choisis une des chaises au dernier rang, dans le coin le plus sombre. Nous devions être une douzaine et la séance durait une heure. Je ne dis rien, je me fis toute petite.

Encore aujourd'hui, je me demande ce que j'y faisais. Je ne comprenais rien, ni au discours de celui qui ouvrait la séance ni au dialogue qui s'établissait entre les personnes, tous des AA qui exposaient leur souffrance, ce qui, à l'issue de ces jérémiades, me fit prendre mes jambes à mon cou. Lorsque nous ressortîmes rue Saint-Sulpice, toutes ces personnes qui avaient des problèmes d'alcool se précipitèrent au Café de la Mairie place Saint-Sulpice boire un coup ! Un kir, une bière, un verre de vin blanc, etc.

Je rentrai chez moi appeler le docteur Raguin qui me dit : « N'y retournez plus jamais ! Je vous trouve votre psychanalyste. » (C'était bien mon intention.) J'étais allée à ce groupe uniquement pour que certains membres de ma famille me foutent la paix. Le premier psy fut une catastrophe. Je le vis trois fois. 48 heures avant mon quatrième rendez-vous sa femme m'appela – elle faisait également office de secrétaire – pour annuler mon rendez-vous. Je demandai pourquoi et voulus reporter la date. Réponse : « Impossible il vient de se jeter par la fenêtre. »

Heureusement que ce genre de réponse brutale était tombée sur moi. J'avais malgré tout les reins solides et la détermination de me soigner la tête. Cela me fit un choc mais ne m'ébranla pas. La brutalité de l'explication de l'épouse du psy était criminelle dans sa violence. Une personne plus fragile psychologiquement que moi aurait pu dévisser.

Je sentais qu'il fallait que je remette vite le pied à l'étrier. Quelques jours passèrent et mon cher docteur me rappela. Il pensait avoir trouvé la personne qu'il me fallait. Le docteur Girard le connaissait bien de réputation et le lui avait vivement recommandé. Il s'appelait le docteur Olivier de Ladoucette.

Rien qu'en me disant son nom je savais que c'était lui et pas un autre qui pouvait m'aider. L'idée qu'une alcoolique aille voir un psychanalyste qui portait le nom d'un grand vin blanc français me plut énormément.

Le docteur Raguin me donna ses coordonnées et à peine avais-je raccroché, que je composais le numéro du docteur de Ladoucette. Je tombai sur une secrétaire fort aimable qui me fixa rendez-vous pour le début de la semaine suivante. J'arrivai dans un cabinet situé rue de Villersexel dans le 7e arrondissement. Elle me fit pénétrer dans la salle d'attente. Un quart d'heure, vingt minutes plus tard, un monsieur habillé en costume trois-pièces avec un nœud papillon, tiré à quatre épingles, s'adressa à moi en me demandant de le suivre. Une fois dans son bureau il me serra la main, se présenta à moi en me demandant de m'asseoir. Son comportement me plut instantanément. J'avais la tête à l'envers et je compris immédiatement, de par son allure, que j'avais besoin de quelqu'un de très structuré et de rassurant. Tout l'inverse de moi.

Au bout de la première séance, il fixa un agenda : trois fois par semaine pour commencer. Je prendrais en sortant de son bureau les rendez-vous avec sa secrétaire et selon mon évolution, on verrait par la suite.

Le début ne fut pas facile, mais je me rendis compte que chaque fois que je quittais son cabinet je me sentais plus légère.

Mon analyse avec le docteur de Ladoucette dura six ans. À un moment donné, je partis pour Washington. Nous fîmes une tentative ou deux par téléphone. Cela ne marcha pas, en tout cas pas pour moi. Alors toutes les six semaines je revenais à Paris pour trois semaines afin de continuer mon analyse en accéléré.

Six ans plus tard, il m'annonça que son travail auprès de moi ainsi que mon travail sur moi-même étaient accomplis.

Hors de question qu'il devienne ma béquille.

Cela ne m'empêcha pas de rester en contact avec lui et je sais, encore aujourd'hui, que si je ressens le besoin de lui parler, de le voir, il répondra présent.

Cet homme exceptionnel m'a sauvé la tête.

Enfin, mon corps était au complet. Je continuais à voir le docteur Raguin, j'avais besoin de sa présence. Difficile de s'arracher à quelqu'un qui vous a ressuscitée.

Pendant les deux ans qui suivirent mon hospitalisation à la Croix Saint-Simon, chaque Noël j'apportais des boîtes de chocolat, des pâtes d'amandes ou des marrons glacés aux infirmières et personnel du service des maladies infectieuses. Ces hommes et femmes avaient également contribué à me sauver. Ces petits gestes étaient indispensables, d'une part cela me faisait plaisir de dire merci, d'autre part, grâce à cette visite annuelle à la Croix Saint-Simon, je n'oubliais jamais que je revenais de loin. Ne jamais oublier, me répétait sans cesse Ladoucette.

Un mois environ après avoir quitté Louveciennes, le docteur Raguin me mit entre les mains du professeur Samuel, grand spécialiste du foie à l'hôpital Paul Brousse à Villejuif.

Au début, je le vis tous les deux ou trois mois : biopsie du foie, échographie, coloscopie. Encore aujourd'hui, je vais lui rendre visite deux fois par an et pour rien au monde je ne raterais ces rendez-vous.

Je crois qu'il me prit pour une folle furieuse. J'avais développé une passion pour le corps humain, le mien en particulier.

Alors, un jour où j'étais rentrée à Paul Brousse pour une biopsie du foie où il fallait que je reste 24 heures, je décrétai tout simplement que je ne voulais plus d'anesthésie. Je voulais voir sur le petit écran installé dans la salle où la biopsie avait lieu exactement ce qu'on me faisait. Le professeur Samuel me prévint que c'était tout sauf agréable. J'insistai et il finit par se laisser convaincre. Eh bien c'était passionnant. Je passe les détails mais en gros, vous voyez sur l'écran une pince miniature vous prélever un bout de foie pour pouvoir en faire les analyses nécessaires. Quand on a été très malade, rien n'est plus passionnant que de comprendre son corps.

C'est ce que j'ai fait et c'est en grande partie grâce à cela que je continue à bouffer la vie par les deux bouts, mais cette fois avec les yeux grands ouverts.

L'hôpital Paul Brousse... encore un lieu où quand j'arrive je connais tout le monde, je suis chez moi, je suis « en famille ».

Le retour à la maison provoqua quelques inquiétudes auprès de mes tendres amis et, bien entendu, auprès de ma famille.

Ils étaient quasiment tous convaincus, malgré eux, que j'allais replonger.

Je ne pouvais pas leur en vouloir après au moins quatre ou cinq cures de désintoxication dans des cliniques diverses et variées. Toutes avaient échoué. Je prenais ces cures de désintoxication comme des vacances. Je me mettais « au vert ». Je reprenais des forces, ne serait-ce que pour mieux replonger.

Il est impossible, surtout pour l'alcool, de forcer ou de venir en aide à un alcoolique s'il n'a pas pris lui-même la décision d'arrêter. Au contraire, ça décuple ses envies de boisson.

Donc Serge, Alexandre et Étienne en particulier me surveillaient comme le lait sur le feu.

Par une sorte de miracle du Saint-Esprit, tous s'étaient arrêtés de boire en ma présence. Je ne voulais pas de ce sacrifice. Bien au contraire, je ne voulais pas être marginalisée. Alors, quand je commençai timidement à sortir dîner de nouveau, je leur apportai des bouteilles de vin. Moi, cela m'amusait follement, mes amis étaient très mitigés de cette initiative de ma part.

Ma famille eut une autre approche qui me dérangea au plus haut point.

L'une me disait : « Tu es sûre que cela ne te manque pas ? » L'autre faisait semblant d'y croire tout en me faisant sentir qu'elle n'y croyait pas.

Je dois admettre que le seul membre de ma famille qui eut une réaction normale fut ma mère. Par voie téléphonique, elle me dit : « On en reparlera dans deux ans. » Au moins, cela avait le mérite d'être clair.

Toutes ces insinuations n'eurent qu'un seul effet sur moi. Je les balayais de la main. Ma décision était prise et cela la renforça si besoin était. Plus jamais cela.

Je n'avais aucun regret, j'avais tout simplement fait le tour de la question. Par nature, je ne supporte pas de piétiner, je vais de l'avant.

Effectivement, à la date d'aujourd'hui, 15 août 2021, je n'ai plus jamais touché ni à la cocaïne ni à l'alcool. À la seconde où j'ai quitté la Croix Saint-Simon et Louveciennes, je savais que cela ne m'intéressait plus.

La seule personne qui l'avait compris aussi bien que moi c'était le docteur Raguin. Il croyait en moi et en ma volonté.

Le kinésithérapeute refit surface dans ma vie deux fois par semaine. J'avais encore du travail de musculation à faire.

À vrai dire, j'étais relativement difforme. Je m'habillais avec des vêtements d'homme. Look qui m'allait d'ailleurs pas mal, mais je flippais un peu une fois déshabillée.

Tout ceci n'eut en réalité absolument aucune importance par rapport à la vraie frayeur et obsession que j'avais : est-ce que je continuerais à être drôle ? Est-ce que je continuerais à être originale ? Ou, tout simplement, est-ce que j'aurais de la conversation ?

J'étais face à quelqu'un que je ne connaissais pas : moi.

Le docteur de Ladoucette fut d'un grand secours. Peu à peu il réussit à me convaincre que j'étais la même personne mais que j'avais tout simplement évolué et pris un autre chemin dans ma vie, et que ce chemin pouvait être d'autant plus passionnant puisque je le découvrais pas à pas. Autrement dit, c'était comme une re-naissance.

Cette vision de ma situation me plut énormément et m'aida à faire des pas de géant.

Après tout, qui avait la chance de vivre une seconde vie ?

Je découvris un nouveau monde et beaucoup de nouveaux plaisirs.

Ma « Ginette » me forçait à me promener tous les jours. Au moins une heure le matin, une heure l'après-midi. Au début je rechignais. Dans ma vie d'avant, je détestais me promener. J'allais d'un point à un autre en taxi. Tout sauf marcher. J'étais encore fragile sur mes jambes et surtout je cherchais sans cesse l'équilibre.

Ginette réussit à me redonner confiance en moi. Elle ne choisissait que de jolis parcours, pas trop de rues à traverser, pas trop bruyantes.

À ma sortie de l'hôpital puis de Louveciennes, j'avais beaucoup de bruit dans la tête. Il me fallait le silence. Nous allions au jardin du Luxembourg, juste en face de chez moi. Elle établit une sorte de jeu d'endurance. Tous les deux jours, sans rien me dire, elle élargissait le cercle de promenade.

Je fus saisie par la rapidité avec laquelle elle avait compris mon caractère. J'ai toujours aimé relever les défis.

Nous allions également vers le Panthéon et la merveilleuse église Saint-Étienne-du-Mont où nous rentrions allumer un cierge. Là aussi elle élargit le cercle et nous nous perdions dans les petites ruelles du 5e arrondissement.

Je repris plaisir à la lecture, cela faisait des siècles que je ne lisais pas. Au mieux, quand j'ouvrais un livre, je voyais chaque mot, chaque phrase en double. Ça, c'était les bons jours. Les mauvais, je les voyais en triple, donc je relisais à l'infini la même phrase. Ce phénomène était dû à l'alcoolisme.

Je remis les pieds dans les musées, revoir des peintures que je ne pouvais plus distinguer.

Il n'y a que le cinéma qui ne fut pas un grand succès les premiers mois. Je m'y endormais à cause de mon foie qui ne fonctionnait plus qu'à moitié. J'étais prise d'immenses fatigues. Il m'arrivait de m'assoupir au feu vert, appuyée contre un poteau !

J'adorais mes séances de psychanalyse. Je sentais quelque chose se déverrouiller en moi. Grâce au docteur de Ladoucette, je finis par me connaître un peu moi-même.

Et plus on avançait, plus j'aimais la nouvelle Diane.

Serge et Alexandre furent d'une aide et d'une présence constantes.

Ils m'invitaient à dîner chez eux régulièrement. Quand on ne se voyait pas l'un ou l'autre, ou les deux, ne manquaient jamais de m'appeler.

Dès le printemps, ils m'emmenèrent avec eux dans leur maison de campagne en Normandie passer le week-end.

Un autre merveilleux ami que j'avais rencontré grâce à eux, Étienne Dumont, m'invitait les week-ends où je n'allais pas chez Serge et Alexandre dans sa propriété près de Villers-Cotterêts.

C'était un pavillon de chasse construit pour François Ier. Un ravissant château en L qu'Étienne avait restauré, entouré d'un parc magnifique scindé en deux par une allée de platanes bicentenaires. Il y avait également un verger avec des pommiers et des poiriers.

Pour sceller notre tendre amitié, je lui offris deux arbres fruitiers. Un cerisier et un mirabellier, clin d'œil à la Lorraine.

Il m'apprit à jardiner. J'étais très mauvaise jardinière mais je découvris à ma grande surprise que j'adorais plonger les mains dans la terre.

Grâce à ces amis d'exception, je reprenais une nouvelle vie heureuse. Et surtout, grâce à eux – j'avais été tellement insupportable à leur égard –, je ne pouvais m'autoriser à les décevoir à nouveau. Je ne touchai plus jamais ni à l'alcool ni à la drogue.

Mes médecins jouèrent également un grand rôle. Ils m'avaient sauvé la vie, ils avaient cru en moi, envers et contre tout. Hors de question de les décevoir. Je me devais à ce qu'ils soient fiers de moi. Et je réussis mon coup. Je fermai définitivement le livre de l'expérimentation de la destruction. Le sentiment de renaître m'éblouissait à chaque instant. Le verdict tomba : « Quand j'étais alcoolique j'avais l'alcool gai » (dixit Serge). « Toujours bien élevée même quand je tombais de ma chaise », mais tous me dirent qu'ils me préféraient ainsi. J'avais cessé de radoter, de rabâcher inlassablement les mêmes histoires. Je ne me rendais pas compte que je répétais dix fois, vingt fois la même anecdote ; certes, drôle la première fois, mais lassante au bout de la dixième !

Vint Pâques de cette année-là. Serge et Alexandre m'emmenèrent passer dix jours chez eux à la campagne. Ce fut un séjour idyllique. Serge et moi allions à Fécamp au marché qui était merveilleux, chez le poissonnier qui avait encore à l'époque des poissons d'une grande variété, tous pêchés le matin même.

De temps en temps je sentais que Serge était dépité par mon panier. Même quand il me remettait une liste très précise des courses que je devais faire, parfois ma fantaisie me rattrapait. Je ne suivais pas la liste à la lettre. J'achetais ce que je trouvais joli et coloré sans me préoccuper des menus qu'il avait dressés.

Chez le poissonnier nous achetions un cabillaud succulent et de temps en temps des homards que Serge nous préparait à tomber par terre.

Il était également un merveilleux jardinier. Dans la propriété en contre-bas du château, il y avait eu un très joli jardin. Ce dernier avait été laissé à l'abandon. Serge, carré par carré, refit le jardin. Mon rôle se tenait strictement à la conversation. De temps en temps il me demandait de lui passer un outil de jardinage. Une fois sur deux, je me trompais. Jamais je ne lui serai assez reconnaissante de sa patience et de son amitié envers moi. Il était comme mon grand frère. Je lui dois une grande partie de ma guérison.

L'anniversaire des 60 ans de ma belle-mère avait lieu le 14 septembre de cette année-là. Serge et Alexandre voulaient lui offrir une fête pour célébrer le changement de dizaine. Alexandre fut chargé de la sonder. Ils avaient travaillé ensemble chez Sotheby's. C'était une grande amie à eux.

Convaincu qu'elle aimerait une fête mondaine, Alexandre lui proposa diverses possibilités. À notre grande surprise, c'est exactement ce qu'elle ne souhaitait pas. Elle voulait être avec sa famille et ses intimes à Daubeuf, lieu de villégiature de Serge et Alexandre.

Ils lui proposèrent un week-end du vendredi soir au lundi matin. Elle fut comblée de joie et m'impliqua dans l'organisation. Elle remit la liste d'invités à Alexandre.

J'avais le rôle de « jeune fille de la maison ». J'étais en charge des invitations, Serge, bien entendu, de faire les menus, Alexandre et Serge de gérer l'organisation. Tout était orchestré à la perfection. Laure me téléphona 4 ou 5 jours avant son week-end d'anniversaire pour me demander s'il y avait encore une chambre de libre. Je lui dis que je demanderais aux « deux garçons ». La réponse fut positive, un château ayant le pouvoir d'être extensible.

Cet invité surprise était Christian Tual. Je dus lui laisser deux messages avant qu'il ne daigne me retourner mes appels. C'était l'avant-veille. Avec un humour certain il me dit en premier lieu qu'il me rappelait parce qu'il avait craqué au deuxième appel que je lui laissai à raison de cette voix éraillée et cassée que j'avais. Je lui rappelais le contenu de ces messages téléphoniques. Était-il libre ? Pouvait-il venir à l'anniversaire de Laure ?

Il finit par me répondre oui, mais qu'il n'arriverait que le samedi après-midi. Parfait, le soir même se tenait le dîner d'anniversaire. Il prendrait le train. Je lui indiquai la gare de destination, Fécamp.

Laure alla le récupérer à la gare pendant que Serge, Alexandre et moi faisions les derniers préparatifs.

Serge fit de magnifiques arrangements floraux, Alexandre une table superbe, moi j'obéissais aux ordres !

Ce fut un week-end merveilleux. J'étais à cent mille lieux de savoir que la venue de cet invité de dernière minute allait transformer ma vie.

Le week-end fut très gai. Laure avait autour d'elle sa famille et ses plus proches amis. Pendant ce temps,

Christian Tual et moi-même entamions un flirt des plus discrets.

Des regards qui voulaient tout dire. Il réussit même à me faire faire une promenade dans le bosquet du parc en passant par le merveilleux jardin de Serge. C'était un exploit. Moi qui n'aimais la campagne que de l'intérieur, avec un bon bouquin, un feu de cheminée qui crépitait et, de préférence, de la pluie qui tombait.

J'adorais l'odeur qui émanait de la nature une fois que la pluie avait cessé, ouvrir grand les fenêtres et la humer.

Je fis croire à Christian que j'étais imbattable sur les albums photo et que ce serait un cadeau délicieux à faire aux amis et aux membres de la famille de Laure ainsi qu'à Laure comme souvenir de ce week-end. Lui ferait les textes, moi les collages photos, je n'en avais jamais fait de ma vie. C'était un prétexte pour le revoir !

Et, effectivement, on se revit à Paris. Jamais de ma vie on ne m'avait fait la cour de manière traditionnelle. Il m'envoyait des fleurs. Il passait me prendre pour aller dîner tôt, puis nous allions au cinéma. À 22h30/23 heures au plus tard il me redéposait devant ma porte cochère.

Ce petit jeu dura six mois, un an. J'avoue que j'en étais troublée et un jour j'en eus marre. Je disparus pendant quatre jours à Haroué avec Étienne Dumont sans rien lui dire.

J'avais interdit à Ginette de lui révéler où j'étais passée. Elle me trouvait cruelle. N'empêche qu'à mon retour j'avais un certain nombre d'appels téléphoniques de sa part accompagnés d'un magnifique bouquet de fleurs. Christian l'avait qualifié de « méchant » : il était composé de fleurs exotiques et piquantes. Moi je le trouvais somptueux. Il y avait mes fleurs préférées : chardons, oiseaux de paradis, fleurs d'artichauts. Je le rappelai avec une voix fort enjouée pour le remercier et lui annoncer que j'étais de retour à Paris, comme si de rien n'était.

Je refusai de lui dire où j'étais allée. Entretenir le mystère rajoutait du piquant. L'effet fut quasiment immédiat. Nous passâmes à la vitesse supérieure.

Il avait pourtant deux défauts à mes yeux : il avait onze ans de plus que moi et j'aimais les jeunes gens. Pire encore, il était hétéro ! Cela ne l'empêcha pas de m'emballer complètement.

Il était merveilleusement drôle, cultivé, professeur d'université où il enseignait l'économie des médias. En parallèle, le ministère des Affaires étrangères l'avait souvent envoyé en mission dans diverses ambassades en tant qu'attaché culturel. Bref, il portait une double casquette, et dépendait de deux ministères, Éducation et Affaires étrangères. J'avais 46 ans, lui 57. Il avait les cheveux blancs, les yeux bleu-gris. Extrêmement bien élevé sans être chiant et parfaitement habillé. Il n'avait jamais été marié et moi j'étais divorcée de trois maris. Tout nous séparait et c'est bien ça qui mit le feu à notre attirance mutuelle.

Christian habitait avenue de l'Observatoire, moi boulevard Saint-Michel, juste en face du jardin du Luxembourg. Il me réconcilia avec l'autobus, en particulier le 38, qui partait de chez moi et me déposait à 10 mètres de chez lui. Ce ne fut pas une mince affaire, les transports en commun m'étant quasiment inconnus.

Il dût m'apprendre à gérer l'espace « commun » dans l'autobus. Je n'avais aucune idée sur la façon de gérer mon environnement et celui des autres passagers : où placer ma main sur les poignées, comment me tenir debout à une barre, entreprise totalement inconnue pour moi.

Après plusieurs trajets que nous fîmes ensemble, non seulement je compris, mais j'y pris même goût.

N'allais-je pas retrouver l'homme qui me faisait tourner la tête ? Je surnommai donc l'autobus « Le 38 de l'amour ».

Certains trajets se passaient sans encombre, d'autres étaient plus cocasses, plus émouvants.

Le 38 poursuivait son chemin et avait un arrêt juste à côté de l'hôpital Sainte-Anne.

Je m'asseyais au fond de l'autobus. Les vendredis et samedis montaient des jeunes qui avaient eu une permission de sortie de l'hôpital Sainte-Anne pour aller rendre visite à leurs proches. Immanquablement, ces jours-là, je ratais l'arrêt avenue de l'Observatoire.

Il y avait toujours un jeune (garçon ou fille) qui venait timidement s'installer auprès de moi pour se confier, vider son sac. Je sentais sa fragilité, il ou elle devait sentir ma liberté d'esprit.

Alors qu'ils venaient de passer la journée avec leurs familles, leur tristesse, leur désarroi étaient palpables : ils retournaient à Sainte-Anne en se pensant encore plus incompris.

Ils me parlaient, je ne les interrompais jamais, j'écoutais. Je les rassurais sur leur mal-être tout simplement parce qu'ils pouvaient tout me dire, du meilleur au pire ; généralement c'était le pire qui triomphait.

Mais ces jeunes, tous très perturbés, voyaient que je ne les jugeais pas, que je comprenais leur détresse et que le temps du trajet que nous faisions ensemble je les considérais comme normaux, ce qu'ils étaient.

Je leur insufflais de l'espoir et leur rendais le sourire qu'ils avaient enfoui en eux. Non, ils n'étaient pas anormaux, ils étaient juste en train de grandir dans l'incompréhension la plus totale de leurs parents. Cette demi-heure d'échanges me procurait de vives émotions.

Arrivés à l'arrêt Sainte-Anne, quand ils sautaient de l'autobus, leurs regards si tristes s'étaient illuminés, je leur avais donné un instant de bonheur et eux m'avaient tout donné en se confiant à moi. Un cadeau sans prix.

Un jour, Christian m'annonça que Jean-David Levitte, qui venait d'être nommé ambassadeur de France à Washington, voulait qu'il aille l'y rejoindre en tant qu'attaché culturel. Il avait trois mois pour donner sa réponse.

De prime abord, je crus que c'était une façon élégante de me signifier que notre relation serait de courte durée. Ce fut tout l'inverse. Il me demanda, au cas où il accepterait le poste, si je le suivrais.

Que n'avait-il pas dit là ? Profondément nomade, je vivais quasiment avec une valise, ou deux, sous mon lit. Je ne réfléchis pas une seconde et je lui dis oui. S'attendait-il à une réponse aussi immédiate et claire ? Je ne le saurai jamais.

Trois mois plus tard, nous montions dans un avion direction Washington DC. Nous prîmes alors conscience que nous nous connaissions à peine.

À Paris, nous vivions chacun chez soi. On se voyait deux, trois fois par semaine. Petite panique vite résolue. On décida qu'on verrait bien sur place si ça marcherait ou pas. Dans le premier cas, je restais, dans le deuxième, je foutais le camp. Un mois après notre arrivée à Washington, il me demanda en mariage. Fidèle à mes habitudes, je ne réfléchis pas une seconde, je dis oui.

Lui qui s'était juré de ne jamais se marier, moi qui m'étais juré que jamais je ne me remarierais… J'en avais quand même eu trois, et au bout du troisième j'avais fini par comprendre que ce n'était pas mon « truc ».

Notre mariage fut célébré à Arlington par un représentant du City Hall dans ses bureaux attenant à la mairie.

Nous y invitâmes les amis de l'ambassade de Christian et les quelques amis que je m'étais faits à Washington dans un temps record. Le frère jumeau de Christian, Jacques Tual, vint de l'île de La Réunion. Le soir, nous donnâmes une très jolie fête dans un club privé réservé à ses membres, le Washington Club. Quelques grands et rares amis survivants de New York y vinrent également.

Nous prîmes tout le premier étage du Club.

Enfin j'imposai, malgré la désapprobation de Christian, smoking et robes habillées.

Nous nous mariâmes le 13 mars 2004 et le sommes encore aujourd'hui, dix-sept ans et demi plus tard.

J'ai toujours pensé, et je le pense encore : heureusement que nous avions quitté Paris en raison de la réputation sulfureuse que j'avais à l'époque.

Toutes les connaissances que nous avions en commun s'étaient donné le malin plaisir de prévenir Christian que j'étais un danger public.

Nous représentions donc l'exemple parfait du proverbe : « Pour vivre heureux, vivons cachés. »

Ces rumeurs n'eurent pas le pouvoir de nous atteindre à Washington. Nous y vécûmes des moments magiques. C'était ce qu'on appelle en anglais « *the right time in the right place* ».

Même si George Bush Junior était président à l'époque.

Il nous arrivait souvent d'aller passer un long week-end à San Francisco, ville que j'adorais. Nous sautions dans le « Red Eye Shuttle » pour la Côte Ouest comme dans un taxi. Christian combinait ses rendez-vous de travail à Stanford autour d'un week-end de plaisir. Nous allions également passer des week-ends ou des vacances à Long Island.

Je retournai deux ou trois fois à New York et puis plus jamais. Mes amis étaient tous morts, New York n'était plus le merveilleux New York que j'avais connu.

Nous prenions la voiture pour aller à la découverte de la Virginie, de la Caroline du Nord, des Appalaches et de la route des champs de bataille de la guerre de Sécession qui nous menait jusqu'à Williamsburg.

À la fin du détachement de Christian aux services culturels, qui dura un peu plus de quatre ans, nous retournâmes à Paris.

Je n'étais pas heureuse d'y revenir. Paris avait changé. Le coup final fut donné lorsque je rentrai un jour chez nous quelque peu déconfite. Je venais de me faire insulter par une caissière d'un grand magasin huppé, tout simplement parce que je lui souriais et qu'elle pensait que je me moquais d'elle !

Nous restâmes deux ans à Paris et Christian, en tant que professeur d'université, avait atteint l'âge de prendre sa retraite. Il en fit la demande et nous partîmes pour l'Italie.

Notre exode pour l'Italie commença en avril 2009, vivement encouragé par deux amies, l'une de Christian qui venait d'acheter une maison près de Pontedera en Toscane, l'autre par une amie à moi qui avait loué pendant plusieurs années une villa dans les collines de Lucca, toujours en Toscane.

Nous allâmes quelques jours dans un « Agroturismo » situé en face de la maison que cette amie venait d'acquérir et qui s'était lancée dans de grands travaux. L'occasion de passer du temps avec elle et de voir l'évolution de son chantier ainsi que de nous balader dans la région.

Nous posâmes nos valises pendant une semaine à Lucca, petite ville ravissante encerclée de murs d'enceinte Renaissance bordés d'arbres. Lieu de prédilection pour la « passeggiata ».

Les habitants de cette petite ville s'y promenaient, se rencontraient, bavardaient tous les soirs entre 18h30 et 20 heures.

Leur grande fierté était la Casa di Puccini, maison natale du grand compositeur.

C'était une très jolie petite ville de province située à 70 kilomètres de Florence. Christian, après quarante-cinq ans de travail et de missions à l'étranger, eut le coup de foudre. Moi, je n'avais jamais vécu dans une petite ville.

Malgré son charme et sa beauté, j'émis quelques réserves et demandai à Christian un temps de réflexion. Nous prîmes malgré tout la précaution de nous renseigner auprès de certaines agences immobilières avant de repartir pour Paris, au cas où.

Le côté médiéval et provincial m'effrayait un peu. Mon objectif à moi était certes l'Italie, mais ma ville de prédilection était Naples. Nous fîmes un compromis. Après tout c'était Christian qui allait entamer une nouvelle vie et je sentais qu'à l'inverse de moi, il souhaitait tout le contraire de ce qu'il avait vécu : le calme.

Après sept mois de pour et de contre, Christian l'emporta. C'était effectivement l'étape idéale entre Paris et le chaos de Naples. Nous nous y installâmes en novembre 2009, dans un bel appartement du centre-ville avec des fresques XVIIIe du sol au plafond. Grâce à cette amie à moi, nous y reçûmes un accueil des plus chaleureux. Elle avait prévenu un grand ami lucquais à elle, Pietro Meschi, de notre arrivée.

Il nous prit en charge quasiment à notre descente d'avion à Pise, l'aéroport le plus proche de Lucca.

Il fit de notre séjour lucquais une fête permanente, avec cette générosité et cette amitié qui n'appartiennent qu'aux Italiens. Il nous présenta à tous ses amis. Nous allions de dîner en dîner, dans des villas toutes plus belles les unes que les autres et grâce à lui nous nous fîmes des amis merveilleux que nous conservons encore aujourd'hui, bien que nous ayons effectivement déménagé pour Naples, considérée comme la ville du Diable par toute l'Italie du Nord, Rome incluse.

Avant de prendre le chemin de Naples, Pietro Meschi organisa un très joli dîner dans sa merveilleuse villa sur les collines de Lucques. Il tenait à tout prix à me présenter un invité d'honneur, grand ami à lui. Cette personne n'était autre que Mario Tavella qui avait longtemps collaboré avec ma belle-mère Laure, chez Sotheby's.

Laure s'était mise en retrait de cette maison de vente et Mario l'avait remplacée en tant que président de Sotheby's France, puis de Sotheby's Europe.

Les présentations furent faites et tout de suite je fus séduite : c'était un homme élégant et raffiné, sympathique et chaleureux.

Au fil du temps, Mario Tavella devint un grand ami et il le restera pour toujours. Il représente ce genre d'être humain rare, intelligent et drôle, attentionné, toujours à l'écoute, toujours modeste malgré le travail remarquable qu'il accomplit chez Sotheby's. Il me fait penser à ce fameux aphorisme de Cocteau : « Les Italiens sont des Français de bonne humeur. »

Christian et moi partîmes pour Naples en voiture, le déménagement suivrait. Il fallait d'abord que nous trouvions notre nouveau lieu d'habitation. Nous fîmes étape deux jours à Rome et arrivâmes triomphalement à Naples, en tout cas moi, convaincue qu'en trois mois j'aurais trouvé mon coin de Paradis sur terre.

Nous avions pris soin de louer un appartement meublé pour les premiers mois. Cette location dura en fait quasiment un an. Mon enthousiasme en prit un coup. Je savais exactement ce que je voulais, y compris le quartier : Chiaia. Nous visitâmes mille et un appartements, rien ne convenait.

Au bout de six mois, je fus saisie d'un certain désespoir. Naples ne voulait pas de nous. Je ne pensais pas avoir aussi bien dit !

C'est une vaste illusion de croire que c'est vous qui choisissez Naples. C'est elle, une des magies de cette ville, qui vous adopte ou vous rejette. Une fois que j'avais compris, ou plus exactement accepté que c'était Naples qui menait la danse, l'horizon s'éclaircit en une nuit.

Un vendredi, prise d'une angoisse qui provoqua une insomnie, je regardai sur mon ordinateur un site que tous mes amis italiens m'avaient déconseillé : immobiliare.it.

Il était 2 heures du matin quand je trouvai exactement ce que nous cherchions. Un grand appartement situé sur les hauteurs de Chiaia avec une vue plongeante sur la baie de Naples qui englobait le Vésuve.

Le Vésuve était ma grande obsession. Si je ne voyais pas le Vésuve, je ne voulais pas de l'appartement. Le lendemain matin je réveillai Christian en fanfare, le suppliai d'appeler l'agence. Il me fit remarquer que c'était un samedi.

Qu'à cela ne tienne, j'avais repéré sur l'annonce qu'il y avait un numéro de portable. À 8h30, Christian céda à mon harcèlement et appela le portable indiqué. Une malheureuse femme répondit et fit remarquer à Christian que l'agence était fermée. Qu'à cela ne tienne, j'insistai afin qu'il obtienne un rendez-vous pour la première heure lundi matin. J'eus gain de cause. Je ne voulais en aucun cas quitter Naples, décision que nous avions fini par prendre. On s'était laissé encore quinze jours de recherche avant de jeter l'éponge.

Je ne m'étais pas trompée. Lundi, quand nous visitâmes l'appartement qui était pourtant dans un état déplorable, je sus que c'était le bon. J'avais à mes pieds la plus belle vue du monde et, au minimum, un an de travaux.

J'appelai Jean-Louis Deniot qui suivait de près ma recherche. Il sauta le week-end suivant dans le premier avion Paris-Naples. À son arrivée, juste le temps de déposer son sac à l'hôtel et nous filâmes voir la merveille que j'avais trouvée. Nous y passâmes quasiment tout le week-end. Le malheureux Christian à prendre des photos et les mesures de certaines pièces. Jean-Louis et moi, intenables, à visualiser l'appartement tel qu'il serait une fois les travaux achevés.

À son retour à Paris, Jean-Louis mit une équipe de son cabinet d'architecture dessus. Quant à nous, on partit à la chasse d'un architecte et d'un chef de chantier locaux.

Ce n'est pas une mince affaire que de faire des travaux à Naples. D'abord il faut obtenir des autorisations pour le moindre changement à effectuer, pour le moindre abattement de mur interne ou de canalisation.

Sur ce coup-là, le propriétaire se montra d'une grande collaboration.

En fait il était ravi d'être tombé sur un couple qui allait lui remettre à neuf son appartement.

Nous eûmes par contre de sérieux problèmes avec le chef de chantier : il nous prit pour des étrangers, que nous étions, totalement imbéciles et nous roula dans la farine à tel point qu'au bout de six mois on dut s'en défaire. Là aussi une mauvaise surprise nous attendait : malgré le fait qu'on ait engagé un avocat – avocat napolitain – pour régler le problème du départ du chef de chantier, il se retourna contre nous. Ce furent les premiers et derniers diables auxquels nous eûmes à faire à Naples !

Eh oui, nous n'étions pas napolitains donc nous avions tous les torts. Nous dûmes payer ce voleur de chef de chantier pour pouvoir nous en débarrasser.

À Naples, la loi est ainsi faite : un chef de chantier est propriétaire de son chantier. Si vous ne payez pas, le chantier est fermé et vous n'avez plus le droit de rentrer sur les lieux, chez vous ! À contre-cœur, on céda à cet odieux chantage. On paya et on décida de prendre des artisans indépendants, chacun spécialisé dans sa matière.

Le début de cette nouvelle aventure fut cocasse.

Chaque artisan ne parlait que le napolitain, moi pas un mot. De surcroît prendre les ordres d'une femme, quelle horreur ! Ils finirent tous par être impressionnés par ma détermination. Et moi, je me retrouvai sur leurs genoux tellement ils étaient amusés par les choses nouvelles que je leur faisais faire. Je crois que mon grand allié était cette vue exceptionnelle que l'on avait de l'appartement.

Première chose qu'ils me demandaient le matin en arrivant : aller sur le balcon pour en profiter. Ils y prenaient leur casse-croûte de midi et ils y retournaient le soir avant de quitter les lieux.

Avec le temps, je finis par mieux parler le napolitain que l'italien. Nous cassâmes des murs pour faire une enfilade à l'infini et profiter au maximum de cette vue unique.

Nous créâmes des salles de bains. Pour l'une d'elles, la mienne, je tombai amoureuse de carrelages rectangulaires, faits à la main, cuits dans un four, séchés au soleil du Cilento puis vernis, toujours à la main. Il fallait être patient et prier que le soleil brille. Cela prenait au minimum trois mois à sécher. Jean-Louis me dessina une salle de bains qui prit plus d'un mois à être réalisée dans ces fameux carrelages noir et blanc. Il me fit aussi faire à Tanger des lustres en paille et rotin dessinés spécialement pour l'appartement.

L'idée la plus folle : un jour Jean-Louis et moi nous nous promenions dans le centre historique de Naples et on tomba sur un vieux palais recouvert d'échafaudages. Nous restâmes saisis par la beauté de ces structures métalliques, de ces échafaudages, et j'en voulus chez moi.

Qu'à cela ne tienne, mon dressing-room serait un échafaudage pour y pendre vêtements, vestes, pantalons, jupes et chemisiers. Sur un pan de mur, on se servit des planches en bois d'un chantier d'échafaudage maintenues par les tubulures de la structure afin d'y mettre des accessoires en tout genre, pulls, chapeaux, ceintures, etc.

Cela exigea bien entendu que je sacrifie une pièce. L'appartement le permettait, il était grand !

Quand le propriétaire vit le résultat de nos travaux, il me demanda de le montrer à sa femme, ses enfants, cousins, cousines, puis à ses amis. À tel point que, mi-plaisantant mi-sérieuse, je lui annonçai qu'à ce rythme j'allais installer dans l'entrée une petite table et chaise, j'y poserais une caisse et commencerais à faire payer le ticket d'entrée !

Entre la recherche de l'appartement et les travaux, nous ne nous y installâmes, Christian et moi, que deux ans plus tard.

Christian fut le premier à emménager. Qu'il y ait encore quelques ouvriers ne le dérangeait pas. Moi, je pris encore trois mois pour investir les lieux. Tout Paradis se mérite et aujourd'hui je peux dire que j'ai mon coin de Paradis terrestre.

Le déménagement que nous fîmes venir de Lucca est en grande partie resté dans un garde-meubles. Un tel chantier réclamait un nouveau décor et je crois surtout que je voulais repartir de zéro.

L'appartement achevé, quelques amis toscans vinrent nous rendre visite. Ils partageaient ma fascination pour Naples. D'autres, par contre, prirent quelques années pour me pardonner mon audace d'avoir quitté Lucca. J'eus même droit à un sermon : comment pouvais-je imposer au malheureux Christian de l'emmener vivre dans la ville du Diable ?

On me prédit le pire : « Avec l'allure que tu as, tu vas te faire voler, tu vas te faire violer, tu vas te faire tuer. » Devant un discours aussi violent, ma réaction fut vive. Je regardai avec un immense sourire et une certaine désolation mes amis à l'esprit aussi étriqué.

Ma réponse eut l'effet d'une bombe. « Si tout ce que vous me prédisez me sera fait avec le sourire, j'en serai ravie ! »

Eh oui, encore aujourd'hui pour nombre d'Italiens du Nord, l'Italie du Sud c'est l'Afrique qui commence juste après Rome.

Moi, je me sentais tellement bien dans cette « Afrique » qui par bien des aspects est beaucoup plus raffinée et sophistiquée que la Toscane.

Les plus grandes et nobles familles n'étaient-elles pas issues de Naples ?

Pour bien enfoncer le clou, quelque temps après notre arrivée à Naples, je rencontrai le conservateur en chef du plus grand musée de la ville, le palais de Capodimonte.

Il était français. Parmi ses projets de remise en état du musée, il y en avait un qui m'intéressait particulièrement : remettre en état le magnifique parc royal qui, jusque-là, était quelque peu à l'abandon.

Il fit donc une levée de fonds pour accomplir cette mission. Vous pouviez acheter un banc, mettre votre nom ou ce que vous souhaitiez sur la plaque en cuivre du banc que vous aviez acquis. Je fis les deux. La phrase que je choisis était un célèbre dicton napolitain :

« Les diables sont le sel du Paradis. Voilà pourquoi Naples est devenue ma ville. »

La plaque fut signée par moi, Christian et un grand ami napolitain, professeur d'université, et un des plus grands spécialistes de Proust en Italie, sinon le plus grand.

Il est également la première personne que je rencontrai à Naples, deux jours à peine après notre arrivée : Giuseppe Merlino.

Christian et moi parcourûmes toutes les rues, toutes les ruelles de Naples, en ne cessant de nous émerveiller devant la beauté de l'architecture de cette ville. Même les constructions fascistes y sont remarquables. Et rien de ce qu'on m'avait prédit ne m'est jamais arrivé.

Bien au contraire, je me suis rarement sentie autant en sécurité que dans cette ville dont un élément me bouleverse et explique en partie l'attrait irrésistible que j'ai pour elle : je me trouve aux portes de l'Orient.

Quelques années après la fin des travaux et l'aménagement de l'appartement, mon corps fut rattrapé par sa fragilité de mes années folles du passé.

Je commençai à avoir mal au dos, moi qui clamais tout ignorer de ce mal grâce au traitement que ma grand-mère Puss m'avait fait subir dans mon enfance. Certes, cela m'avait donné un port de tête envié, mais dans mon esprit également une structure qui me mettait à l'abri de ce mal.

En un temps record, mon dos s'effondra en partie. Je tins le coup jusqu'à ce que la douleur ne fut plus supportable. Après avoir consulté deux neurologues, le verdict tomba. Il fallait m'opérer le plus rapidement possible. Je choisis le docteur Clémenceau, grand neurochirurgien, mondialement connu. Dieu seul sait que notre premier entretien ne fut pas un succès. J'arrivai en avance à l'hôpital américain. La porte de son bureau était ouverte. J'y entrai et m'installai dans un fauteuil face à son bureau. Un monsieur arriva, 5, 10 minutes plus tard et me demanda ce que je faisais là. Réponse : j'attends le docteur Clémenceau. Il me dit que c'était lui et je sentis un étonnement, une certaine désapprobation que je me sois installée dans son antre de consultation plutôt que dans le « coin » salle d'attente.

Quelques semaines plus tard, je pars pour passer l'été dans mes montagnes tout en sachant qu'il fallait que je fasse un aller-retour à Paris pour une énième infiltration afin de calmer la douleur. J'eus la chance extraordinaire de revoir lors d'un dîner chez eux ceux qui devinrent mes Anges gardiens, Jean-Yves Ollivier et Paul Nicoli.

À la fin du dîner, les autres invités repartaient, je suivis le mouvement.

Mes hôtes me demandèrent de rester encore un peu. Tout à trac, ils me demandèrent ce qui m'arrivait. Il faut dire que j'étais blanche comme une craie, tirant sur le verdâtre. Je leur racontai mon mal-être dorsal. Ils me dirent connaître le plus grand chirurgien : Stéphane Clémenceau. Je les regardai avec des yeux en forme de billes et leur dis que je l'avais vu et que cela ne s'était pas bien passé. Ils n'en crurent pas un mot et m'ordonnèrent de le revoir.

Paul et Jean-Yves s'occuperaient de m'obtenir un rendez-vous. Ils le connaissaient fort bien, ils étaient grands amis. Le lendemain à 9 heures du matin mon téléphone sonna. Paul venait de parler au docteur Clémenceau et m'avait repris un rendez-vous pour fin juillet, moment où je devais aller à Paris pour mon infiltration.

Rares, très rares sont les gens qui vous disent en fin de soirée : « Je vais m'occuper de toi », et qui le font. Ils l'ont fait, je ne l'oublierai jamais. Je leur en serai éternellement reconnaissante.

Le docteur Clémenceau m'opéra à La Salpêtrière en septembre. À ma grande déception, les plaques et vis qu'il me mit pour consolider et arrêter mon effondrement dorsal étaient en titane, donc, non, je ne ferais pas « bip-bip » aux portiques des aéroports. Le plus beau dans cette histoire c'est qu'au fil du temps, Stéphane Clémenceau devint un ami auquel je suis très attachée. Un être exceptionnel d'une rare qualité et bonté.

Le pire peut vous arriver, cela n'empêche en aucun cas une issue heureuse. J'en suis presque au point de remercier le bon Dieu de m'avoir fait subir cette opération.

Sans elle, je serais passée à côté d'une belle histoire. Je n'aurais jamais connu Stéphane Clémenceau.

Cette amitié amoureuse fulgurante prit un triste tournant le matin du 23 août 2021. Son ami m'appela et me demanda de sauter dans le train, Stéphane souhaitait me voir. Aussitôt dit, aussitôt fait, j'embarquai dans le train Lausanne-Paris. À 19 heures, son ami m'ouvrait la porte de chez eux.

Stéphane m'accueillit avec un magnifique sourire dans les yeux : « J'avais besoin de vous voir Princesse, ce foutu mélanome me grignote. »

Je ne m'absentai que le temps qu'il se repose. Le 27, il partit dans sa ferme fortifiée près de Moulins. Moi, je reprenais le train Paris-Vallorbe, le cœur gros, ne pouvant retenir mes larmes : je savais.

À 1h13 du matin, mon portable sonne. Je ne comprends pas tout de suite d'où vient ce bruit, j'éteins toujours mon téléphone la nuit.

Un voix triste au bout du fil me dit : « Stéphane est parti. »

Je raccroche et je vais sur mon balcon, là-haut sur la montagne et là, au moment précis où je lève mes yeux noyés de larmes, une magnifique étoile filante passe devant mon nez. Stéphane venait de faire un détour pour me dire « au revoir. »

Il est auprès de moi, je suis avec lui.

Le plus difficile pour moi : il m'a sauvée de la chaise roulante, moi, je n'ai pas pu le sauver.

Je t'aime Stéphane, pardonne-moi.

En août 2022, je vais réaliser mon rêve d'enfant. Je pars en Arctique, à bord d'un bateau d'explorateur. Petite, je m'étais juré d'y aller me marier, tirée par des chiens de traîneau avec une gigantesque cape en zibeline !

Ma vie se résume à ceci : j'ai appris à me détruire par Plaisir, j'ai appris à me reconstruire par Amour.

Remerciements

Je tiens à remercier tout particulièrement Raphaëlle Bacqué, elle est à l'initiative de ce livre, elle m'a prise par la main, ne la lâcha jamais, me donna confiance en moi.

Raphaëlle me présenta à mon éditeur chez Grasset, Christophe Bataille, qui fit preuve d'une infinie patience à mon égard, me prodigua de précieux conseils qui m'amenèrent à raconter mon histoire.

Merci à tous les deux du fond du cœur.

Cet ouvrage a été imprimé
par CPI Brodard & Taupin
pour le compte des éditions Grasset
à La Flèche (Sarthe)
en avril 2022

Mise en pages Maury-Imprimeur

PAPIER À BASE DE FIBRES CERTIFIÉES

Grasset s'engage pour l'environnement en réduisant l'empreinte carbone de ses livres. Celle de cet exemplaire est de :
550 g éq. CO_2
Rendez-vous sur www.grasset-durable.fr

N° d'édition : 22460 – N° d'impression : 3047940
Dépôt légal : mai 2022
Imprimé en France